MÊME SI LE SOLEIL SE CACHE

DU MÊME AUTEUR

J'ai quelque chose à te dire, L'Archipel, 2016 ; Archipoche, 2017.

Le Chant du pipiri, L'Archipel, 2014 ; Archipoche, 2015.

ANNE DE BOURBON-SICILES

MÊME SI LE SOLEIL SE CACHE

roman

l'Archipel

Notre catalogue est consultable à l'adresse suivante :
www.editionsarchipel.com

Éditions de l'Archipel
34, rue des Bourdonnais
75001 Paris

ISBN 978-2-8098-2661-6

À tous les innocents injustement accusés

Prologue

Émilie croisa les bras contre sa poitrine pour dissimuler le tremblement de ses mains. Elle avait compris que le ton doucereux de la policière n'était qu'une technique d'interrogatoire pour la pousser aux aveux. Désormais, elle fixait le sol et n'osait plus lever les yeux, de crainte de se trahir.

— Mademoiselle Champfleuri, qui a fait du mal à votre fille ?

La question n'avait jamais été posée si clairement. Émilie reçut ces mots comme autant de claques. Elle savait qu'elle n'avait nulle part où se cacher, que toutes les hypothèses qu'elle avait construites ces derniers jours ne lui seraient d'aucun secours. Pourtant, elle refusait encore de prononcer la phrase qui ferait d'elle une coupable. En fait, ce n'était pas à cette policière qu'elle refusait de répondre ; c'était à elle-même qu'elle tentait encore de dissimuler la vérité. Cette vérité à laquelle elle s'était si longtemps obstinée à ne pas croire et qui désormais la hantait.

L'audition avait commencé, comme les précédentes, par des questions sur son identité auxquelles la policière connaissait déjà les réponses. Mais le ton n'était plus celui de ses précédentes venues au commissariat. Quand la lieutenante de police lui avait signifié : « À partir de cette heure, vous êtes placée en garde à vue », Émilie n'avait pas tiqué, comme si elle s'y attendait. Désormais, la flic s'adressait à elle comme à une petite chose fragile, une fillette à qui l'on fait croire qu'elle ne se fera pas gronder pour ses bêtises.

— Mademoiselle Champfleuri, avez-vous entendu parler du syndrome de Münchhausen par procuration ?

Émilie hésita un instant à répondre avant de s'enfermer dans le silence. Ces mots, elle les attendait depuis longtemps. Ils résonnaient dans sa tête comme des cris stridents. Elle les avait si souvent lus qu'ils lui étaient désormais familiers, comme un membre de sa famille que l'on hait, mais dont on ne peut éviter la présence.

Oui, elle savait ce que signifiait « syndrome de Münchhausen par procuration ». Elle ne le savait même que trop. Elle aurait pu répondre qu'il s'agit d'une pathomimie, comme disent les spécialistes, un trouble mental qui pousse à infliger des sévices à son enfant pour attirer l'attention. Face à l'abîme qu'était devenue son existence, c'était l'une des explications potentielles qui s'offraient à elle. Une forme de folie.

La garde à vue avait commencé quatre heures plus tôt. Émilie avait refusé la présence d'un avocat à ses côtés. Elle ignorait combien de temps encore le cadre légal permettait de la retenir entre ces murs. Elle ne savait pas non plus si Éric était interrogé dans une autre pièce, ou si ce sort était réservé à elle seule. Elle aurait voulu qu'il la rassure, comme cette fameuse nuit où elle avait été prise d'un besoin de hurler de douleur. Comme les semaines précédentes, lorsqu'elle avait ressenti du dégoût en apercevant son reflet dans le miroir. Comme les mois passés durant lesquels elle avait senti sa vie lui échapper. Mais Éric n'avait pas su la protéger. Il était pourtant le seul à savoir la vérité. Même si elle-même n'en était pas certaine, lui *devait* savoir.

Lorsqu'elle avait rencontré Éric en Martinique, Émilie n'avait que dix-huit ans. Elle avait la vie devant elle, ils avaient la vie devant eux. Mais ni lui ni elle ne pouvait imaginer ce que leur réservait la vie, cette « chienne de vie ».

1

Émilie tremblait de tout son corps, de toutes ses peurs, lorsqu'elle avait vu les résultats du bac affichés. Elle avait pris soin de lire plusieurs fois, en suivant avec son doigt, pour être certaine de ne pas s'être trompée de ligne. Aucun doute possible : elle avait obtenu une moyenne de 17,2, mention « très bien ». Le soir même, Charles, son père, avait débouché l'une de ses six bouteilles de château Pétrus, qu'il réservait pour les « très grandes occasions ». Mathilde, sa mère, qui n'avait jamais cessé de répéter depuis l'entrée d'Émilie dans le système scolaire que le baccalauréat avait perdu toute valeur, reconnaissait que la mention « très bien » réévaluait le diplôme.

Durant toute la soirée, le large sourire qui éclairait le visage de Charles ne diminua pas d'un iota. Étonnant qu'un homme qui avait connu de si grandes réussites professionnelles s'enthousiasmât à ce point pour un diplôme obtenu par plus de 80 % des candidats. Mais le père d'Émilie était de ceux pour qui les joies simples sont celles qui comptent le plus.

En dehors de son entreprise, Charles n'avait que trois centres d'intérêt : le rugby, le poker et sa fille unique. Il fuyait comme la peste les dîners mondains, les réceptions et les cocktails. Il avait beau être invité partout, il mettait un point d'honneur à ne se rendre nulle part, sauf si les intérêts commerciaux de son entreprise l'exigeaient. Enfiler un smoking et subir les banalités des conversations représentaient pour lui les pires tortures de la vie.

Malgré l'embonpoint accumulé depuis des décennies, Charles avait conservé le charme qui sied si bien aux hommes distingués. Sa voix de bronze et sa diction parfaite lui offraient une autorité naturelle grâce à laquelle il n'avait jamais besoin de hausser le ton. Mathilde, elle, semblait tout droit sortie d'un conte pour enfants ou d'un magazine féminin du début des années 1960. Elle était dotée d'une taille mannequin, de jambes interminables et d'une chevelure auburn si abondante qu'elle en devenait presque suspecte. Seule imperfection : une main gauche toujours gantée pour dissimuler une affreuse cicatrice, fruit d'une rencontre inamicale avec un berger allemand au cours de son adolescence. Au fil des ans, Mathilde était parvenue à transformer cette disgrâce en arme de séduction : plus que la pitié, elle inspirait un mystère empreint de désir. Loin d'éclipser la pureté de ses traits, ce léger handicap parvenait ainsi à rehausser sa beauté.

Charles avait toujours été émoustillé par l'effet que sa femme provoquait chez les hommes. Il savait qu'aucune des jeunettes épousées en secondes noces par certaines de leurs relations n'atteindrait jamais une telle puissance d'envoûtement, cet irrésistible éclat que ni les ans ni le quotidien n'avaient brisé.

Charles ne parvint pas à patienter jusqu'au dessert pour annoncer à sa fille son cadeau de réussite :

— Ma chérie, pour fêter ton succès, je t'offre un séjour en Martinique avec l'amie de ton choix ! lança-t-il presque ému.

Émilie lui sauta au cou pour l'embrasser, frôlant du coude la bouteille de pétrus qui manqua de se renverser. Quant à l'« amie de son choix », Charles n'avait guère pris de risque. Connaissant sa fille, il n'avait aucun doute que l'élue serait Lucie, sa meilleure amie depuis l'entrée au collège. Il aurait été plus contrit de financer les vacances d'un jeune blanc-bec indigne de la chair de sa chair, mais il savait la situation amoureuse d'Émilie assombrie, et le choix de l'amie fidèle s'imposait de lui-même.

La joie d'Émilie n'était pas feinte : si elle n'avait jamais manqué de rien, elle n'était pas blasée pour autant. La perspective de passer trois semaines avec sa meilleure amie sur une île qui se rapprochait du paradis terrestre représentait à ses yeux le bonheur suprême.

Déjà le soleil brillait dans son cœur.

*

— Qu'est-ce que c'est ? demanda Lucie en s'emparant d'un sablé à la noix de coco.

— Une spécialité d'ici : ça s'appelle une doucette, répondit Émilie sans se départir de son sourire espiègle.

Le voyage avait été long, mais très agréable, une température de 30 °C les attendait au sol. Après l'arrivée à Fort-de-France, les deux amies avaient rallié Sainte-Anne, un petit village de pêcheurs situé à l'extrême sud de l'île. Les filles logeaient dans un bungalow du Club Med Les Boucaniers, dont l'architecture avait le bon goût de ne pas trop abîmer le paysage.

Dès l'arrivée à Sainte-Anne, elles surent que leurs attentes seraient comblées. Émilie surtout. Instantanément, elle tomba amoureuse de cette baie que les moins chauvins des Martiniquais classent parmi les trois plus belles du monde, avec celles de Rio et d'Along. Aucune carte postale ne parviendra jamais à rendre un digne hommage à ces plages dont le sable blanc compose une si parfaite harmonie avec l'eau turquoise des Caraïbes. Sainte-Anne faisait partie de ces lieux où le temps semble s'être arrêté. Depuis son premier mandat, le maire s'était battu pour bloquer la quasi-totalité des nouvelles constructions afin de préserver le paysage. Même la présence du luxueux Club Med n'avait su effacer cet aspect un peu sauvage, qui donne aux plantes un parfum plus sucré.

Dans leur chambre, Émilie et Lucie avaient trouvé comme cadeau de bienvenue une corbeille remplie de goyaves, d'ananas et autres douceurs locales. Émilie sortit son vieux Nikon pour mitrailler le plateau sous des angles improbables. Les deux amies n'eurent guère le temps de profiter de cette première journée. À 18 heures, la nuit était déjà tombée. Émilie regretta de n'avoir pu aller contempler le coucher de soleil sur la plage des Salines, dont son père lui avait tant parlé, mais ce n'était que partie remise.

Malgré la fatigue, les filles ne résistèrent pas au buffet du dîner. Contrairement à ses habitudes, Lucie ne mit qu'une vingtaine de minutes pour décider de sa tenue, une robe légère bleu ciel. Émilie, elle, choisit un short blanc et un haut assorti. Elles choisirent une table à côté de la grande piscine, le plus loin possible de l'orchestre. Queues de crevettes à la coriandre et fines tranches de marlin au citron pour Émilie, crabe farci avec du riz pour Lucie. Celle-ci donna un coup de coude à son amie :

— Tu as vu l'animateur sur la droite ?

Non, Émilie ne l'avait pas encore remarqué. Elle s'en étonna d'ailleurs : comment avait-elle pu le manquer ? Parmi les jeunes gens qui se tenaient tout sourires derrière leur responsable, il se démarquait presque outrageusement.

Athlétique sans être massif, la peau ambrée, les yeux azurés, il ne semblait pas ignorer qu'il aimantait tous les regards.

Après la présentation, lorsqu'il alla se servir au buffet, Émilie prit bien soin de ne pas montrer qu'elle le suivait des yeux. Lucie était moins discrète. Cette attitude ne datait pas d'hier. Depuis l'adolescence, la jeune fille savait comment susciter l'attention d'un garçon. Émilie, elle, devenait rouge pivoine dès que celui qui l'attirait lui adressait la parole. Malgré son air mutin, elle ne pouvait lutter contre cette forme de timidité.

— Je crois que je vais aller me resservir, lança Lucie dans un sourire.

— Tu ne vas quand même pas commencer à draguer ? Nous venons à peine d'arriver !

Émilie observa sa copine se placer devant le plateau de langoustes, à quelques centimètres du garçon qui se servait de la sauce chien. « Elle n'osera quand même pas », pensait Émilie. Elle savait pourtant que Lucie osait tout – c'était même à ça qu'on la reconnaissait. Qu'avait-elle bien pu lui demander, avec son air de ne pas y toucher, pour qu'il se retourne ainsi vers elle ? Sans doute une question sur la cuisine, puisqu'il lui parlait en désignant les langoustes. Lucie bougeait la main droite tout en tenant son assiette de la gauche. Elle avait dû se montrer drôle, puisqu'il eut un petit rire avant de poursuivre la conversation.

Émilie voulut les rejoindre, mais elle craignait d'apparaître fade auprès de Lucie. Entre la blonde et la brune, elle savait que la première avait toujours la préférence. Elle n'avait jamais été en compétition avec Lucie pour quoi que ce fût. Elle connaissait les atouts de son amie et s'effaçait toujours pour lui laisser la vedette.

Après quelques minutes qui semblèrent durer une éternité, Lucie regagna sa place.

— Alors ?

— Il s'appelle Éric, il est coach, c'est lui qui anime les séances de remise en forme.

— Et qu'est-ce que tu lui as dit ?

— Que nous participerons à son cours de step demain matin, répondit Lucie sur un ton qui ne laissait place à aucune objection.

*

Malgré les effets du décalage horaire, Émilie et Lucie parvinrent à se réveiller une demi-heure avant la séance. En dehors de la présence d'Éric, l'idée de ce réveil sportif avait fini par motiver Émilie. Si sa taille était fine et sa silhouette élancée, elle craignait toujours que ses cuisses ne s'épaississent. Les quelques excès de la veille au buffet lui avaient fait prendre de bonnes résolutions.

Lucie n'avait pas ce besoin. Quoi qu'elle ingurgitât, elle ne semblait jamais prendre un gramme. Les deux amies s'étaient contentées d'un verre de jus d'orange avant de se rendre près du terrain de volley, où onze femmes d'une quarantaine d'années attendaient déjà, en tenue de sport. Éric fit son apparition peu après. Il salua le petit groupe d'un « bonjour » collectif en arborant son plus beau sourire et demanda à chacune de prendre l'un des steps disposés au pied du filet. Sans autre forme de préambule, il lança la musique et démarra l'exercice. Aussitôt, toutes les participantes l'imitèrent, montant en cadence sur leur step puis redescendant en frappant dans leurs mains. Elles semblaient toutes en parfaite synchronisation. Toutes sauf Émilie, qui goûtait peu ces séances collectives, où la voisine se rapproche toujours un peu trop près. De plus, elle se montrait incapable de suivre correctement la chorégraphie, se trompant sans cesse dans les combinaisons, même en lorgnant ce que faisait Lucie.

— Allez, mesdames ! On fait attention à l'équilibre ! encourageait Éric.

Après trente minutes de cours, Émilie commençait à ressentir une légère douleur dans les tendons, tandis que Lucie s'essoufflait.

— Pour terminer, on refait la chorée une dernière fois en entier, ordonna Éric avec autorité.

Cessant de servir de modèle pour les mouvements, il se plaça sur le côté pour observer les participantes. Alors qu'Émilie tentait de dissimuler son retard dans les gestes des bras, elle sentit le regard furtif d'Éric sur son auguste fessier. Sitôt le dernier enchaînement achevé, tout le groupe applaudit.

— On se retrouve cet aprèm' pour le cours de cardio, annonça Éric.

Alors qu'Émilie empilait son step avec ceux des autres, Éric s'approcha d'elle.

— Alors, pas trop dure, la séance ?

L'effort ayant déjà rougi ses joues, le fard que piqua Émilie fut à peine visible. Elle se contenta de sourire en ne sachant que répondre. Lucie vint à sa rescousse :

— Pour nous, c'était un peu trop facile. J'espère que les autres séances sont plus dynamiques.

Éric fit une légère moue avant de leur adresser un clin d'œil.

— Alors je compte sur vous pour cet après-midi, je vais vous préparer un programme spécial...

Lorsqu'il s'éloigna, Émilie saisit Lucie par le bras.

— Pourquoi tu lui as dit ça ?

— Pour lui faire comprendre qu'avec nous il avait intérêt à sortir le grand jeu...

Les filles passèrent la suite de la matinée allongées sur le sable, à l'ombre des cocotiers. Lucie ne quitta sa serviette que pour acheter un maillot de bain à l'une des vendeuses de la plage. Le reste du temps, elle prenait des photos de ses pieds avec la mer en fond, pour les poster sur sa page Facebook. Émilie se décida à entamer la lecture de son édition de poche de *Pauline* de Dumas, mais s'assoupit au bout de quelques pages.

Lorsque vint midi, les filles furent envahies d'un sursaut d'énergie. Lucie commanda au bar deux ti-punchs, qu'elles dégustèrent en ironisant sur les tenues des joueurs au boulodrome. Avec le soleil, le deuxième cocktail se révéla fatal à Émilie, tandis que Lucie attendit le troisième pour finir chacune de ses phrases d'un irritant ricanement. Lucie la mit au défi de courir jusqu'à la mer pour voir laquelle des deux irait le plus loin dans l'eau tout en maintenant ses pieds au sol. Émilie ne prit pas la peine de répondre : elle cavala vers la mer, jetant son T-shirt sur le sable juste avant de pénétrer dans l'eau. Lucie la suivit de peu sans parvenir à contenir son fou rire. Lorsque l'eau lui arriva aux épaules, Émilie continua d'avancer en s'efforçant de maintenir ses pieds au fond. Elle parvint à progresser de quelques mètres supplémentaires avant de boire la tasse et de remonter à la surface pour recracher un jet d'eau salée.

Lucie, elle, s'était arrêtée et se tenait les côtes en pleurant de rire. Tout aussi hilare, Émilie entreprit de la faire couler en lui faisant un croche-pied et lui enfonça la tête sous l'eau, ne prêtant aucune attention aux vacanciers qui observaient d'un air interdit ces deux grandes sauterelles de dix-huit ans qui se comportaient comme si elles en avaient dix de moins. Lucie ne maîtrisa enfin son fou rire que lorsqu'elle ressentit une violente morsure à l'épaule. Cette fois, Émilie y était allée un peu fort.

— Mais tu es folle ! Tu m'as fait mal. On voit les marques de tes dents ! pesta Lucie.

Émilie enlaça son amie :

— Pardonne-moi, tu sais bien qu'après deux verres je ne me contrôle plus...

Lucie massa son épaule endolorie avant de lui lancer :

— T'inquiète pas, ma belle, je me vengerai. Pour le moment, allons déjeuner. Je veux en mettre plein la vue à notre joli coach cet après-midi.

*

Le lendemain, les deux amies écartèrent de leur programme la perspective du moindre effort physique. Elles passèrent la matinée allongées sur la plage, ne se levant qu'à deux reprises pour aller se baigner. La séance de cardio de la veille leur avait été fatale.

— Il nous a bien eues, ce salaud, siffla Lucie.

Avec un sourire presque sadique, Éric avait enchaîné les mouvements jusqu'à l'épuisement des jeunes filles.

— On l'a quand même bien cherché, répliqua Émilie.

— En tout cas, pour moi, fini le sport, même avec le plus beau mec de la Terre ! annonça Lucie. Hé ! regarde par là...

Bien que la clientèle du Club fût majoritairement composée de couples plus âgés qu'elles, Émilie et Lucie remarquèrent trois garçons d'une vingtaine d'années qui jetaient régulièrement un œil dans leur direction. Après moult palabres entre eux, l'un fut désigné ambassadeur du trio pour aborder les filles en leur proposant une partie de volley. Le « non merci » ferme et définitif que leur rétorquèrent les deux copines ne leur fit pas perdre tout espoir.

En début d'après-midi, un deuxième garçon du groupe vint les trouver pour leur proposer cette fois de prendre un verre au bar. Lucie releva ses lunettes de soleil pour dévisager le jeune homme, puis se tourna vers Émilie, qui lui signifia son accord d'un hochement de tête. Une fois attablés tous les cinq, le doux ronronnement des présentations s'embraya. Lucie et Émilie eurent droit à une série de questions maladroites sur leurs études, leurs goûts musicaux ou leurs perspectives d'avenir, dans l'unique but de discerner par des moyens détournés si elles avaient ou non un petit ami. Les garçons, eux, étaient tous trois étudiants en communication à l'Efap. L'un d'eux, qui semblait être le meneur, tenta d'expliquer à Lucie à quel point la communication était essentielle dans tous les secteurs d'activité, récitant doctement des éléments de cours de sa première année.

Lucie fit semblant de l'écouter quelques minutes, puis fit dévier la discussion sur les séries du moment. Le plus timide des trois apparaissait comme le plus attachant aux yeux d'Émilie. Alors que le meneur, que Lucie commençait à trouver à son goût, monopolisait la conversation, Émilie et le timide échangèrent à plusieurs reprises un regard complice. Le meneur se prénommait Benoît, le timide, Sylvain et le troisième larron, dont le destin était d'être le garçon de trop, s'appelait Joël. Lucie leur demanda s'ils comptaient participer aux excursions proposées par le club. Benoît évoqua une journée en 4×4 au nord de l'île et une balade en catamaran. Lucie choisit la seconde proposition et tous décidèrent de s'y inscrire ensemble pour le lendemain.

Alors que Benoît commandait une nouvelle tournée au serveur, Émilie aperçut Éric qui venait dans leur direction. Leurs yeux se croisèrent. Émilie tenta de lui adresser un sourire, mais Éric poursuivit son chemin sans leur prêter plus d'attention.

*

— Si nous avons de la chance, nous verrons des dauphins, avait fièrement annoncé le GO qui les accompagnait.

Sur le bateau, Émilie s'émerveilla du paysage, mais ne vit pas la nageoire d'un dauphin de toute la traversée. Elle photographia tout ce qui pouvait être immortalisé avec son vieux Nikon, y compris les gilets de sauvetage et le tas de sandalettes que les passagers avaient laissées dans la cabine. Elle ne prêta pas attention à Benoît, qui relatait dans le détail ses récentes vacances à l'île Maurice et conseilla à Sylvain de ne pas fumer à bord car il risquait des nausées. Ce dernier, qui ne l'écouta pas, fut pris d'une envie de vomir au bout d'une petite heure.

En fin de matinée, le bateau fit escale à la plage de Grande Anse, où le groupe fut invité à se baigner avec des masques et des palmes distribués par le GO. Vers 12 h 30, les deux membres d'équipage distribuèrent des verres de planteur et des petites assiettes de boudin. Lucie reprit deux verres, mais ne toucha pas à son assiette.

Le début d'après-midi fut consacré à la visite de la grotte aux chauves-souris, puis à une nouvelle baignade en snorkeling au milieu de poissons multicolores. En fin de journée, le catamaran repartit en direction de Sainte-Anne. Émilie attrapa des coups de soleil sur le nez et les épaules, Lucie sur le front et les cuisses. Chacune d'elles arborait un rouge vif sur des parties différentes de leur peau. De retour au club, Sylvain demanda à Émilie à quelle heure ils pouvaient se retrouver au restaurant. Celle-ci se tourna vers Lucie, qui se contenta d'un geste évasif. La jeune fille semblait déçue par cette journée et par l'immaturité des trois garçons.

— Tu viens avec moi à la boutique ? demanda Émilie à son amie. Je vais essayer de trouver de la Biafine.

— Vas-y toute seule, je rentre direct au bungalow, répondit Lucie d'un ton agacé.

La boutique ne vendait pas de Biafine. La vendeuse tenta d'expliquer à Émilie où trouver une pharmacie à la sortie du village, mais celle-ci eut la flemme de ressortir et se contenta d'acheter un tube de lait après-soleil. Au moment où elle réglait son achat, elle sentit une présence derrière elle. Elle se retourna et se retrouva face à Éric, qui arborait son plus beau sourire.

— Laisse-moi deviner : tu reviens de la sortie en catamaran.

Émilie bredouilla quelque chose qui ressemblait à une réponse positive et montra sa crème hydratante pour se donner une contenance.

— Le GO ne vous a pas prévenue qu'il est conseillé de mettre de l'indice 50 pour les sorties en mer ?

Émilie tenta rapidement de trouver une réponse spirituelle. N'en trouvant aucune, elle se contenta de répliquer :

— Non, mais c'était très beau. Enfin... La balade en mer... C'était une belle balade !

Éric rit de bon cœur.

— Pour me faire pardonner la séance d'hier, ça vous dirait, à ta copine et toi, de découvrir un super resto pas loin du club ?

— Oui, bien sûr !

— Cool. On se retrouve à 20 h 30 devant l'entrée ?

Émilie pressa le pas en direction du bungalow. Elle était certaine que Lucie allait la maudire d'avoir accepté la proposition. Mais, cette fois, personne ne l'empêcherait d'aller à ce rendez-vous.

Elle savait que son amie voulait toujours être la première à prendre des initiatives, Émilie devait suivre.

*

Lucie fut en effet furieuse. Elle reprocha pêle-mêle à Émilie de s'être engagée sans lui en avoir parlé, d'avoir accepté l'invitation d'un « abruti » qui les avait laissées pour mortes et de ne pas avoir trouvé de Biafine.

Habituée aux diatribes aussi excessives qu'éphémères de son amie, Émilie attendit patiemment qu'elle eût achevé de se défouler pour lui tendre le tube de lait après-soleil et la supplier de l'accompagner au rendez-vous.

— Donc tu n'as rien compris à ce que je t'explique depuis tout à l'heure ? lança Lucie d'un air mauvais.

— S'il te plaît, j'ai déjà dit oui !

— C'est une blague ? Tu ne crois quand même pas que je vais passer la soirée avec ce type qui s'est foutu de notre gueule, juste parce que tu t'es engagée sans m'en parler ? C'est non, non et non !

— Et si je te prête ma robe bleue ?

Lucie écarquilla les yeux d'un air mi-interrogatif mi-consterné. Ladite robe bleue n'était qu'un vêtement d'appoint qu'Émilie portait en sortant de sa douche avant de choisir sa tenue. Insensible à cette tentative d'humour pour détendre l'atmosphère, Lucie crut, l'espace de quelques secondes, qu'Émilie tentait réellement de l'acheter avec le prêt d'un vêtement sans intérêt. Lorsqu'elle saisit sa méprise, sa colère redoubla et elle quitta le bungalow d'un pas décidé. Elle revint une dizaine de minutes plus tard dans de meilleures dispositions, offrant à Émilie un sourire réconciliateur.

— J'ai emprunté de la Biafine à Benoît, dit Lucie en jetant le tube à Émilie.

— Alors tu viens avec moi à ce dîner avec Éric ? demanda Émilie pleine d'espoir.

— Pour ça, ma vieille, tu peux courir ! D'ailleurs, c'est à toi qu'il a fait cette proposition, pas à moi.

*

Émilie consacra les deux heures suivantes à se préparer. Après une douche avec shampoing *et* après-shampoing, elle passa en revue sa penderie. La robe Maje ? Trop chic. La jupe Morgan ? Trop « pute ». Le décolleté blanc ? Trop sophistiqué. Le pantacourt évasé ? Trop ado. Le chemisier ? Trop mémère. Le petit haut violet ? Trop étroit. Le short ? Trop moulant...

— Mais qu'est-ce qui m'a pris d'acheter ce short ? Il est ignoble, ce truc !

— Je te rappelle que c'est *mon* short, intervint Lucie depuis son lit, sans lever les yeux de son smartphone.

Bien qu'elle se fût juré de ne lui donner aucun conseil, Lucie l'aida tout de même à trancher :

— Mets un jean.

— Un jean ?

— Ça fera la fille qui ne s'est pas apprêtée.

— Mais ça fait deux heures que je m'apprête !

— Tu le sais, je le sais, mais lui, il n'en sait rien.

Émilie enfila son jean blanc avec son top noir Sandro. Un coup d'œil dans le miroir : naturel, mais pas négligé. Quant aux chaussures, le choix était plus simple : Émilie n'en avait pris que trois paires. Elle envisagea ses escarpins nu-pieds, mais choisit ses tropéziennes. Pour la première phase du maquillage, Émilie prit un correcteur dont la couleur était censée correspondre à son teint. En jetant un œil dans la glace, elle se souvint soudain de son coup de soleil. Elle s'en mit quand même quelques touches sous les yeux, le nez et les oreilles, puis un peu plus sur ses trois petits boutons au front. Après quelques minutes de réflexion, elle ajouta un peu de terracotta sur l'ensemble de son visage.

— Tu sais que l'avantage d'être bronzée, c'est que tu n'as pas besoin de te maquiller, intervint de nouveau Lucie.

— Je ne suis pas bronzée, j'ai juste une tête de tomate !

— Je ne sais pas pourquoi tu te prends autant la tête pour ce mec, pesta sa copine.

— Et s'il fait froid ? Il faut que je prenne un gilet.

Lucie lâcha son portable et prit un air consterné.

— Froid ? Tu te souviens vaguement où nous sommes ?

— Et s'il me pose des questions sur nos vies ? Je ne voudrais pas qu'il nous prenne pour des filles à papa...

Lucie souffla :

— Tu lui diras que nous avons épousé des millionnaires russes quand nous avions quatorze ans. Et comme nos maris viennent de clamser, nous sommes devenues des veuves richissimes...

Émilie leva les yeux au ciel, jeta un dernier regard au miroir, sortit du bungalow, fit quelques pas, rebroussa chemin, regagna la chambre pour fouiller dans sa valise et y dénicher la pièce ultime : son bijou porte-bonheur, un bracelet Pandora qu'elle s'était offert pour ses quinze ans.

Lorsque Émilie arriva dans le hall d'entrée, Éric l'attendait déjà. Prise de stress, elle hésita à retourner voir Lucie pour lui dire qu'elle avait changé d'avis et qu'elle resterait finalement avec elle pour la soirée. Cette pulsion ne dura qu'un court instant, mais elle fut sincère. Durant ces quelques secondes, le destin d'Émilie fut en suspension. Elle l'ignorait alors, mais toute son existence se joua sur ce choix : faire demi-tour ou se diriger vers le jeune homme accoudé au comptoir de la réception.

Émilie regarda derrière elle, puis, troublée et légèrement tremblante, elle tourna de nouveau les yeux vers Éric. Elle prit une grande inspiration d'air chaud et s'avança. Il était 20 h 30, le soleil était couché depuis longtemps.

Affaire : CONTRE X,
MISE EN PÉRIL, VIOLENCES VOLONTAIRES SUR MINEUR

Extrait de l'audition de M. Charles Champfleuri, grand-père maternel de l'enfant.

QUESTION : *À votre connaissance, votre fille, Émilie Champfleuri, a-t-elle déjà fait preuve de comportements violents ?*

RÉPONSE : *À ma connaissance, jamais.*

QUESTION : *À votre connaissance, le compagnon de votre fille, Éric Valmy, a-t-il déjà fait preuve de comportements violents ?*

RÉPONSE : *À ma connaissance, non. Mais j'ajoute que je n'ai fait la rencontre d'Éric que quelques mois avant la grossesse de ma fille.*

QUESTION : *À votre connaissance, votre fille et son compagnon font-ils usage de stupéfiants ?*

RÉPONSE : *À ma connaissance, non.*

QUESTION : *Votre fille a-t-elle des antécédents psychiatriques ?*

RÉPONSE : *Que voulez-vous dire ?*

QUESTION : *Votre fille a-t-elle, par le passé, été soignée pour des maladies psychotiques ou a-t-elle déjà été suivie par un psychiatre ?*

RÉPONSE : *Je ne vois pas le rapport avec l'affaire pour laquelle je suis auditionné.*

QUESTION : *Votre fille a-t-elle déjà été diagnostiquée par un professionnel de santé comme étant atteinte de troubles du comportement ?*

RÉPONSE : *Je ne possède aucune compétence médicale me permettant de vous répondre sur ce point.*

QUESTION : *Votre fille a-t-elle déjà été suivie par un psychiatre ?*

RÉPONSE : *Oui.*

2

Le restaurant Chez Paul et Virginie était à une dizaine de minutes à pied du Club. Éric n'avait pas semblé déçu outre mesure en apprenant l'absence de Lucie. Tout au long du chemin, il avait fait la conversation, évitant à Émilie de trouver quelque chose à dire. Il avait détaillé un à un tous les restaurants de la ville, au point qu'Émilie s'était demandé s'il ne la prenait pas pour une critique gastronomique venue incognito en Martinique.

Le sujet commençait à s'épuiser lorsqu'ils arrivèrent devant l'établissement. Éric avait réservé une table en terrasse, légèrement à l'écart. Émilie se concentra sur le menu pour se donner une contenance. Il lui conseilla les lambis, elle fit mine d'hésiter sans oser lui dire qu'elle n'avait aucune idée de ce dont il s'agissait. Elle choisit finalement une dorade grillée et profita qu'Éric cherchait la serveuse du regard pour essuyer ses mains moites sur sa serviette. La serveuse fit un geste pour signifier qu'elle arrivait. Le temps fut suspendu quelques instants. Éric eut un petit rire nerveux qu'Émilie tenta d'imiter.

— Bienvenue en Martinique ! lança-t-il avec ironie. Ici, il faut vite s'habituer à laisser le temps au temps.

— Mais ça fait partie du charme de l'île, protesta Émilie.

— Seulement si tu viens en touriste. Parce que, lorsque tu travailles ici, crois-moi, c'est souvent agaçant.

Le silence s'imposa de nouveau. L'un et l'autre gardaient le regard fixé sur la serveuse, attendant que celle-ci daigne venir prendre la commande, pour ensuite entamer une conversation dont ni l'un ni l'autre ne savait sur quoi elle porterait. Au bout de cinq longues minutes qui leur donnèrent une vague idée de l'éternité, la serveuse se dirigea enfin vers leur table pour leur offrir deux ti-punchs avec un sourire éclatant. Éric trempa ses lèvres dans le breuvage en fixant Émilie, qui fit de même.

De crainte qu'un nouveau blanc ne s'installe, elle ne trouva rien de plus original que de demander à Éric comment il était devenu GO. Éric s'empressa de dérouler son curriculum vitæ : il avait grandi à Massy, dans l'Essonne. Après son bac STT, il s'était inscrit en Staps à la fac d'Orsay, dans l'optique de devenir professeur d'EPS. Éric n'avait pas de vocation particulière pour l'enseignement, mais il n'avait pas eu d'autre choix : faute du talent suffisant pour le haut niveau, il était plutôt doué en sport et beaucoup moins pour tout le reste.

Son objectif professionnel avait commencé à s'enrayer en deuxième année, lorsqu'il avait dû suivre un stage au sein d'un établissement scolaire. Il avait trouvé refuge au collège Aristide-Briand de Verrières-le-Buisson, avec comme maître de stage un prof d'EPS pour qui le concept d'effort physique restait avant tout théorique. Éric, qui s'imaginait la belle vie au soleil de l'Éducation nationale, déchanta lorsqu'il découvrit que son futur métier ne consistait pas seulement à donner des ballons à des gamins pour qu'ils jouent au foot ou au hand, mais aussi à remplir une multitude de documents concernant le « contenu pédagogique » de ses cours.

Lors de sa troisième année de Staps, Éric avait réussi l'épreuve écrite du Capeps, mais il avait échoué à l'oral.

Il ne put donc prétendre à une titularisation dans un établissement scolaire, mais seulement effectuer des remplacements. Il obtint un poste pour quatre mois dans un collège de Longjumeau afin de remplacer un congé maternité. En plus de ses cours, il bûchait pour passer le Capeps interne. Il trouvait les élèves dissipés, ses collègues ennuyeux et ne comprenait rien aux objectifs théoriques faits de « matrices disciplinaires », de « leviers d'accès à la réussite » et d'« interdisciplinarité ». Il comprit également que les profs titulaires se gênaient rarement pour refourguer les tâches ingrates aux remplaçants, travail administratif ou rangement du matériel.

Lorsqu'il découvrit que sa rémunération mensuelle était bien inférieure à ce qu'il avait espéré et que cela ne s'arrangerait guère, même s'il décrochait le Capeps interne, il préféra jeter l'éponge et fit le tour des salles de sport pour trouver un job. L'un de ses anciens condisciples des Staps lui suggéra de postuler au Club Med, où, selon lui, leur profil était recherché. Éric suivit le conseil : il décrocha un poste dans l'établissement martiniquais, au sein duquel il entamait désormais son deuxième CDD.

Lorsque Éric conclut son propos par le pourtant inévitable « et toi ? », Émilie se trouva prise au dépourvu. Si elle se contentait d'être franche, sa biographie officielle se résumait à un parcours scolaire réussi. Elle fut tentée de s'inventer un destin contrarié de danseuse dont la carrière aurait été sacrifiée en raison d'une blessure au genou, mais elle jugea risqué de baratiner un sportif sur un tel sujet, d'autant que son anatomie n'évoquait guère celle d'une ballerine. Elle choisit donc la vérité.

— Et tes parents travaillent dans quoi ?

Éric posa la question avec le plus grand naturel. Émilie tiqua sur la formulation, mais prit bien soin de ne pas le montrer. Elle ne poussa pas la confidence jusqu'à révéler que « Papa » était ce que l'on appelle un « gros industriel », au propre comme au figuré. Descendant d'une famille de soyeux lyonnais, Charles Champfleuri avait pris la succession de son propre père, qui avait réorienté l'entreprise familiale dans la confection de toile de parachutes durant la Seconde Guerre mondiale – un opportunisme peu apprécié au sein de la bourgeoisie locale. Après la Libération, certaines amitiés que l'on tenait pour solides s'étaient effilochées, lorsqu'elles ne s'étaient pas brutalement rompues. Dans les dîners en ville, les Champfleuri indisposaient à tel point qu'ils n'étaient plus invités nulle part. C'est en partie pour cette raison que le père d'Émilie avait quitté Lyon dès sa majorité pour respirer l'air pur de Paris. Coupant les ponts avec sa famille et son milieu étriqué, Charles s'était dévoué corps et âme au développement de son affaire. En quelques années, il était parvenu à se constituer une belle fortune grâce à un juteux contrat passé avec l'Otan, dont sa société était devenue l'un des fournisseurs attitrés.

Émilie faillit se lancer dans un long monologue sur l'admiration et l'affection qu'elle portait à son père, mais elle se refréna à temps. Elle savait qu'elle ne pourrait se défaire de l'étiquette « fille de riches », elle ne voulait pas en plus s'accoler celle de « fille à papa ».

Émilie s'interrompit lorsque la serveuse leur apporta les desserts, une crème brûlée pour lui et un tiramisu coco pour elle. Éric enchaîna en lui demandant quels étaient ses centres d'intérêt. La question était d'une banalité affligeante, mais au moins Émilie savait quoi répondre : elle lui parla de sa passion pour la photo. Depuis l'âge de quinze ans, elle ne cessait de mitrailler le moindre détail de son environnement, avec le Nikon dont son père ne se servait plus. Sur les conseils d'une voisine, elle avait appris à développer elle-même ses pellicules. Elle aimait par-dessus tout le noir et blanc, les portraits en gros plan et les angles improbables. Sans une once de snobisme, elle confia à Éric qu'elle s'inspirait de photographes tels qu'Irving Penn, Richard Avedon ou Jeanloup Sieff, avant de se rendre compte que ces noms n'évoquaient rien pour lui.

Lorsque Éric lui demanda si elle voulait devenir photographe, Émilie hésita encore une fois à mentir, mais préféra dire la triste vérité : elle aurait adoré en vivre, mais elle savait qu'un tel projet ne pourrait jamais se concrétiser. Sa conception désuète de la photo et son incapacité à utiliser un appareil numérique faisaient d'elle une jeune fille d'un autre temps. Ses copines se moquaient gentiment d'elle lorsqu'elle réglait son Nikon, et les quelques professionnels qu'elle avait rencontrés la considéraient comme une nostalgique d'une époque qu'elle n'avait pas connue. Peu importait que son œil fût capable de détecter des détails que nul autre ne distinguait : en photographie comme en d'autres domaines, elle n'était qu'une éternelle romantique. Mais elle avait tout de même assez les pieds sur terre pour avoir décidé de poursuivre ses études dans une école de commerce après son bac. Elle avait choisi l'EDC Paris.

— Mon père l'a rebaptisée « l'École des cons » ! ajouta-t-elle en riant.

Charles ne supportait pas les étudiants obsédés par l'idée de faire fortune à l'âge où ils devraient rêver de devenir poètes ou marionnettistes. Cette réflexion fit rire Éric, qui posa sa main sur l'épaule d'Émilie avant de la retirer aussitôt. Ce contact provoqua un frisson le long de la colonne vertébrale de la jeune fille.

La serveuse leur offrit un verre de rhum vieux en digestif. Éric but le sien presque cul sec, Émilie y trempa ses lèvres, puis reposa son verre sur la table.

— Rentrons par la plage, proposa Éric.

Lorsqu'il lui montra la lune qui se reflétait sur la mer, l'idée qu'il s'agissait de l'un des pires clichés n'effleura même pas l'esprit d'Émilie. Elle sourit au moment où il lui prit la main et ferma les yeux lorsqu'il l'embrassa.

*

Émilie se réveilla en se demandant si ses souvenirs de la veille étaient réels. Lorsque Lucie se leva sans lui adresser la parole, elle comprit que tout avait eu lieu. Éric l'avait raccompagnée à son bungalow en ayant la délicatesse de ne pas lui proposer de visiter le sien. Comme Roméo et Juliette, ils s'étaient souhaité « bonne nuit » une quinzaine de fois sans parvenir à se séparer. Ils avaient ri pour des bêtises et s'étaient embrassés comme deux gamins, sans que leur désir réciproque les poussât à aller plus loin. Lucie avait fini par leur hurler de se taire, avec une intonation digne d'une mégère de moins de cinquante ans. Éric et Émilie avaient été pris d'un fou rire, provoquant une nouvelle vocifération de Lucie.

Lorsque Éric avait quitté les lieux, non sans avoir longuement embrassé Émilie une dernière fois, il était près de 2 heures. Émilie était rentrée dans la chambre en marchant sur la pointe des pieds, mais Lucie avait aussitôt allumé la lumière. Ayant sans doute répété son discours plusieurs fois dans sa tête, elle s'était lancée dans un impitoyable réquisitoire contre son amie. Elle avait fustigé son « égoïsme », sa « naïveté » et sa « superficialité », assénant plusieurs fois les mêmes arguments en haussant graduellement le ton. Émilie avait mollement tenté de se défendre mais n'avait accordé qu'une écoute relative à son amie, tant Éric occupait ses pensées. Elle avait laissé Lucie poursuivre ses réprobations en roue libre tandis qu'elle se démaquillait, puis elle s'était mise au lit sans plus lui prêter attention. Verte de rage, Lucie avait fini par se taire, non sans avoir répété qu'elle ne lui « pardonnerait jamais » son comportement. Émilie n'était pas certaine de comprendre ce qu'elle lui reprochait, mais elle s'en moquait quelque peu.

Son état d'esprit n'avait pas changé au réveil et elle sourcilla à peine lorsque Lucie sortit de la salle de bains, enfila une tenue en vitesse et quitta le bungalow sans un regard pour elle.

Émilie passa la journée seule. Elle parcourut la plage de la Pointe Marin de long en large avec son appareil photo pour immortaliser des traces de pas sur le sable, l'écorce d'un palmier, l'ombre d'un hamac ou la marchandise des vendeurs ambulants. Elle mourait d'envie de retrouver Éric, mais elle savait qu'elle devait prendre son mal en patience. La veille, il lui avait indiqué que le directeur du Club n'aimait pas que les GO « fricotent » avec la clientèle. Le terme « fricoter » avait piqué Émilie dans son orgueil, mais elle n'en avait rien laissé paraître. Elle préférait éviter de le croiser car il lui semblait trop frustrant de conserver une attitude distante après leur soirée de la veille. Prendre des photos lui permettait de se concentrer sur autre chose et de fuir les questions qui encombraient son esprit.

Après l'émerveillement de la matinée, elle se remémorait leurs baisers fougueux devant la porte du bungalow et se laissa emporter par une vague d'interrogations nocives. N'était-elle pour Éric qu'une énième conquête parmi la foule des vacancières ? Si elle se doutait que son physique de jeune premier ne laissait indifférentes ni les jeunes filles ni les femmes d'âge mûr, elle s'accrochait à l'idée qu'Éric n'était pas un simple coureur. Comme tout le monde, sa vision des GO du Club Med n'était guère éloignée du personnage de Thierry Lhermitte dans le film *Les Bronzés*. Mais elle refusait d'imaginer qu'Éric pût lui dire dans un regard langoureux : « Tu vois, je me suis niqué plus de quatre-vingts gonzesses depuis le début de la saison. Eh ben, sans te flatter, j'ai l'impression que tu vas être dans les dix, quinze premières. » Comment un garçon qui lui souriait si tendrement aurait-il pu dissimuler un goujat de la pire espèce ?

Émilie prit encore quelques clichés du ponton en forme de virgule puis se décida à regagner le Club. Elle aperçut Lucie près de la piscine en compagnie de Benoît, de Sylvain et de Joël. Celle-ci fit semblant de ne pas la voir et éclata ostensiblement de rire pour montrer à son « amie » à quel point elle s'amusait sans elle. Émilie se mordit les lèvres, ravalant sa rancœur. Elle ne put s'empêcher de se diriger vers le terrain de volley, près duquel Éric avait débuté la séance de sport. Elle s'installa sur un transat à une distance raisonnable et fit preuve d'une parfaite maîtrise pour ne pas le mitrailler avec le zoom de son appareil. Éric lui tournait le dos, lançant des encouragements à l'assistance exclusivement féminine qui transpirait face au coucher du soleil. Éric se retourna pour changer de playlist sur sa tablette. Malgré la distance, il aperçut aussitôt Émilie et un sourire se dessina sur son visage. Avec un certain sens de la discrétion, il forma un cœur avec ses doigts, à la manière dont les footballeurs célèbrent désormais leurs buts. Si elle avait assisté à pareille scène dans un film ou une série, Émilie aurait été consternée. Elle fut donc la première surprise de sentir les larmes lui monter aux yeux.

*

Durant les jours qui suivirent, la tension monta encore d'un cran entre Émilie et Lucie. Lorsqu'elles se retrouvaient dans le bungalow, au moment du coucher et au réveil, elles cohabitaient à la façon de ces couples dont la rupture est définitive mais qui ne peuvent quitter le domicile conjugal faute de moyens financiers. Elles ne s'adressaient plus la parole, chacune faisant mine d'ignorer la présence de l'autre, de façon presque outrancière en ce qui concernait Lucie. Le jeudi, Sylvain proposa à Émilie de les accompagner pour une excursion. Émilie se demanda s'il s'agissait d'un stratagème de Lucie mais, face au visage déconfit de son amie, lorsqu'elles se retrouvèrent face à face à la réception, il fut évident que ce n'était pas le cas.

Sur le bateau qui les menait aux fonds blancs, les deux filles prirent soin de s'asseoir le plus loin possible l'une de l'autre. Arrivées à la Baignoire de Joséphine, elles durent se soumettre au rituel touristique du baptême au rhum, en s'immergeant dans la mer jusqu'à la taille pour recevoir une rasade de rhum blanc. Émilie ingurgita rapidement le long filet que le guide fit couler directement dans sa bouche. Lucie en profita pour se donner en spectacle, réclamant une deuxième ration, puis faisant mine d'enlever le haut de son maillot de bain sous les rires des autres participants. De retour au club, les deux filles retournèrent au bungalow en laissant quelques mètres entre elles.

Au fil des années, Émilie s'était souvent disputée avec Lucie pour des raisons futiles, mais la brouille n'avait jamais duré plus de quelques heures. Émilie en connaissait la raison : c'était toujours elle qui faisait le premier pas pour enterrer la hache de guerre, et son amie, de bonne grâce, lui accordait son pardon. Mais cette fois elle s'y refusait. Lorsqu'elles étaient plus jeunes, Lucie s'était montrée capable d'agonir Émilie d'injures au simple motif qu'elle s'était acheté la même robe. À présent, elle la maudissait car c'était Émilie qui avait gagné les faveurs d'Éric. Lucie s'était-elle imaginé un amour de vacances avec le beau GO, ou bien s'agaçait-elle seulement qu'Émilie ait embrassé un garçon avant qu'elle ne s'en fût trouvé un ? Émilie ne cherchait même pas à le savoir. Contrairement à leurs chamailleries habituelles, elle avait été blessée par une phrase que Lucie lui avait lancée lorsqu'elle était rentrée de son rendez-vous avec Éric. Les mots résonnaient encore dans sa tête : « Jamais un garçon n'a eu de sentiments pour toi, pourquoi cela changerait-il ? » Malgré des années d'amitié, l'affection qu'elle ressentait pour Lucie s'était brisée à cet instant précis. Elle se repassait sans cesse l'image de Lucie, les yeux exorbités, prononçant chaque mot un peu plus fort que le précédent pour être certaine d'atteindre sa cible. Lucie l'avait déjà traitée de « bourgeoise », de « coincée » et même de « connasse », mais jamais elle n'avait utilisé sa faille la plus intime pour la blesser.

Émilie n'avait pas de secrets pour Lucie. Depuis qu'elle l'avait rencontrée, elle lui avait confié chacune de ses aventures passagères, chacun des sentiments qui l'avaient effleurée pour tel ou tel garçon de leurs connaissances. Elle lui avait avoué, en retenant ses larmes, sa crainte qu'aucun d'entre eux ne ressentît pour elle autre chose qu'un désir éphémère. Émilie avait le cran de regarder la vérité en face : des cinq flirts avec qui elle avait entretenu une liaison, tous s'étaient lassés au bout de quelques mois – même celui en qui elle avait cru deviner l'homme de sa vie, celui à qui elle avait offert sa virginité l'année précédente. Peu importe qu'elle lui eût présenté ses parents avec des étoiles dans les yeux, qu'elle lui eût montré ses photos les plus précieuses, celles qu'elle conservait dans une boîte sous son lit comme un trésor caché. Au bout de cinq mois, ce blanc-bec lui avait avoué ce qui semblait évident pour tout leur entourage : il s'ennuyait avec elle. Émilie avait eu la sensation qu'un couteau rouillé pénétrait lentement dans son abdomen. Elle avait versé plus de larmes qu'elle ne s'en croyait capable, puis elle avait téléphoné à Lucie. Celle-ci avait joué son rôle de meilleure amie, à sa façon : elle ne l'avait pas prise dans ses bras en lui répétant qu'elle était une fille merveilleuse, elle l'avait seulement emmenée faire du shopping et boire des mojitos dans un bar à la mode. C'était tout ce qu'Émilie attendait d'elle : qu'elle fasse cesser sa souffrance intérieure en lui faisant penser à autre chose.

Depuis leur rencontre, Émilie avait toujours été subjuguée par le côté extraverti de Lucie et par sa confiance en elle. Émilie admirait ces qualités qui lui manquaient et qu'elle avait le sentiment de posséder par procuration au côté de son amie. Mais à présent Lucie n'était plus celle qui efface la souffrance ; elle était à l'origine de son tourment. Alors qu'Émilie venait de rencontrer un garçon qui faisait grimper sa fréquence cardiaque dès qu'il se trouvait à proximité, Lucie revenait sans cesse dans son esprit pour lui jeter au visage cette peur que le jeune homme ne finisse par ne voir en elle que la godiche qu'elle craignait d'être. L'une de celles auprès de qui le temps semble long et l'existence fade, même lorsque l'on n'a que vingt ans…

Depuis leur rendez-vous initial, Émilie n'avait pu partager avec Éric que quelques moments volés. Comme lorsqu'il rangeait son matériel après les séances de sport et qu'elle le rejoignait dans la remise pour échanger d'intenses baisers. Comme lorsqu'elle le croisait au restaurant et qu'elle croyait lire dans son regard des témoignages de tendresse. Comme la fois où il avait jeté à côté de sa chaise longue un papier plié sur lequel il avait écrit « plus que deux jours », indiquant le compte à rebours avant sa journée de congé du samedi qu'il devait passer avec elle. Émilie comptait les heures. La veille, elle s'était inscrite à une randonnée en Molokini, un kayak en polycarbonate dont la transparence permet de voir les fonds marins. Le soir, elle avait participé à la « soirée blanche » à L'O, l'autre restaurant du Club. Éric avait pour mission de mettre l'ambiance avec le reste de l'équipe d'animation. Il passait de table en table. Lorsqu'il arriva à celle où Émilie dînait seule, elle se sentit fondre. Elle ne savait presque rien de lui, mais tout espoir de le considérer comme un simple flirt était désormais perdu.

Il servit un verre de ti-punch qu'il déposa devant elle. Dans son mouvement, il lui glissa à l'oreille : « Demain, c'est seulement nous deux. » Émilie ne sut pas comment elle parvint à résister à l'envie de lui sauter dans les bras. Elle ne porta aucune attention à Lucie qui, quelques tables plus loin, expliquait quelque chose à Benoît en la montrant du doigt.

*

Le matin, le marché de Sainte-Anne semblait rassembler toutes les couleurs de la Martinique. Les vendeuses habillées de madras multicolores proposaient des boudins, des goyaves, des ananas et des gousses de vanille. On y trouvait toutes sortes d'épices et des rhums arrangés aux parfums les plus improbables. Sous les halles, les artisans vendaient des sacs colorés, des paréos ou des bijoux et des porte-clés artisanaux. Un vieil orchestre traditionnel jouait sur la place joyeuse tandis que, dans la rue adjacente, des femmes vêtues de robes élégantes se rendaient à la messe, une ombrelle à la main, accompagnées d'enfants tirés à quatre épingles. Les maisons affichaient des façades de couleurs variées, formant un ensemble polychrome qui semblait avoir été peint par Mondrian. Émilie immortalisait chaque angle de vue avec son appareil. Éric, qui arborait un T-shirt portant l'inscription « *pani pwoblem* », saluait chacun des commerçants.

— Tout le monde se connaît ici, indiqua-t-il face à la mine étonnée d'Émilie.

L'un des marchands interpella la jeune fille pour lui faire découvrir « le meilleur boudin de toute la Martinique, voire du monde ». Émilie saisit le petit morceau qu'il lui tendait et le porta à sa bouche : elle ne savait pas si le vendeur disait vrai, mais ce boudin surpassait tous ceux qu'elle avait goûtés à ce jour. Éric l'observait en souriant.

— Serais-tu prête pour un tourment d'amour ?

Émilie piqua un fard et ouvrit la bouche pour répondre. Éric éclata de rire, satisfait de son effet.

— Tiens, goûte, enchaîna-t-il en lui tendant un petit gâteau fourré à la noix de coco.

Émilie croqua dans la pâtisserie, dont la saveur se mélangea au boudin qu'elle venait d'avaler.

— Heureusement que je ne t'ai pas proposé un « redresseur de zizi », enchaîna Éric sans se départir de son sourire.

— Qu'est-ce que c'est ? demanda Émilie en tentant de paraître décontractée.

— Seulement du punch, ne t'inquiète pas...

En face de l'église, depuis un grand ponton, des enfants plongeaient dans l'eau turquoise du bout du quai. Émilie s'accroupit pour les prendre en photo. Lorsqu'elle eut fini, Éric lui prit la main pour l'entraîner vers un banc, un peu plus loin. Il lui dit que cette ambiance lui manquerait lorsqu'il repartirait en région parisienne en mars, à la fin de son contrat. Éric ne considérait pas la Martinique comme un département français mais comme une « mini-France ». On y trouve tout ce que possède la France : la ville, le village, la montagne, la colline, deux mers…

— Rien ne te manque ?

— Si : les cinémas.

— Il n'y a pas de salles ici ?

— Il faut aller à Fort-de-France.

— Et tu parles créole ?

— Seulement quelques phrases utiles.

— Lesquelles ?

— Avec toi, la seule phrase dont j'ai besoin c'est : *Fout ou bel doudou a.*

— Qu'est-ce que ça veut dire ?

— Que tu es belle, ma chérie.

*

L'après-midi, Éric emmena Émilie en zodiac vers un petit spot où faire du snorkeling. Il lui prêta un masque, un tuba et des palmes. Sous l'eau, il lui montrait du doigt les poissons coralliens, d'un bleu magnifique. Au milieu des coraux, Émilie eut un sursaut en se retrouvant face à un poisson perroquet. Éric rit si fort qu'il dut remonter à la surface. En s'éloignant un peu, ils aperçurent un barracuda de plus de un mètre de long. Émilie fut prise d'un sentiment de panique, mais Éric lui prit la main pour la rassurer.

Lorsqu'ils regagnèrent le zodiac, elle demanda s'il y avait des requins dans les parages. Éric eut beau lui soutenir que, contrairement à La Réunion, la Martinique n'avait jamais connu une seule attaque de requin, elle décida que la plongée sous-marine n'était pas faite pour elle.

— Qu'aimerais-tu faire ce soir ? demanda Éric lorsqu'ils arrivèrent à destination.

— Je voudrais aller à la plage des Salines !

— Excellent choix, répondit-il en prenant un air des plus sérieux.

La plage des Salines était l'une des plus belles de toute la Martinique : mer turquoise, sable blanc, cocotiers... Les clichés ont parfois du bon ! Émilie observa la mer en silence jusqu'à ce qu'Éric lui attrape la main pour l'entraîner vers un sentier en terre battue qui menait à une petite crique de toute beauté. Ils s'assirent sur le sable.

— Comment s'appelle cet endroit ?

— Tata Beach.

Émilie écarquilla les yeux.

— Pourquoi « Tata » ?

— Il s'agit d'une vieille légende créole. Certains couples sont venus sur cette plage et n'en sont jamais repartis...

— Tu plaisantes ?

— Bien sûr ! C'est une plage très discrète pour les rendez-vous des homosexuels, voilà tout. Les touristes ne viennent jamais ici, chaque fois que je viens je ne vois personne. C'est pourtant un vrai paradis...

Ils retournèrent ensuite aux Salines pour dîner au restaurant Chez Nadiege et Serge. Éric refusa qu'Émilie ouvre le menu, affirmant que les « langoustes s'imposent d'elles-mêmes ». Émilie retira ses sandales pour sentir le sable sous ses pieds. Malgré la table recouverte d'une toile cirée, elle avait la sensation de se trouver dans un établissement de très haut standing, digne de ceux dans lesquels son père l'emmenait pour les grandes occasions. Un instant, elle sentit une mélancolie s'emparer d'elle. Elle voulut le cacher à Éric, mais il le perçut aussitôt. Lorsqu'il lui demanda ce qu'elle avait, elle ne put que répondre :

— Je ne sais pas comment je vais réussir à attendre une semaine avant ton prochain jour de congé.

Ils passèrent toute la nuit sur la plage de Fond Moustique. Cette nuit-là, dans les flots voluptueux de la Caraïbe, point n'était besoin de tambour, de violon, ni du chant du dernier firmament, pour que le cœur d'Émilie touche les rayons brûlants du soleil de minuit.

*

Lucie ne supporta pas qu'Émilie eût découché. Elle prit toutes ses affaires et partit s'installer dans le bungalow que partageaient Benoît, Sylvain et Joël. Émilie n'avait aucune idée de la manière dont ils s'organisaient pour le partage des lits, mais le sujet ne l'intéressait pas. Elle s'était habituée à passer ses journées seule, à se promener ou à se baigner. Après s'être longtemps retenue, elle se laissait désormais aller à prendre Éric en photo lorsqu'il animait ses séances de sport, prenant tout de même garde à ce qu'il ne la remarquât pas.

Éric accompagnait aussi des groupes en excursion. Le mardi après-midi, il était en charge de la balade pour aller voir la Table du diable, un rocher d'une dizaine de mètres qui dépassait la surface de la mer. En raison des fortes vagues déferlantes, il n'était possible de s'y rendre ni à la nage ni en bateau, seulement de l'observer depuis la plage.

Éric relata aux vacanciers que, selon la légende locale, le diable venait dîner sur ce rocher les jours d'orage. Émilie rit sous cape en se demandant si cette légende était réelle ou tout droit sortie de l'esprit d'Éric.

Après le dîner, elle choisissait ses activités en fonction du planning d'Éric. Le jeudi, il était chargé d'accompagner les clients noctambules pour une soirée mousse à la Dunette, un bar à la mode où l'on pouvait se rendre à pied en passant par la plage. Ce soir-là, les festivités se déroulaient sur le ponton en bois qui fait face à l'établissement et s'ouvre sur la baie de Sainte-Anne. Les annexes des yachts venaient s'y amarrer pour déposer les plaisanciers venus faire la fête, assoiffés de vie, de rires et d'aventures. Juste à côté, dans une petite impasse, on trouvait une improbable buvette où se donnaient rendez-vous tous les buveurs de rhum.

Lorsque le groupe du club arriva sur le ponton, la fête battait déjà son plein. Le DJ venait d'achever la séquence zouk et enchaînait avec les classiques du disco avant d'entamer les morceaux plus récents. Émilie se commanda un mojito et s'assit sur un tabouret près du comptoir. Éric enflammait la piste de danse, histoire de donner l'exemple aux quadras qui avaient perdu l'habitude de bouger en rythme. À plusieurs reprises, ils échangèrent des regards. Elle sentait qu'il aurait aimé être ailleurs avec elle plutôt qu'ici, à faire semblant de s'amuser avec des inconnus. Au bout d'une heure, elle s'approcha du DJ pour lui demander de passer un slow.

— Un slow ? Plus personne ne danse de slow depuis les années 1990 !

— Raison de plus pour relancer la mode, rétorqua Émilie avec son plus charmant sourire.

Le DJ laissa s'achever *Funkytown* de Lipps Inc., puis annonça au micro :

— Une chanson spéciale pour une fille spéciale...

Les premières notes de « Just the way you are » de Barry White retentirent sur le ponton. Les danseurs mirent quelques secondes à comprendre qu'il ne s'agissait pas d'un nouveau titre disco. Certains soufflèrent de mécontentement, puis quittèrent la piste pour se regrouper au bar ou sur les canapés. Éric demeura un instant seul au milieu de l'espace vide, sans savoir quelle attitude adopter. Lorsque Émilie parvint à capter son regard, elle sut qu'il ne pourrait pas lui résister. Elle s'avança lentement vers lui en murmurant les paroles de la chanson. Lorsqu'elle fut à sa hauteur, Éric eut un rire nerveux. Toute l'assemblée les observait. Émilie passa ses bras autour de son cou, un geste dont elle ne se serait jamais crue capable. Éric passa les siens autour de sa taille et ils se laissèrent entraîner par le rythme lent. Émilie posa la tête sur son épaule. Éric lui murmura à l'oreille :

« J'ai envie de vous embrasser, mademoiselle. »

Émilie se redressa pour lui faire face. Ses lèvres se rapprochèrent des siennes. Barry White continuait de chanter.

Continuait d'enchanter...

*

Cette nuit-là, ils ne dormirent pas. Ils marchèrent longuement sur la plage. Ils parlèrent longtemps, très longtemps. Émilie lui confia des pensées qu'elle ne se croyait pas capable de confier. Elle qui s'évertuait à offrir à Éric une image censée la rehausser à ses yeux ne fut plus simplement qu'elle-même, du mieux qu'elle pouvait. Éric, lui, n'avait pas besoin de faire d'effort pour être lui-même, il ne savait faire que cela. C'était d'ailleurs ce qui plaisait le plus à Émilie ; son naturel et sa spontanéité. Il ne trichait pas, ne craignait pas d'apparaître ignare lorsqu'il ne connaissait pas quelque chose et utilisait la parole pour autre chose que pour vanter ses propres mérites.

Lorsque Émilie lui révéla qu'elle avait peu d'expérience avec les garçons, il ne lui servit aucune phrase toute faite, de celles qui sont censées être réconfortantes mais ne font qu'enfoncer un peu plus celui ou celle à qui elles sont destinées. Émilie lui dit à quel point elle craignait de paraître sans intérêt à ses yeux, elle lui avoua même que ses sentiments pour lui étaient si forts qu'ils lui faisaient peur. Comme elle craignait d'aller trop loin, elle se tut un instant avant d'ajouter :

— Chaque minute que je passe avec toi, je crains que tu croises le regard d'une fille plus jolie, que tu te lèves pour aller lui parler et que tu me laisses sans même prendre le temps de me dire que tu me quittes.

Éric leva les yeux au ciel et lui caressa doucement l'épaule.

— Tu crois que je ne suis pas conscient de l'image que je renvoie ? lui demanda-t-il d'un air sérieux.

Émilie ne comprit pas. Elle chercha une réponse dans son regard mais n'en trouva aucune. Il continua de parcourir la peau de son cou avec ses doigts puis poursuivit :

— Je sais pertinemment ce que les filles qui viennent au Club pensent de moi. Je suis le garçon plutôt bien foutu aux yeux bleus, bronzé toute l'année, je fais partie des attractions touristiques au même titre que le rhum, les acras et la plage. Les filles de bonne famille qui séjournent au Club veulent me mettre dans leur lit comme elles achètent un paréo. Une aventure avec le GO du Club Med, c'est un joli souvenir auquel on repense comme on regarde une carte postale. Mais je ne me fais pas d'illusions, aucune d'elles ne voudrait me présenter à ses parents et elles auraient toutes honte de moi si je devais passer une soirée avec leurs copains étudiants. Parce que, pour elles, je ne suis qu'une « belle petite gueule » avec pas grand-chose dans la tête. Parce que je n'ai presque jamais ouvert un bouquin et que mes seules études ont été consacrées au sport.

Éric lui dit tout cela sans aigreur. La moindre phrase qui sortait de sa bouche sonnait comme une évidence. À mesure qu'il parlait, sa main était redescendue sur le cou d'Émilie, puis avait suivi la ligne de la colonne vertébrale mais avait rebroussé chemin une fois arrivée à la frontière des fesses. Émilie s'était retournée vers lui et le regardait avec tendresse.

— Moi, j'aimerais beaucoup te présenter à mes parents...

— Je le sais, répondit Éric. Tu n'as pas besoin de me le dire. Et c'est pour cette raison, entre autres, que tu n'as pas à avoir peur que je prête la moindre attention à une autre fille quand je suis avec toi.

Émilie s'assit sur le sable puis se laissa tomber en arrière pour s'allonger les yeux vers les étoiles. Éric s'assit à côté d'elle et lui prit la main.

— Tu as connu beaucoup de filles qui voulaient repartir avec un souvenir de GO ? demanda Émilie sans parvenir à dissimuler une pointe de jalousie dans sa voix.

Éric se mit à rire.

— Ça, tu ne le sauras jamais !

Elle fut un brin vexée. Elle n'avait ni l'envie ni le temps de faire comprendre à Éric qu'elle lui en voulait pour sa réponse, mais elle garda le silence durant une longue minute. Elle oublia sa vexation lorsqu'il s'allongea dans la même position qu'elle. Puis elle se laissa embrasser, jusqu'à ce qu'il la porte dans ses bras pour rejoindre le bungalow.

*

Le samedi arriva enfin. Au réveil, Émilie comprit que ce devait être la dernière fois qu'elle passerait une journée entière avec Éric, le jour du départ approchant. Éric avait prévu de l'emmener pour un baptême de plongée sous-marine à l'Anse à l'Âne. Émilie avait quelques réticences, mais il lui promit qu'ils ne descendraient pas à plus de trois mètres de profondeur. Émilie oublia ses craintes relatives aux requins et accepta ; elle ne voulait rien gâcher de cette journée.

Éric lui indiqua comment respirer avec la bouteille à oxygène et les signes de base pour communiquer sous l'eau. Ils plongèrent du zodiac la tête à l'envers et Éric lui prit la main pour l'emmener vers des coraux. Une fois au fond, il sortit quelque chose de sa combinaison et le posa sur le sable. Il indiqua par un geste à Émilie qu'elle devait prendre l'objet avant que le courant ne l'emporte. Émilie saisit alors ce qui se révéla être une minuscule boîte rouge. Lorsqu'elle l'ouvrit, elle découvrit une bague bon marché couleur argent sur laquelle était gravée : « Émilie, *man enmenw.* » Même à travers son masque, elle ne put cacher à Éric les larmes qui coulaient sur son visage. À la surface, le soleil brillait de mille éclats.

Le soleil se cache...

La voix de la lieutenante de police n'était plus qu'un vague bruissement qui entrait dans l'oreille d'Émilie sans atteindre son cerveau. Émilie n'était plus dans la pièce. Elle était partie se réfugier ailleurs, quelque part où nul ne lui voulait du mal. Son corps faisait acte de présence, mais son esprit planait dans un univers parallèle où l'avenir ne semblait pas à jamais brisé. Lorsque la policière prononça une nouvelle fois son nom, Émilie ne releva même plus la tête. Ses mains tiraient sur les manches de son pull, comme si elles cherchaient à s'y réfugier. C'était le seul geste qui indiquait qu'elle était encore consciente. Ses yeux n'étaient plus que deux globes inexpressifs. Ses lèvres, semi-ouvertes, laissaient passer un souffle lent. La policière comprit que le contact était rompu. Lorsque son collègue voulut intervenir en haussant le ton, elle le réduisit au silence d'un geste de la main. Elle se leva et s'approcha tout près d'Émilie. S'agenouillant en face de la gardée à vue, elle murmura avec douceur :

— Mademoiselle Champfleuri ?

Émilie n'entendait plus. Dans son état, elle n'aurait sans doute rien senti si la policière l'avait giflée. La pièce du commissariat empestait un mélange de transpiration, de *junk food* et de tabac froid. Quelques bruits provenant du couloir et le ventilateur de l'ordinateur empêchaient le silence de s'imposer totalement. La policière approcha encore son visage :

— Mademoiselle Champfleuri ? Vous m'entendez ?

Aucune réponse. Le souffle d'Émilie sembla se ralentir. Comme si, après sa conscience, la vie tentait elle aussi de quitter son enveloppe terrestre. La lieutenante entreprit une dernière tentative :

— Émilie ? Êtes-vous encore avec moi ?

Si elle en avait été capable, Émilie lui aurait répondu « non ». Et elle n'aurait pas menti. Ce n'était pas la première fois qu'elle quittait ainsi la réalité pour se protéger d'une existence devenue cataclysmique. La première fois que cela lui était arrivé, elle était bien plus jeune. Elle s'était évadée de son corps le temps que la tempête s'achève, le temps que son existence douillette retrouve son assise, le temps que la personne qui lui faisait face redevienne elle-même. Par la suite, Émilie avait oublié cette fuite hors de sa chair. Elle l'avait camouflée au fond de son inconscient, comme disent les psychanalystes. Pourtant, alors que la policière cherchait à la faire revenir dans le monde des vivants, de là où elle s'était cachée, Émilie revoyait quelques bribes de ce qui avait provoqué cette évasion initiale. Et cela la terrifiait.

3

L'avion décolla à l'heure. Émilie jeta un dernier regard à travers le hublot avant d'éclater en sanglots. Éric s'était porté volontaire pour accompagner les vacanciers jusqu'à l'aéroport. Dans le bus, il était resté à l'avant, avec l'autre animateur chargé du transfert. Elle était assise au fond du véhicule, ses lunettes de soleil vissées sur le nez. Ils n'avaient pas échangé un mot durant le trajet.

Après l'enregistrement des bagages, Éric avait accompagné Émilie jusqu'au contrôle de sécurité. À chaque seconde qui s'écoulait, Émilie sentait la boule dans sa gorge se gonfler un peu plus. Malgré tous ses efforts, Éric ne parvint pas à esquisser un sourire digne de ce nom. Ils ne s'étaient rien juré, ils s'étaient seulement embrassés en silence. À bord de l'avion, Lucie s'était assise plusieurs rangées derrière Émilie et avait entamé une conversation enjouée avec son voisin. Aucun passager n'aurait pu deviner que, trois semaines auparavant, ces deux filles étaient les meilleures amies du monde. Elles n'avaient même plus besoin de faire d'efforts pour s'ignorer, tant la distance entre elles était désormais devenue naturelle.

— Que souhaitez-vous boire, mademoiselle ? demanda l'hôtesse de l'air avec un sourire de commande.

— Rien, merci, répondit la jeune fille, qui ne pouvait avaler quoi que ce fût.

Elle avait beau s'être préparée à la séparation, elle se sentait flotter dans un épais brouillard dont seul Éric aurait pu l'extirper. La perspective de retrouver ses parents, sa chambre et son existence telle qu'elle l'avait laissée avant son départ la plongeait dans une forme de détresse inconnue jusqu'alors. Elle avait beau se faire violence en se répétant qu'elle n'était pas la première à succomber à un amour de vacances, aucune pensée rationnelle ne parvenait à vaincre cette douleur intérieure. Des chansons d'amour pathétiques résonnaient dans sa tête comme le bruit d'un marteau-piqueur. Les bluettes les plus insipides lui semblaient désormais avoir été écrites pour elle, même celles de Joe Dassin ou de Françoise Hardy :

Et si tu n'existais pas,
Je ne serais qu'un point de plus,
Dans ce monde qui vient et qui va,
Je me sentirais perdue,
J'aurais besoin de toi...

Son supplice dura huit heures. Émilie mit un film au hasard mais ne lui prêta aucune attention. Elle ferma les yeux sans s'endormir. L'avion se posa sur la piste d'Orly à 7 h 35, heure de Paris. Émilie regarda les passagers se lever avec une parfaite synchronisation et attendre de longues minutes debout avant l'ouverture des portes de l'appareil. Lorsqu'elle traversa la passerelle, son portable vibra. Elle le sortit de sa poche et lâcha son sac lorsqu'elle lut le SMS magique : « Je serai de retour dans sept mois. Attends-moi, doudou chéri... »

*

— Les liaisons à distance sont vouées à l'échec !

La phrase avait été cinglante. Émilie avait espéré que sa mère ajoutât quelques mots de réconfort après l'avoir prononcée, mais elle ne le fit pas. Mathilde Champfleuri n'était pas de celles qui enrobent leurs affirmations d'un peu de miel pour faire passer leur âpreté, y compris lorsqu'elle s'adressait à sa fille unique. Émilie s'était confiée dans l'espoir d'être rassurée sur cette romance à laquelle elle s'efforçait de croire malgré les sept mille kilomètres qui la séparaient d'Éric. Peine perdue : sa mère n'avait jamais cru aux contes de fées.

Il y avait deux mois qu'Émilie était rentrée de l'île aux Fleurs, Éric et elle n'avaient jamais manqué leurs quinze SMS journaliers et leurs quatre discussions hebdomadaires sur Skype. Ni le décalage horaire ni leurs impératifs respectifs n'étaient parvenus à enrayer la machine à aimer. Éric assumait ses quinze heures quotidiennes de travail d'animateur et Émilie suivait ses études dans une école de commerce avec assiduité. Mais jamais le quotidien n'effaçait l'autre de leurs pensées. Ce qui ne pouvait être qu'un pari un peu fou était devenu pour eux une évidence : Émilie comptait les jours jusqu'au retour d'Éric pour vivre avec lui l'histoire d'amour dont la Martinique n'avait été que le merveilleux prologue. Elle pensait donc que sa mère aurait aimé en savoir plus sur ce garçon qui allait débarquer dans sa réalité en chair et en os. Après avoir gardé le secret si longtemps, elle ressentait une telle envie de partager ses émois qu'elle s'était tournée vers Mathilde en espérant une oreille bienveillante.

Depuis la brouille avec Lucie, elle ne pouvait plus compter sur une amie assez proche pour s'épancher aussi librement qu'elle le voudrait. Bien sûr, sa mère n'avait jamais fait figure de confidente à ses yeux. Bien loin de la complicité qu'Émilie entretenait avec son père, Mathilde avait toujours observé une certaine distance vis-à-vis de sa fille, faisant même parfois preuve d'un excès de sévérité. Mais, à présent qu'elle était majeure, Émilie s'était imaginé que l'heure était venue d'établir une plus grande proximité entre elles. Il aura suffi d'une simple phrase en guise de non-recevoir pour mettre fin à cette tentative de rapprochement. Le plus logique eût été qu'Émilie se confie à son père, mais elle le connaissait suffisamment pour savoir qu'il considérait chacun de ses petits amis comme un danger risquant de faire saigner le cœur de sa fille adorée. Et, jusqu'à présent, il n'avait pas eu tort.

Émilie se contenta donc de laisser Charles découvrir par lui-même l'existence d'Éric, lorsqu'il la surprit dans sa chambre, à 3 heures, en pleine conversation sur Skype. Charles referma la porte sans prononcer un mot, négligeant même de conseiller à sa fille de ne pas veiller si tard.

Dans les jours qui suivirent, il y repensa à peine. À vrai dire, il partageait assez l'opinion de son épouse, si bien résumé par l'adage « Loin des yeux, loin du cœur ». Et puis, pour Mathilde comme pour Charles, une amourette initiée au Club Med ne pouvait être qu'une passade. À leurs yeux, cela manquait de panache. Les parents d'Émilie s'étaient rencontrés vingt-cinq ans auparavant, autour d'une table de roulette anglaise au casino de Monte-Carlo. Charles avait raconté cette histoire à sa fille au moins une fois par an durant toute son enfance et son adolescence, jusqu'à ce qu'il prenne conscience qu'elle faisait semblant d'écouter.

Ce soir-là, Charles avait joué toutes ses plaques sur le 29 noir et avait raflé la mise. La chance de gagner sur un chiffre précis à la roulette est de 1/37. C'est pour cette raison que, lorsque la bille s'était arrêtée sur le 29, Charles s'est convaincu qu'il était touché par la grâce. Ce soir-là, Mathilde était vêtue d'une robe noire, assortie à son gant de satin. Lorsque Charles lui a dit qu'il avait gagné en jouant le 29, elle répondit qu'elle était née un 29 février. Charles crut qu'elle mentait ; il avait tort. La probabilité de naître un 29 février est de 1 sur 1461. Et celle de tomber amoureux le premier soir d'une femme née un tel jour après avoir gagné à un jeu de hasard en pariant sur le numéro de son jour de naissance dépassait toutes les probabilités statistiques. Charles et Mathilde étaient repartis ensemble pour ne plus se quitter. Quelques années plus tard, ils s'étaient mariés, naturellement, un 29 juin. Émilie naîtra un 28 mai, suite à une rupture précoce des eaux, au bout d'un petit matin ensoleillé.

*

En novembre, la Martinique fut frappée par d'importantes inondations, nécessitant l'évacuation de plusieurs zones d'habitation. Sainte-Anne comptait parmi les communes les plus touchées. Lorsqu'elle l'apprit par les informations, Émilie se rua sur son téléphone pour contacter Éric. Sans succès. Sur Internet, elle visionna les images du marché de Sainte-Anne envahi par les eaux. En faisant défiler le site de France Antilles, elle faillit tomber de sa chaise. Un bandeau annonçait : « Comportement héroïque du jeune Éric, animateur du Club Med parti chercher, seul, deux enfants réfugiés sur le toit de leur maison. »

Après plusieurs heures d'angoisse, elle reçut un SMS d'Éric, lui assurant qu'il ne pouvait pas la joindre dans l'immédiat mais que tout allait bien pour lui.

Le lendemain, les médias annonçaient un retour à la normale. La circulation avait été rétablie et les commerces avaient pu rouvrir. Éric raconta à Émilie qu'il avait participé au nettoyage de la voirie avec de nombreux bénévoles, pour enlever la boue qui s'était répandue par torrents dans les rues. Il ne s'était pas inquiété outre mesure : l'année précédente, l'île avait déjà connu des pluies diluviennes qui avaient entraîné un classement en état de catastrophe naturelle.

Jamais il ne fit la moindre allusion à son périlleux sauvetage des deux enfants.

Émilie ne fut que plus admirative de cette force tranquille enrobée de pudeur. C'était une autre qualité qu'Émilie appréciait chez Éric : il était pragmatique et ne se donnait pas un rôle pour briller aux yeux des autres. Il aurait pu en rajouter et s'inventer des risques auxquels il aurait échappé, mais il se contenta d'expliquer à Émilie qu'il avait galéré pour faire sécher ses vêtements. Il en riait, Émilie en rit donc aussi.

De son côté, elle lui parla de ses cours qui ne l'intéressaient que moyennement, du froid qui s'installait à Paris et du manque qu'elle ressentait chaque fois qu'elle pensait à lui.

Éric lui annonça qu'il allait essayer de revenir une dizaine de jours durant les fêtes et qu'il l'emmènerait voir le nouveau *Star Wars* au cinéma.

— Si tu reviens à Noël, j'accepterai d'aller voir tout ce que tu veux avec toi.

— Même un match de foot ?

Émilie n'eut pas à tenir sa promesse : Éric revint à Paris du 22 décembre au 4 janvier, en pleine trêve hivernale du championnat de France de football.

En attendant l'arrivée de son amoureux à l'aéroport, Émilie était parfaitement conscience que tout ce qu'elle s'était imaginé durant ces cinq mois de relation à distance pouvait s'effondrer en quelques secondes. Éric n'allait plus être ce petit ami virtuel qui n'existait qu'à travers des SMS et l'écran d'un ordinateur. Il ne serait pas non plus un amour de vacances ensoleillées : désormais il serait réel, dans la grisaille parisienne. Émilie avait lu ses classiques, elle savait que la sincérité des amants d'Emma Bovary n'était qu'une illusion, que Phoebus n'avait sauvé Esmeralda que pour la connaître bibliquement et que Roméo était plus entiché de l'amour qu'il portait à Juliette que de Juliette elle-même. Cela ne l'empêchait pas de sentir ses genoux se dérober dès que le panneau d'affichage de l'aéroport se modifiait. Elle avait imaginé tant de fois leurs retrouvailles qu'elle avait le sentiment de jouer la première d'une pièce de théâtre, après des mois de répétitions.

Le vol en provenance de Fort-de-France fut indiqué « à l'heure », puis le débarquement fut enfin annoncé dans le hall 3. Émilie pressa le pas comme si elle s'apprêtait à prendre un avion sur le point de décoller. Elle observa son reflet à travers la vitrine d'un Relay, tenta maladroitement de se recoiffer. De là où elle se tenait, elle apercevait la passerelle par laquelle les passagers rejoignent l'aérogare. Après un moment qui lui sembla durer une éternité, un homme portant une mallette fit son apparition, suivi d'un autre, puis de tout un groupe de vacanciers bronzés. Émilie se dressa sur la pointe des pieds pour tenter d'apercevoir le héros de son cœur. Elle crut le reconnaître à deux reprises, avant de se rendre compte de son erreur. Tandis que les passagers franchissaient la porte les uns après les autres, le rythme cardiaque d'Émilie s'accéléra au point qu'elle eut du mal à respirer normalement.

À présent, la passerelle était vide. Émilie attendit encore plusieurs minutes, jusqu'à ce qu'une hôtesse de l'air arrive avec quatre enfants. Émilie se sentit défaillir, mais elle n'en eut pas le temps : il apparut à cet instant. Oui, le soleil, la mer, les salines, le perroquet ver, le rhum blanc, les nuées ardentes, les gorges de la Falaise, l'amour. Un sourire illumina son visage. Ce même sourire qui l'avait fait chavirer si souvent lorsqu'elle était avec lui à Sainte-Anne. Lorsqu'il franchit la porte automatique, Émilie eut la conviction que tous les Phoebus, Roméo et Rodolphe de la Terre n'étaient que des nains à côté de lui. Ils se parlèrent à peine, blottis l'un contre l'autre sous les néons du terminal Sud. Ils n'échangèrent guère plus de mots durant le reste de la nuit. Ils avaient beaucoup trop de temps à rattraper. Trop de nuits sans sommeil, à rêver. Trop de jours sans soleil, à oublier. Trop de temps à exulter.

*

Quiconque peine à comprendre la théorie de la relativité devrait faire l'expérience de vivre une semaine avec la personne qu'il aime en sachant que les jours sont comptés. Les matins se succèdent plus vite que les heures, les nuits s'écourtent et celui que l'on voudrait voir rester repart bien trop vite. À l'exception du réveillon de Noël et de la journée du 1er janvier, qu'il s'était engagé à consacrer à sa mère, Éric passa chaque minute de son séjour au côté d'Émilie. Il s'était fait prêter un studio dans le XIVe arrondissement par un ami du Club Med, sans savoir que ce modeste logement de la rue d'Alésia serait la genèse de leur vie commune.

Le studio ne comprenait qu'un matelas et une table de chevet, sur laquelle était posée une lampe à l'abat-jour orange. L'eau chaude de la douche ne fonctionnait qu'une fois sur deux et la plomberie des toilettes faisait plus de bruit que les chutes du Niagara. Le matin, Éric descendait chercher des pains aux raisins et du jus d'orange frais pour le petit-déjeuner. Malgré le froid, ils passaient leurs journées à se promener dans Paris comme des touristes, amoureux, s'émerveillant face à la butte Montmartre, prenant des selfies devant la tour Eiffel éclairée priant à Notre-Dame. Lorsqu'ils montèrent au sommet de l'Arc de Triomphe, Éric regretta qu'aucune société n'eût eu l'idée d'y organiser des sauts à l'élastique. Émilie leva les yeux au ciel et l'embrassa.

Ils marchèrent des heures le long des quais, Éric s'arrêtant devant chaque bouquiniste vendant de vieux *comics*. Émilie lui demanda quel intérêt il trouvait à ces histoires de super héros pour enfants. Piqué au vif, il se lança dans un long argumentaire défendant l'idée que ces bandes dessinées s'adressaient à un public adulte, citant des auteurs comme Frank Miller ou Alan Moore, dont Émilie n'avait jamais entendu parler. Après bien des palabres, Éric accepta de visiter l'exposition « Walker Evans » au Centre Pompidou. En échange, il imposa à Émilie d'aller voir *Le Réveil de la Force* deux jours de suite au Grand Rex, une fois en VO, une autre en VF. Ils firent la queue plus d'une demi-heure pour dîner chez Big Mamma. Éric jura que la pizza avait intérêt à être bonne – elle le fut.

Émilie apporta un jeu de cartes au studio pour apprendre à Éric à jouer au rapide. Dans un premier temps, il trouva le jeu sans intérêt, puis réclama sans cesse de faire de nouvelles parties. Le soir, il proposait à Émilie un massage décontractant, en partant des pieds pour remonter jusqu'à la tête. Éric lui expliqua qu'il avait appris la technique au Club Med. Elle résista à l'envie de lui demander qui la lui avait enseignée.

Émilie découvrit des aspects d'Éric que seul le quotidien pouvait révéler : il chantait sous la douche, claquait des doigts dès qu'il ressentait un léger stress, éclatait de rire lorsqu'il se trouvait en porte-à-faux. Il se réveillait toujours avant elle et la regardait dormir jusqu'à ce qu'elle ouvre les yeux. Il lui racontait des anecdotes du Club, les phrases les plus idiotes entendues de la bouche des clients, les gaffes des GO, les réprimandes du directeur. Elle lui parlait du manque de modestie de ses camarades de l'école de commerce qui prétendaient déjà à un gros salaire sans avoir jamais travaillé de leur vie, les moments où elle s'endormait en cours après avoir discuté une partie de la nuit avec lui sur Skype et des endroits où elle aimerait l'emmener en vacances.

Ils aimaient évoquer leur « avenir », terme qui désignait le retour définitif d'Éric, trois mois plus tard. Éric avait obtenu un piston pour un emploi de coach au Club Med Gym de la rue de Rennes, un poste de trente heures par semaine en CDI. Il était aussi en attente d'une réponse pour louer à Montrouge un deux pièces qu'il visita avec Émilie durant son court séjour. La perspective de vivre à proximité de lui n'était plus, pour Émilie, une vue de l'esprit mais une question de semaines. Malgré la complicité sans faille qui s'était établie durant cette première expérience concrète de la vie à deux, des craintes surgissaient encore dans son esprit. Éric se lasserait-il d'elle comme les autres ? Émilie n'osait pas aborder le sujet de front, mais elle guettait chez Éric le moindre signe susceptible de la rassurer.

Un soir où il avait rapporté des sushis pour un pique-nique sous les draps, Émilie se risqua à montrer son jeu, sans tenter le moindre bluff. Si elle avait été une lectrice assidue de la presse féminine, elle aurait su à quel point il est dangereux de se dévoiler de la sorte au début d'une relation. Mais Émilie vivait dans un univers où les photos se développent dans des bacs et où les amants doivent faire preuve de franchise l'un envers l'autre. Elle attendit qu'Éric eût finit d'installer des bols de sauces sucrée et des morceaux de wasabi sur leur plateau pour ouvrir les hostilités.

— Combien de relations sérieuses as-tu déjà eues ?

Éric manqua s'étouffer avec son sushi. Elle le fixa dans les yeux en conservant un visage impassible. Apparemment, le jeune homme ne s'était pas préparé à une telle question. Émilie ne s'était jamais montrée intrusive dans ce domaine. Éric entreprit d'avoir l'air naturel. Il ouvrit la bouche, mais aucun mot n'en sortit. Elle aurait pu lui venir en aide en brisant le silence mais n'en fit rien. Les secondes défilèrent. Éric finit par faire ce qu'il faisait toujours pour se sortir de l'embarras : il offrit son plus beau sourire. Émilie n'y répondit pas, demeurant immobile face à lui, assise en tailleur sur le matelas. Il hésita une seconde puis se pencha vers elle pour lui prendre la main.

— J'ai connu beaucoup de filles, mais je n'ai jamais eu de relation sérieuse.

Émilie déglutit, laissa passer un instant et demanda :

— Et pourquoi ce serait différent avec moi ?

Le sourire d'Éric se figea. Il se rapprocha encore et la prit dans ses bras.

— Tu sens bien qu'il se passe quelque chose d'important, non ?

Émilie se sentit fondre. Elle posa sa tête sur son épaule et murmura :

— Tu ne me feras jamais de mal ?

— Jamais, je te le jure.

Le lendemain, alors qu'elle se tenait serrée contre lui, Émilie lui dit : « Je t'aime. » Il répondit seulement : « Je sais. » Elle sentit une douleur lui piquer l'abdomen. Éric lui expliquerait plus tard qu'il s'agissait de la réplique de Han Solo à la princesse Leia quand celle-ci lui déclare sa flamme, dans *L'Empire contre-attaque.* Émilie fut consternée, mais bien moins vexée.

Pour la soirée du Jour de l'an, ils se rendirent à une fête chez des copains d'Éric. Émilie aurait préféré passer la Saint-Sylvestre en tête à tête avec lui, mais Éric n'avait vu aucun de ses amis depuis qu'il était rentré et elle ne voulait surtout pas l'étouffer. La soirée, qui rassemblait une quarantaine de personnes, se déroulait dans un pavillon de Châtenay-Malabry. Émilie se sentait peu à son aise au milieu de ces garçons à la carrure imposante et de ces filles comme tout droit sorties d'un clip de rap. Certaines étaient habillées en combishort, d'autres portaient un maquillage permanent sur les lèvres ou des faux ongles brillants. La division des sexes semblait être une règle tacite : les garçons picolaient, affalés sur les canapés, tandis que la plupart des filles dansaient au milieu du salon en se filmant avec leur téléphone.

Éric se montra ravi de retrouver ses vieilles connaissances. Il leur raconta les anecdotes du Club Med qu'Émilie connaissait déjà et provoqua des éclats de rire. Au fil de la soirée, alors que les bouteilles se vidaient, des joints se mirent à tourner. La musique était si forte qu'Émilie préféra faire un tour dans le jardin, malgré le froid. Éric la rejoignit peu après, dans un état d'ébriété avancé. Lorsqu'il avança son visage pour l'embrasser, elle constata que ses pupilles étaient dilatées. Elle ne fit aucun geste pour le repousser, caressant sa joue avec une infinie tendresse. Éric cessa de l'embrasser et bredouilla :

— Je reviens dans trois mois...

Émilie se raidit. Elle n'en revenait pas : Éric avait les larmes aux yeux. Était-ce l'effet secondaire de la drogue ?

*

Le 4 janvier, sinistre date, Émilie emprunta le même chemin que treize jours plus tôt pour se rendre à Orly. Cette fois, son cœur battait moins fort. Éric tentait d'alléger l'atmosphère, mais il n'en menait pas large. Dans la queue pour mettre son bagage en soute, il lança à Émilie :

— Tu pourrais partir avec moi. Ton école de commerce s'en remettrait, non ?

Émilie ne répondit rien. Elle ne lui avoua pas qu'elle avait envisagé cette possibilité. Plus qu'envisagé, même. La veille, lorsqu'elle était repassée chez elle en prétextant vouloir prendre des vêtements, elle avait sorti ses deux valises et y avait engouffré la quasi-totalité de sa garde-robe. Elle s'était connectée au site de la Caisse d'épargne pour transférer le montant de son Livret A sur son compte courant, avant de rédiger un mot à l'attention de son père. Puis, au moment de quitter l'appartement, elle avait renoncé. Elle voulait partir avec lui, mais pas comme ça ! Pas en s'imposant comme une amoureuse possessive, pas en ayant le sentiment d'être la seule à le vouloir. En réalité, elle aurait tant voulu qu'il le lui demande. Il l'avait finalement fait, mais sur le ton de la plaisanterie, histoire de dire quelque chose.

Elle posa sa tête contre son épaule et fit le vœu que la neige envahisse les pistes pour clouer les avions au sol. Lorsque le moment fut venu de se dire au revoir, Éric la prit une dernière fois dans ses bras et lui murmura tendrement : « Je t'aime. » Émilie ravala un sanglot et trouva la force, au fond de son cœur meurtri, de lui répondre : « Je sais. »

Affaire : CONTRE X, MISE EN PÉRIL, VIOLENCES VOLONTAIRES SUR MINEUR

Extrait de l'audition du Dr Cinzia Sileo,
médecin psychiatre à Paris.

QUESTION : *Dans quelles conditions avez-vous été amenée à rencontrer Mlle Émilie Champfleuri ?*

RÉPONSE : *J'ai rencontré Émilie en avril 2004, elle était alors âgée de neuf ans. Je vous précise que je suis certaine de cette date car j'ai consulté son dossier dans mes archives après avoir été contactée par les services de police en vue de mon audition dans cette affaire.*

QUESTION : *Pour quel motif l'avez-vous rencontrée ?*

RÉPONSE : *Pour des motifs d'ordre médical. Ses parents me l'ont amenée en consultation.*

QUESTION : *Pour quelles raisons devait-elle consulter un psychiatre ?*

RÉPONSE : *J'attire votre attention sur le fait qu'un médecin n'est pas tenu de divulguer des informations sur un patient si celles-ci relèvent du secret médical. Ayant consulté un avocat lors d'une autre affaire concernant l'un de mes patients, j'ai pris connaissance du fait que j'ai légalement le droit de refuser de répondre à certaines questions en invoquant l'article 63 du code pénal.*

QUESTION : *Pourtant, la loi autorise un médecin à divulguer des informations sur un patient même si celles-ci sont couvertes par le secret médical.*

RÉPONSE : *Je le sais, mais en raison de ma déontologie personnelle je me refuse à le faire. J'accepte de répondre à vos questions uniquement si celles-ci sont d'ordre factuel et ne relèvent pas de mon obligation morale de confidentialité.*

QUESTION : *Durant combien de temps avez-vous suivi Mlle Champfleuri ?*

RÉPONSE : *Durant près de un an.*

QUESTION : *À quelle fréquence avaient lieu ses séances ?*

RÉPONSE : *Elle venait à mon cabinet une fois par semaine.*

QUESTION : *Pour quelle raison ces séances se sont-elles arrêtées ?*

RÉPONSE : *En raison du secret médical, je refuse de répondre à cette question.*

QUESTION : *Quelle attitude adoptait Mlle Champfleuri lors des séances ?*

RÉPONSE : *En raison du secret médical, je refuse de répondre à cette question.*

QUESTION : *Mlle Champfleuri a-t-elle déjà montré un comportement violent en votre présence ?*

RÉPONSE : *En raison du secret médical, je refuse de répondre à cette question.*

Question : *Mlle Champfleuri a-t-elle évoqué des violences dont elle aurait été victime durant vos séances ?*

Réponse : *En raison du secret médical, je refuse de répondre à cette question.*

Question : *Estimez-vous que le contenu de vos séances passées avec Mlle Champfleuri pourrait avoir un lien avec l'affaire pour laquelle vous êtes auditionnée ?*

Réponse : *En raison du secret médical, je refuse de répondre à cette question.*

Question : *Avez-vous revu Mlle Champfleuri depuis la fin de vos séances ?*

Réponse : *Non, jamais.*

Question : *Avez-vous des souvenirs précis de vos séances avec elle ?*

Réponse : *Oui, très précis.*

Question : *Avez-vous des souvenirs aussi précis de tous vos anciens patients ?*

Réponse : *Non.*

Question : *Pourquoi le cas de Mlle Champfleuri vous a-t-il particulièrement marquée ?*

Réponse : *Parce que certaines choses ne s'oublient pas.*

4

— Vous aimez le rugby ?

— Pas beaucoup, ce sont tous des brutes. Mais j'adore le football !

Charles Champfleuri ne parvint pas à masquer sa consternation. Il essayait pourtant de mettre le jeune homme à l'aise et balayait tous les préjugés : contrairement à beaucoup de monde, il jugeait les autres sur leurs qualités humaines, et non sur leurs apparences. Mais tout de même, entre le rugby et le foot...

Il évita le regard de Mathilde, qui se contentait de sourire ironiquement. Dès le premier abord, elle avait jugé le jeune homme trop commun. En face d'eux, sur le canapé, Éric affichait son éternel sourire, peu conscient des bourdes qu'il accumulait depuis le début de la visite. Émilie, elle, se réfugiait dans le silence. Elle avait longtemps redouté cette première rencontre, mais elle n'avait jamais envisagé un tel naufrage. De toute façon, elle n'avait pas eu le choix : cela faisait près de quatre mois qu'Éric était rentré, elle ne pouvait continuer à cacher plus longtemps celui chez qui elle dormait plusieurs nuits par semaine.

Elle était parvenue à négocier un verre, plutôt qu'un déjeuner ou un dîner comme le souhaitait son père. Sa mère, elle, ne semblait guidée que par une curiosité moqueuse, qui fut justifiée à ses yeux lorsque Éric s'était écrié en pénétrant dans l'appartement familial : « C'est très classe, chez vous ! » Certaines expressions sont des marqueurs d'appartenance sociale plus indélébiles qu'un tatouage. Éric avait pourtant fait des efforts : il portait la seule veste de sa garde-robe, un blazer bleu marine un peu élimé aux manches, et avait apporté un bouquet de fleurs.

Il avait d'abord pensé emprunter le costume de mariage d'un ami, mais Émilie l'en avait vite dissuadé.

— Un blazer avec un jean fera l'affaire, avait-elle tranché, craignant de le voir arriver chez ses parents endimanché et gauche.

Par son attitude anxieuse des derniers jours, Émilie lui avait bien fait comprendre l'importance que revêtait pour elle cette présentation officielle. Elle n'avait pas osé lui dresser une liste des sujets à éviter, de crainte qu'Éric pensât qu'il lui faisait honte. Si elle l'avait fait, le football eût été sans doute dans le trio de tête, avec sa passion pour *Star Wars* et son usage fréquent de « malgré que ». Mathilde entreprit de porter le coup de grâce en demandant au jeune homme :

— Votre emploi de coach sportif vous comble-t-il ?

Ne discernant nullement la perfidie de la question, Éric se lança dans un grand monologue naïf et suicidaire sur la salle de sport de la rue de Rennes, pensant faire rire ses interlocuteurs en décrivant par le menu ses séances avec des clients du troisième âge.

Lorsque Charles se tourna vers Émilie, elle lut très clairement un signe de désespoir dans son regard. Elle aurait voulu lui chuchoter, lui murmurer, lui hurler à la face qu'Éric valait bien mieux que ce garçon maladroit qui s'efforçait de faire la conversation en enfilant joyeusement les banalités les plus affligeantes. Certes, il avait cru bon d'affirmer que « Paris était une belle ville », qu'il était « plus agréable de vivre au soleil que sous la pluie » et s'était même senti le devoir de révéler aux parents d'Émilie que « les réseaux sociaux représentaient l'avenir ». Mais, à chaque gaucherie de sa part, Émilie avait eu envie de l'embrasser. Elle savait qu'il se donnait du mal pour essayer de plaire à ses parents, mais il ne pouvait qu'utiliser les atouts dont il disposait. C'est pourquoi il leur servait les mêmes banalités qu'à la clientèle du Club Med ou à celle de la salle de sport, ces petites phrases sans intérêt qui faisaient de lui un coach si avenant. Éric ignorait sûrement que les riches clients qui lui tapaient amicalement dans le dos l'auraient jeté dehors *manu militari* s'il s'était approché de leur fille.

Mathilde, qui avait mis une bouteille de champagne au réfrigérateur, oublia d'aller la chercher. Émilie demanda à Éric s'il désirait un autre verre de jus d'orange, ce qu'il accepta avec une joie un peu trop appuyée.

— C'est vraiment sympathique chez vous, affirma Éric pour la énième fois afin de briser le nouveau silence qui s'installait.

Émilie mit fin au supplice en prétextant une soirée chez des amis à laquelle ils devaient se rendre. Éric se leva, serra chaleureusement la main de Charles et embrassa Mathilde, qui se laissa faire en se pinçant les lèvres.

Une fois dans l'ascenseur, Éric lança un regard plein de fierté à Émilie :

— Je crois que je ne m'en suis pas trop mal sorti, non ?

Émilie lui caressa tendrement la joue.

— Tu as été parfait, murmura-t-elle.

À ses yeux, seul leur amour comptait. Elle était certaine que tout s'arrangerait avec le temps. Avec le temps...

*

Assise sur le canapé de l'appartement de Montrouge, Émilie était plongée dans la révision de son cours de management des systèmes d'information. Dans la cuisine, Éric préparait des crêpes. L'horloge du four à micro-ondes indiquait 20 h 32. C'est à cette minute précise qu'Éric fit sauter un peu trop haut une crêpe, qui manqua la poêle et retomba sur le carrelage. Sans cette maladresse, il n'eût jamais ramassé la crêpe pour la jeter au visage d'Émilie, qui n'eût pas non plus éclaté de rire et sauté sur lui pour se venger en le chatouillant. Sans cette succession de faits anodins, Émilie et Éric auraient sans doute dîné en se racontant leur journée, puis se seraient endormis en visionnant quelques épisodes d'une série. Après tout, malgré leurs vingt ans, il leur arrivait souvent de passer des soirées « en mode vieux couple », comme ils disaient, en éclatant de rire, tels des enfants heureux.

Mais, ce soir-là, ils firent l'amour sur le carrelage après avoir chahuté comme des gamins sans penser au lendemain. Et, quelques semaines plus tard, en plein milieu de son cours d'études de cas en entrepreneuriat, Émilie fut prise de nausées.

*

— Tu en es *vraiment* sûre ?

Émilie attendit quelques secondes avant de répondre à Marion. Oui, elle était « vraiment sûre » d'être enceinte. Elle avait effectué deux tests de grossesse et sa gynécologue lui avait fait une prise de sang. Aucun doute n'était plus permis. Pourtant, Marion se crut obligée d'insister :

— Tu sais, il y a parfois des erreurs.

Depuis qu'elle avait fait sa connaissance le jour de la rentrée à l'EDC, Marion était devenue sa « copine d'école ». Émilie s'était mis en tête qu'elle remplacerait Lucie, mais elle avait vite dû se rendre à l'évidence : la complicité demande du temps. D'autant que Marion démontrait une propension à toujours être à côté de la plaque qui confinait à l'idiotie. Comme à cet instant, où Émilie attendait une oreille compatissante et se retrouvait à la place face à un saint Thomas en jupette. Émilie but une gorgée de thé et se brûla la langue.

— Ouah ! C'est trop chaud !

— Au pire, tu sauras quoi faire. J'ai une copine qui s'est fait avorter il y a un an. Ça s'est plutôt bien passé.

La formule fut la goutte de trop. Émilie fut prise d'une soudaine envie de planter Marion et sa tasse de thé, et de partir loin de ce bar miteux qui jouxtait leur école. Par réflexe, elle prit tout de même une nouvelle gorgée et se brûla derechef.

— Attends un peu que ça refroidisse !

Marion tira la tasse vers elle, comme si elle s'était donné pour mission de protéger son amie contre elle-même. Émilie se passa la main dans les cheveux et se rendit compte qu'elle avait de nouveau envie de vomir. Elle sortit de son sac un billet de dix euros, qu'elle tendit au serveur.

— Tu t'en vas déjà ?

— J'ai un autre rendez-vous médical, mentit Émilie.

— Tu veux que je t'accompagne ?

— Non, ça va aller.

Une fois dans la rue, Émilie resta plusieurs minutes immobile, son téléphone à la main. Que dire à Éric ? Que dire à ses parents ? Bien sûr, Émilie et Éric avaient déjà joué à « Quels noms donnerons-nous à nos enfants ? », mais cette perspective semblait alors si lointaine qu'elle en devenait presque irréelle.

« Mais quelle idiote je suis ! » Émilie se répétait cette phrase depuis deux jours. N'ayant pas eu, jusqu'à sa rencontre avec Éric, une activité sexuelle suivie, elle n'avait guère réfléchi au contraceptif qui lui conviendrait le mieux. Et la question ne s'était pas plus posée au début de leur relation, puisque Éric utilisait des préservatifs. Mais, depuis son retour, il était de plus en plus fréquent qu'ils fassent l'amour sans. Réfractaire à la pilule depuis qu'elle avait vu un reportage où des militants New Age expliquaient doctement qu'elle augmente la probabilité de devenir stérile et favorise la prise de poids, Émilie n'avait entamé aucune démarche en ce sens.

Elle rédigea plusieurs textos à l'intention d'Éric, qu'elle supprima l'un après l'autre. Ce fut finalement un simple : « Je ne peux pas te voir ce soir, mes parents ont prévu quelque chose. Love. » Puis elle rentra chez elle, juste avant que le soleil se couche.

*

Il fut une époque, pas si lointaine, où les jeunes filles qui se retrouvaient accidentellement enceintes souhaitaient avorter pour préserver leur avenir, tandis que leurs parents leur imposaient de garder l'enfant au nom de la morale. Au sein de la famille Champfleuri, cette époque était bel et bien révolue. Lorsque Émilie trouva le courage de révéler son état à ses parents, ceux-ci n'envisagèrent pas d'autre solution que l'interruption volontaire de grossesse. Ils tombèrent donc des nues lorsque la petite voix d'Émilie évoqua une alternative :

— Éric et moi envisageons de le garder.

Charles, qui eût préféré croire quelques années encore que sa fille chérie était vierge malgré ses nombreux découchés, fut décontenancé. Il cessa instantanément de faire les cent pas dans le salon pour se laisser tomber sur le canapé, accablé. Mathilde écouta à peine le propos de sa fille, poursuivant ses invectives en agitant hystériquement les mains. Émilie tenta de reprendre la parole, puis renonça. Elle eût pourtant aimé dire à ses parents que, la veille encore, elle pensait comme eux, lorsqu'elle avait retrouvé Éric à son appartement et qu'elle avait laissé passer une heure sans oser aborder le sujet. Ne trouvant pas les mots pour lui dire, elle avait préféré sortir de son sac le résultat de la prise de sang et le lui coller sous le nez. Circonspect, Éric avait lu avec attention cette petite feuille qui indiquait que le taux d'hormones bêta-hCG s'élevait à 7 287 unités internationales par litre de sang. Il avait relevé la tête et fait une moue interrogative. Émilie avait réussi à bredouiller :

— Cela signifie que nous attendons un bébé.

Émilie avait l'esprit fécond, avait presque tout envisagé : qu'Éric fasse une crise de nerfs, qu'il lui annonce son retour en Martinique, qu'il la prenne dans ses bras en lui jurant qu'il l'accompagnerait à la clinique... Elle n'avait, en revanche, jamais imaginé qu'il se contenterait de son sourire avant de lui rétorquer :

— Je suis sûr que ce sera une fille.

À cet instant, ce fut pour Émilie une évidence. Ce « problème à régler » qui lui causait des nausées et l'empêchait de dormir devint un être vivant. Les heures d'angoisse qu'elle avait accumulées ces derniers jours s'effacèrent pour laisser place à une sensation de légèreté absolue. Pour la première fois, Émilie imagina un bébé. Pas un fœtus dont le destin était d'être aspiré par une pompe, mais un enfant en devenir. Seule, elle n'aurait jamais eu le courage de poursuivre sa grossesse, ni même de l'envisager. Mais, avec Éric, elle était prête à partir n'importe où, y compris dans cet univers parallèle où les enfants deviennent des parents.

La décision s'était imposée à elle. Sa grossesse n'était plus ni un drame ni un accident, mais un heureux imprévu qui lui ferait atteindre la prochaine étape majeure de son existence. Émilie aurait aimé dire tout cela à ses parents, mais elle savait qu'un tel propos serait forcément inaudible. Alors, dans ce salon qui l'avait vue grandir, elle laissa sa mère l'injurier et ses larmes couler jusqu'à ce qu'elle trouve la force de se lever et de répliquer :

— Je suis désolée de vous imposer cette situation, mais c'est ma décision. Vous n'avez pas votre mot à dire.

Charles eut la sensation de se faire renverser par un train. Mathilde frappa le mur de sa main gantée en hurlant de plus belle. Émilie se dirigea vers la porte de l'appartement.

— Si tu pars le rejoindre, ne remets plus les pieds ici !

La fureur faisait palpiter les veines sur ses tempes. Émilie se retourna, les lèvres tremblantes exsangue. Elle voulut répondre quelque chose mais ne sut que dire. Elle referma doucement la porte derrière elle, tandis que sa mère continuait de hurler sa rage et sa douleur...

Le soleil se cache...

Émilie a neuf ans. Elle est recroquevillée dans un angle de la pièce. Son front est posé contre ses genoux et ses bras sont placés au-dessus de sa tête dans une position de protection. Elle entend un chien aboyer, son chien, Popeye, un bichon frisé que son père lui a offert deux ans plus tôt. Popeye se tient à côté d'elle et grogne contre la voix. La voix hurle :

— Ta gueule, sale cabot !

Popeye, habituellement si doux, montre les crocs. La voix tente de crier plus fort pour couvrir les aboiements. Popeye avance en montrant ses dents. La voix hésite un instant puis donne un violent coup de pied au chien, l'envoyant valdinguer à l'autre bout de la pièce. Popeye couine et décampe dans le couloir sans demander son reste. La voix hurle à présent sur Émilie, approchant son visage si près que la petite fille sent son souffle chaud sur le haut de son crâne. Elle tremble de tout son corps, si pétrifiée qu'elle n'ose même pas pleurer.

Soudain, Émilie sent que la voix la saisit par la tignasse et la traîne sur le sol. Par réflexe, elle tente de s'agripper à quelque chose et agite les jambes en l'air de façon désordonnée. La voix tire plus fort sur ses cheveux en l'injuriant. Émilie tente de crier mais aucun son ne sort de sa bouche. Le premier coup l'atteint au ventre. Elle en a le souffle coupé. Émilie ne l'avait pas vu venir, pas plus qu'elle n'avait pressenti le deuxième coup. Elle sent le bout de la chaussure de la voix cogner son thorax avec une violence inouïe. La voix a lâché les cheveux d'Émilie. La voix l'insulte avec des mots qui n'ont aucun sens pour une petite fille. Émilie tente désespérément de reprendre sa respiration tandis que son corps tressaille, comme traversé par une décharge électrique. Elle se tord de douleur.

Émilie croit que le coup qu'elle vient de recevoir était le dernier, tant elle est convaincue qu'il lui serait impossible d'avoir plus mal encore. Elle se trompe. La voix s'accroupit à côté d'elle et lève très haut une main ouverte. Émilie a juste le temps de cacher son visage entre ses bras lorsque la main s'abat sur elle, frappant le dos de son crâne. Émilie sent ses dents du haut qui cognent contre le carrelage. Un liquide chaud envahit sa bouche et coule sur le sol. Elle a la sensation de perdre connaissance. Brusquement, une phrase parvient à son oreille :

— Émilie, vous m'entendez ?

Émilie ouvre les yeux. Elle n'a plus neuf ans. Elle est assise sur une chaise. Elle est en garde à vue dans un commissariat. Une policière se tient accroupie devant elle.

5

Charles tint deux semaines avant de reprendre contact avec sa fille. Il avait failli craquer dès le lendemain de son départ mais s'était repris à la dernière seconde. Il avait conscience qu'il était préférable de laisser un peu d'eau couler sous les ponts : chacun avait besoin de prendre du recul face à la situation. Lorsqu'un désaccord d'importance survient entre des proches, seules deux attitudes peuvent être adoptées : soit camper sur sa position en attendant que l'autre s'incline, soit céder. Charles n'avait jamais été un adepte de cette posture qui consiste à s'obstiner pour la seule jouissance d'avoir raison. Et, quand bien même cela eût été le cas, il aurait évidemment baissé les armes au nom de l'amour sans bornes qu'il vouait à sa fille.

À ses yeux, il n'était question ni de moralité ni de pression sociale. Seul l'avenir d'Émilie le préoccupait. S'il avait toujours tendance à considérer sa fille comme une petite chose fragile qu'il avait le devoir de protéger, il était conscient également qu'elle n'était plus une gamine et qu'elle faisait même, la plupart du temps, preuve d'une maturité assez rare pour son âge.

Un mercredi matin, lorsqu'il arriva à son bureau, Charles demanda à sa secrétaire de venir le voir. Depuis près de quinze ans qu'elle était son assistante, jamais il ne l'avait ainsi convoquée, pas plus qu'elle ne lui connaissait cet air lugubre qu'il affichait depuis plusieurs jours.

Charles s'assit en face d'elle, se passa la main sur le visage, déglutit puis prit la parole :

— Annick, je souhaiterais vous poser une question personnelle. Mais n'hésitez pas à me dire si cela vous gêne de me répondre.

Annick se raidit sur son siège et écarquilla les yeux. Connaissant la pudeur naturelle de son patron, elle aurait été moins surprise s'il lui avait annoncé qu'il vendait la société pour tenter sa chance comme chanteur ! Charles, visiblement gêné, laissa passer un silence. Annick, comprenant soudain qu'elle devait répondre, bredouilla un « Oui ». Charles enchaîna :

— Bien que je ne me sois jamais mêlé de votre vie privée, je crois savoir que vous avez eu votre fils très jeune, n'est-ce pas ?

— Oui, acquiesça la secrétaire, de plus en plus étonnée.

— Vous êtes-vous déjà demandé ce qu'aurait été votre vie si vous n'aviez pas eu d'enfant si jeune ?

Annick se figea une nouvelle fois. Elle lança un regard des plus méfiants à son patron. Saisissant le caractère troublant que prenait la conversation, Charles éclaircit la situation :

— Ma fille, Émilie, est enceinte.

Soudain rassurée, Annick ne put s'empêcher de laisser éclater un petit rire. Charles en fut si surpris qu'il en demeura bouche bée. Sa secrétaire plongea son regard dans le sien, et lui répondit d'un ton qu'il ne lui connaissait pas :

— Monsieur Champfleuri, avec tout le respect que je vous dois, laissez-moi vous dire que, quel que soit le choix de votre fille, vous n'avez pas votre mot à dire. Désormais, c'est de sa vie qu'il s'agit, pas de la vôtre.

Annick se leva et se dirigea vers la porte pour quitter le bureau. Avant de la fermer, elle se retourna :

— Et, pour répondre à votre question, je n'ai jamais regretté un seul instant d'avoir donné la vie à un enfant qui me donne tant de bonheur. Désolée pour le cliché, mais c'est l'une de mes rares certitudes.

Lorsque Charles se retrouva seul, il demeura un moment pensif puis finit par saisir son portable, dont il tapota les touches.

*

Émilie reçut le SMS quelques minutes plus tard :

« Ma chérie, j'aimerais beaucoup que tu m'accompagnes à un cocktail ce soir dans le VIe arrondissement car je crains de m'y ennuyer à mourir. Affectueusement. Papa. »

Émilie sentit son rythme cardiaque s'accélérer. Elle attendait un signe de son père depuis tant de jours qu'elle commençait à ne plus y croire. Elle répondit aussitôt, lui proposant de la retrouver au Flore près de son bureau, à l'heure du déjeuner.

Lorsqu'elle entra dans l'établissement avec une dizaine de minutes d'avance, Charles était déjà attablé et l'attendait. Chacun parvint à se retenir de prendre l'autre dans ses bras, mais tous deux cachèrent difficilement leur émotion. Après s'être embrassés, ni l'un ni l'autre n'osa entamer la conversation, chacun faisant semblant de se concentrer sur le menu. Une fois que la serveuse eut pris leur commande, aucun artifice ne pouvait plus retarder l'échéance.

— Tu vas bien ? se risqua Charles en s'étranglant un peu.

Émilie répondit par un demi-sourire. Son père s'empourpra quelque peu. Alors seulement ils commencèrent à se parler vraiment, sans barrières ni faux-semblants. Charles lui raconta que sa mère était d'une humeur massacrante depuis son départ. Mathilde et lui ne faisaient que se croiser, tant l'atmosphère était pesante au sein du foyer. Charles confia aussi à sa fille qu'il trouvait chaque soir une raison pour rentrer le plus tard possible du bureau. Émilie, de son côté, raconta que ses nausées s'espaçaient un peu, même si elle ne supportait pas la moindre odeur de nourriture le matin. Elle lui dit également ses doutes sur la pertinence de poursuivre ses études à l'école de commerce. Quand Charles lui demanda si Éric prenait bien soin d'elle, Émilie hocha la tête.

— Veux-tu venir dîner chez nous un de ces jours ? demanda timidement Émilie.

— Avec joie. Mais, pour ce soir... Tu m'accompagnes au cocktail ?

Émilie souffla en faisant mine de se plaindre.

— Tu sais bien que je n'ai jamais apprécié ces corvées mondaines.

— Et si je t'offre une nouvelle robe, tu acceptes ?

Émilie éclata de rire.

— Cela marchait quand j'étais gamine, papa. Et ce n'est plus le cas, hélas...

Émilie caressa son ventre. Son père suivit son geste du regard. Il lui fut impossible de dissimuler son émotion.

*

Après quelques tergiversations, Émilie accompagna finalement son père le soir même. Le cocktail avait lieu chez l'une des relations professionnelles de Charles, qu'elle était censée connaître mais dont elle n'avait pas retenu le nom. Malgré ses réticences initiales, Émilie avait tout de même fait un effort pour jouer le rôle de la fille modèle : elle avait mis sa robe noire Gérard Darel, distinguée mais pas trop sexy, et ses Louboutin qui lui faisaient un mal de chien. Elle saluait avec un enthousiasme feint tous les inconnus qui lui répétaient « Qu'est-ce que tu as grandi ! », comme si elle venait de fêter ses sept ans.

Émilie faisait preuve d'un indéniable talent pour faire semblant d'écouter les uns et les autres, ponctuant la conversation d'un hochement de tête ou d'un bref rire lorsqu'un propos se voulait drôle. Elle avait tout appris de son père, en l'observant depuis qu'elle était petite. Charles détestait les mondanités et Émilie savait lire dans son regard l'ennui qui l'envahissait dès qu'il se retrouvait au milieu d'une faune endimanchée. Lorsqu'il prenait un air concentré dans une discussion, Émilie était la seule à savoir que ses acquiescements réguliers et ses formules passe-partout ne servaient qu'à donner le change. Elle n'avait besoin que d'un coup d'œil pour reconnaître quand il était en pilotage automatique et que son esprit s'évadait loin de ces contraintes sociales qui le rebutaient tant.

Émilie ne saurait compter le nombre de fois où, lorsqu'elle était bien plus jeune et que Mathilde invitait des couples à dîner, Charles lui avait glissé un petit mot doux au moment du coucher en lui demandant de l'appeler un peu plus tard en prétextant un cauchemar. Lorsqu'elle s'exécutait, il la rejoignait dans sa chambre et restait une vingtaine de minutes à discuter avec elle pour échapper à la compagnie de ceux qu'il osait à peine appeler ses amis.

Quand le taxi s'arrêta devant eux, Émilie embrassa son père avant de lui glisser à l'oreille :

— J'espère que ce sera un garçon, pour qu'il te ressemble.

Charles répondit :

— Je te souhaite d'avoir une fille. Il n'y a rien de plus merveilleux.

*

Charles sonna à l'appartement de Montrouge à 20 heures précises. La poignée de main avec Éric fut plutôt crispée mais, grâce aux efforts d'Émilie, l'atmosphère se réchauffa assez vite. Émilie avait préparé sa spécialité, ou plutôt l'un des rares plats qu'elle savait cuisiner : un poulet au roquefort avec du riz. Charles se resservit. En signe de paix des braves avec l'ami de sa fille, il avait apporté une bouteille de château Haut-Brion, sans imaginer qu'Éric serait incapable de la différencier d'une quelconque piquette. Il ne fit aucune remarque lorsque celui-ci siffla son verre en trois gorgées. Soucieux de repartir sur de bonnes bases, il prenait garde à ce qu'il disait à son « gendre », comme s'il devait se prouver qu'il était capable d'établir une relation dénuée de condescendance.

Le père d'Émilie détestait le mépris de classe, sous quelque forme que ce fût. Mais il ne pouvait se mentir à lui-même : il le pratiquait souvent, trop souvent. Charles n'avait pas besoin de demander à Éric ce que faisaient ses parents – il le savait déjà, Émilie le lui avait dit. Le père d'Éric, guitariste dans un orchestre de la banlieue sud, avait quitté le domicile à la naissance de son fils et n'avait plus donné signe de vie. Sa mère, qui l'avait élevé seule, travaillait encore aujourd'hui comme première vendeuse au rayon parfumerie des Galeries Lafayette. Éric n'avait pas grandi au sein d'un univers à la Zola, mais dans un environnement familial où l'on allume plus volontiers la télévision que l'on ouvre un livre. Alors, lorsque Éric multipliait les « malgré que » dans la conversation, Charles se gardait bien de le reprendre.

Au-delà des fautes de syntaxe, il était prêt à pardonner beaucoup de choses à ce garçon qui avait conquis le cœur de sa fille. Bien sûr, il considérait toujours que ce dernier était « sous-qualifié pour le poste », mais il savait aussi qu'aucun prétendant n'eût trouvé grâce à ses yeux pour vivre avec Émilie, même s'il était capable de jouer au rugby ou d'amasser des jetons sur un tapis vert.

Avant l'annonce de la grossesse, Charles s'était longtemps accroché à l'idée que sa fille était bien trop jeune pour s'engager dans une relation durable. À présent, il avait sous les yeux la preuve du contraire.

Éric débarrassa le couvert et proposa à Charles de prendre le café dans le « salon », lequel n'était en réalité composé que d'un canapé situé à deux mètres de la table Ikea sur laquelle ils avaient dîné.

— À moins que vous préfériez autre chose ? demanda Éric avec un regard complice.

— Si vous aviez du rhum, avec grand plaisir, répondit Charles sur un ton enjoué.

Éric sortit du placard une bouteille de rhum vieux et en servit deux petits verres.

— C'est délicieux ! Vous l'avez rapporté de Martinique ?

— Absolument. On m'en a offert pour fêter mon départ vers une autre vie.

Charles reprit une lampée.

— J'ai toujours aimé le rhum, sous toutes ses formes. Mais à Paris les gens ont plutôt tendance à vous servir du whisky.

— Le whisky ne se boit qu'avec du Coca, et encore…

Charles rit de bonne grâce à la plaisanterie d'Éric, sans être certain de son caractère ironique. Lorsque Éric lui proposa un deuxième verre, Charles répondit que cela ne se refusait pas. Une heure plus tard, la bouteille était à moitié vide. Un léger rouge colorait les joues de Charles, tandis qu'Éric s'exprimait de plus en plus fort.

— Je ne dis pas que le rugby est un sport ennuyeux, développait-il, mais les règles tuent la beauté du jeu. Le fait que les passes en arrière soient interdites empêche les joueurs d'avancer. Et pourquoi n'a-t-on pas le droit de se relever avec le ballon après avoir été plaqué ? Sans parler des mêlées qui s'effondrent tout le temps…

Charles ricana en reprenant une gorgée.

— Et, dans le foot, le jeu n'est pas haché avec ces divas milliardaires qui s'écroulent dès qu'on les frôle pour obtenir une faute ? Dans un match de rugby, tu n'as quasiment jamais de match nul, alors que dans le foot tu peux perdre une heure et demie en regardant une rencontre qui se termine par un 0-0 !

Émilie observait avec distance cette complicité naissante entre les deux hommes de sa vie. Elle avait vaguement tenté de participer à la discussion mais s'était vite aperçue qu'elle était de trop. Ne portant d'intérêt à aucun des deux sports, elle n'avait pas vécu son exclusion avec beaucoup de peine.

— Tu connais le dicton ? demanda Charles en s'enfonçant dans le canapé.

— Quel dicton ?

— « Le football est un sport de gentlemen pratiqué par des voyous, le rugby est un sport de voyous pratiqué par des gentlemen. »

Éric siffla entre ses dents. Ne trouvant rien à répondre, il emplit une nouvelle fois leurs deux verres.

*

Quelques jours plus tard, Charles téléphona à sa fille pour lui annoncer que l'appartement de 40 m^2 qu'il possédait rue Saint-André-des-Arts venait de se libérer et qu'elle pouvait s'y installer avec Éric pour un loyer très modéré. Charles prétexta une résiliation du bail des précédents locataires, sans préciser que ceux-ci avaient en réalité quitté les lieux à sa demande après un arrangement financier. Le déménagement s'organisa rapidement à l'aide d'une camionnette prêtée par un ami du Club Med Gym, Éric et Émilie n'ayant que peu de meubles à transporter.

Charles proposa de sceller la réconciliation familiale en conviant Mathilde à une crémaillère improvisée. Émilie invita quelques copains de l'école de commerce et Éric, seulement ses amis les plus proches. Ils achetèrent un carton de mousseux et des biscuits apéritifs, rien de plus. Charles et Mathilde firent leur apparition vers 21 heures. Actrice hors pair dès qu'il s'agissait de dissimuler ses sentiments, Mathilde salua sa fille comme si rien ne s'était passé et ne fit aucune allusion à sa grossesse. Éric mit un peu de musique mais baissa rapidement le son pour ne pas déranger les voisins. Lorsque deux amis d'Émilie se mirent à la fenêtre pour allumer une cigarette, Éric leur demanda de descendre dans la cour de l'immeuble.

Durant la soirée, Charles interrogea Éric sur ses projets professionnels, lui glissant qu'à présent qu'il allait devenir père l'heure était peut-être venue de faire preuve d'un peu d'ambition. Devant la mine incrédule de son « gendre », il finit par lui dire :

— Si tu envisages d'ouvrir ta propre salle de sport, nous pourrons peut-être en discuter. Je ne suis pas opposé à l'idée de te donner un coup de main.

Éric changea de sujet. Quelques minutes plus tard, il servit à Charles un verre du rhum vieux qu'il avait tant apprécié la fois précédente.

Charles et Mathilde quittèrent l'appartement peu avant minuit. Mathilde embrassa sa fille et lui proposa de venir dîner la semaine suivante. La fête se prolongea encore une petite heure, et les derniers invités partirent avec un taux d'alcool dans le sang très raisonnable.

*

Le 18 novembre, une nouvelle habitante rejoignit la population mondiale : Alice, 52 cm, 3,6 kilos et un léger duvet sur le crâne. Dès que la deuxième échographie eut confirmé le sexe du bébé, le choix du prénom avait été âprement débattu. Éric plaidait pour Cassandra, Estelle et, bien évidemment, Leia. Émilie, elle, n'avait qu'Alice comme alternative. Elle avait toujours imaginé qu'elle appellerait ainsi sa fille, en souvenir de son Walt Disney préféré. Pour obtenir gain de cause, Émilie avait prétendu adorer Zéphyrine ou Alissandre. Elle avait même joué son va-tout en évoquant Cunégonde. La partie s'annonçait difficile, mais Émilie l'avait menée de main de maître. Telle une négociatrice aguerrie, elle avait dupé Éric durant plusieurs mois avant de proposer Alice en signe de conciliation. Éric accepta aussitôt, convaincu d'avoir évité le pire. Il retenta bien une dernière fois de marchander Estelle, mais n'évoqua plus jamais Leia. Émilie était parvenue à le faire abdiquer en douceur.

L'accouchement s'était déroulé pour le mieux : elle avait perdu les eaux en fin de matinée et avait téléphoné à Éric pour qu'il la conduise à la maternité. Un mois auparavant, le jeune homme avait emprunté la voiture de sa mère et l'avait laissée garée dans le parking en attendant le jour J. Lorsqu'ils arrivèrent à l'hôpital, une sage-femme les installa dans une chambre en leur intimant d'attendre que les contractions « fassent leur travail », selon l'expression consacrée. Éric avait réussi à contenir son angoisse durant quelques heures puis avait fini par stresser Émilie en lui demandant toutes les dix minutes si elle avait mal. Il manqua tourner de l'œil lorsqu'il aperçut l'aiguille de la péridurale. L'anesthésiste le pria d'attendre à l'extérieur et demanda à Émilie si elle était certaine de vouloir que le père assiste à l'accouchement.

À 17 h 38, l'infirmière appela le médecin ; à 18 h 25, Alice était posée sur le ventre de sa mère. Éric pleura comme une midinette en remerciant toute l'équipe médicale. Il quitta l'hôpital après le dîner et laissa Alice seule avec sa mère. À cet instant, Émilie sut que la vie qu'elle avait connue jusqu'à présent n'était plus et qu'une existence nouvelle venait de débuter, comme un lever de soleil.

*

Émilie sursauta en entendant un cri en provenance du babyphone. Elle jeta un œil sur le réveil : 8 h 45. Elle n'en revenait pas, c'était la première fois qu'Alice ne la réveillait pas aux environs de 6 heures. Depuis trois semaines qu'elle était revenue de la maternité, son bébé avait pris ses habitudes : toutes les nuits, elle poussait des cris successifs à minuit, 3 heures et 6 heures. Émilie se rappelait parfaitement lui avoir donné le « sein de 3 heures », puis l'avait recouchée dans son berceau avant de s'écrouler dans son propre lit.

Elle se leva péniblement et se dirigea vers la chambre du bébé. Dormir plus de cinq heures d'affilée n'était plus dans ses habitudes : elle avait le sentiment que tous ses muscles étaient endoloris et que son esprit tentait de s'extirper d'un épais brouillard. Elle ouvrit la porte sur laquelle était collé le nom de sa fille en lettres de bois, et bâilla bruyamment. Tiraillée par la faim, Alice gigotait en poussant ses petits cris aigus.

— Alors, mon bébé, on a loupé l'heure de son repas ? murmura Émilie en la prenant dans ses bras.

Elle s'assit sur la chaise disposée à côté de la table à langer, dégrafa les boutons du haut de son pyjama « spécial allaitement » et sortit son sein dur comme une pierre. Sans demander son reste, Alice saisit le mamelon de sa bouche sans dents et se mit à téter goulûment. Émilie eut la sensation d'une délivrance dès qu'elle sentit son lait s'extraire d'elle. Lorsque Alice eut fini, Émilie la redressa en posant la tête de son bébé contre son épaule. Légèrement comateuse, Alice prit son temps pour faire son rot, régurgitant sur la chemise de sa mère, qui s'était habituée à empester le lait caillé à longueur de journée.

Dans la salle de bains, Émilie déposa Alice sur son transat en espérant qu'elle resterait calme assez longtemps pour qu'elle puisse prendre une douche. Elle ouvrit le robinet tout en conservant un œil sur sa fille. Alors que le jet chaud coulait sur elle comme une source revigorante, elle se demanda si Éric aurait le temps de revenir déjeuner, comme il le faisait un jour sur deux. Émilie savait que, si cela ne dépendait que de lui, il resterait plus longtemps avec elles, mais il devait gérer tout lui-même depuis qu'il avait ouvert sa salle de sport. Cela faisait maintenant quatre mois que les travaux étaient terminés, mais les machines de running avaient sans cesse besoin d'être réglées et Éric devait trouver en urgence un nouveau coach pour le seconder.

Émilie se sécha énergiquement et enfila le premier pull de la pile dans son placard. Posée à côté d'elle, Alice conservait les yeux grands ouverts. Même si Émilie savait qu'à un si jeune âge sa vue n'était guère développée, elle avait toujours l'impression que sa fille observait tout ce qu'elle faisait. Elle la prit de nouveau dans ses bras et l'emmena dans le salon. Depuis qu'elle avait décidé d'abandonner provisoirement ses études, les journées d'Émilie consistaient essentiellement à s'occuper d'Alice et à regarder des séries en streaming. Elle avait essayé d'ouvrir un livre de temps en temps, mais le manque de sommeil l'empêchait de lire plus d'une page. Émilie posa Alice à côté d'elle sur le canapé et l'embrassa longuement sur le front. Lorsqu'elle se redressa, une petite tache sur la joue du bébé attira son attention.

— Mais elle est toute sale, ma poupée !

Émilie mouilla son doigt et frotta ce qu'elle prit pour une trace de saleté. Elle eut beau frotter encore et encore, la tache bleue ne partait pas. Elle semblait même, au contraire, s'assombrir, s'élargir, noircissant comme un funèbre nuage dans un ciel ténébreux...

Le soleil se cache...

Le Dr Achille Majdi offrit à Émilie l'un de ces splendides sourires factices dont seuls les psychiatres et les banquiers sont capables. En face de lui, assise sur sa chaise, Émilie demeurait impassible.

— Mademoiselle Champfleuri, savez-vous qui je suis ?

Émilie resta silencieuse, levant à peine les yeux en direction de son interlocuteur. Elle n'avait qu'une envie : se lever et renverser le bureau qui les séparait avant de se jeter sur le docteur pour l'étrangler.

— Je suis médecin psychiatre expert auprès du tribunal. Savez-vous pourquoi vous êtes ici aujourd'hui ?

Émilie ne répondit pas. Elle rebaissa les yeux et fixa le sol avec concentration, comme si elle cherchait quelque chose par terre.

— Vous êtes mise en examen pour violence volontaire sur votre fille. Seriez-vous disposée à en parler ?

Le regard d'Émilie restait rivé sur le plancher. Elle semblait calme, mais la veine de sa tempe palpitait anormalement vite. Le médecin tenta de nouveau sa chance :

— J'aimerais vous poser quelques questions sur votre situation personnelle.

Cette fois, Émilie releva fièrement la tête et foudroya le médecin du regard.

— J'ai déjà vu un psy du tribunal et j'ai répondu à toutes ses questions. Vous n'avez qu'à consulter l'enregistrement de notre entretien.

Le médecin se força à sourire davantage pour offrir le visage le plus amical possible. Tout en continuant de scruter Émilie, il nota quelque chose sur le carnet ouvert devant lui.

— Voyez-vous un inconvénient à ce que l'on évoque votre enfance ?

Dans un mouvement très lent, Émilie se leva, posa ses deux mains sur le bureau, et répéta en prononçant chaque syllabe :

— J'ai déjà vu un psy et j'ai répondu à toutes ses questions.

Le Dr Majdi griffonna une nouvelle phrase sur son calepin. Son sourire s'effaça et les traits de son visage apparurent plus crispés.

— Pourriez-vous vous rasseoir, s'il vous plaît, mademoiselle Champfleuri ? Je pense que nous serions tous les deux bien plus à l'aise.

Émilie ne bougea pas, plongeant un peu plus son regard dans celui du médecin. Ses mains ouvertes se refermèrent pour former deux poings. Sa respiration se fit plus saccadée. Quelque chose monta en elle. Quelque chose qu'elle essayait de retenir.

— Je veux voir ma fille !

Son intonation était sèche mais sa voix, presque frêle. Le docteur fit mine de ne pas l'entendre.

— Rasseyez-vous, je vous prie.

Émilie ne bougea toujours pas. Elle respirait de plus en plus fort, de plus en plus bruyamment. La pulsion de sauter à la gorge de son interlocuteur montait peu à peu en elle. Le médecin prit un ton presque craintif pour lui demander encore une fois :

— Accepteriez-vous de me parler de votre enfance ?

À peine eut-il posé sa question qu'Émilie se saisit du mug rempli de stylos qui trônait sur le bureau et le projeta à l'autre bout de la pièce. La tasse se brisa en atterrissant sur le sol. Le docteur devint livide. Émilie eut un sourire mauvais avant de lui lancer :

— J'en ai assez, laissez-moi tranquille !

6

La légère marque fut vite oubliée. Émilie n'y pensa plus durant le reste de l'après-midi et n'évoqua que brièvement le sujet avec Éric à son retour de la salle de sport. Lorsque celui-ci prit sa fille dans ses bras, il dut s'y reprendre à deux fois pour distinguer la tache, tant son diamètre était restreint. Le lendemain, elle n'était presque plus visible. Émilie se dit qu'elle avait sans doute embrassé sa fille trop fort sur la joue. Il est vrai qu'elle passait son temps à la couvrir de baisers souvent très appuyés.

Quelques jours plus tard, ce fut une autre source d'inquiétude qui s'empara d'elle : au réveil de la sieste du matin, elle découvrit en changeant Alice que son nombril présentait une proéminence légèrement suintante. Émilie sentit un frisson lui parcourir la colonne vertébrale. Avec toute la délicatesse dont elle était capable, elle toucha du bout des doigts la petite boule, qui se révéla molle et apparemment non douloureuse, puisque Alice ne réagit d'aucune façon. Émilie posa une compresse sur le nombril pour éviter tout frottement avec les vêtements et remit son body à Alice.

Alors qu'elle se répétait intérieurement qu'il s'agissait sans doute d'une infection sans gravité, Émilie sentait la boule dans son ventre s'alourdir de plus en plus. Elle hésita à contacter sa mère, puis renonça. Bien que leur relation fût redevenue apaisée, celle-ci ne prenait guère de nouvelles d'Alice depuis la naissance. Émilie se demandait si elle ne rejetait pas l'idée d'être grand-mère au point de nier l'existence de sa petite-fille. Émilie pensa ensuite téléphoner à Éric, mais ne le fit pas non plus car elle comprit très vite qu'il ne pouvait lui être d'aucun secours et qu'il ne ferait que lui transmettre un peu plus d'angoisse.

N'ayant pas encore de pédiatre à qui s'adresser, elle eut le réflexe de téléphoner à la puéricultrice qui avait effectué la visite de suivi à domicile quelques jours après sa sortie de la maternité. Cette rencontre avait été essentiellement consacrée à des questions liées à l'allaitement, Émilie ayant quelques inquiétudes quant à la fréquence des tétées à donner. Elle avait rangé ses coordonnées dans son portefeuille en se disant qu'elle en aurait peut-être besoin un jour. Au téléphone, la puéricultrice lui répondit aimablement que les visites à domicile n'étaient prises en charge par la Sécurité sociale que jusqu'au douzième jour après l'accouchement. Devant l'insistance et le ton inquiet d'Émilie, elle finit par lui dire qu'elle passerait chez elle dans l'après-midi.

Elle sonna à la porte un peu après 15 heures, les joues rouges d'avoir monté les étages à pied. Émilie sortit Alice de son transat et l'installa sur la table à langer pour la déshabiller. À peine la puéricultrice eut-elle aperçu le nombril du bébé qu'elle se montra rassurante :

— Votre fille a simplement un bourgeon ombilical, indiqua-t-elle de sa petite voix. C'est impressionnant, mais ce n'est pas grand-chose. Le nombril a dû mal cicatriser lorsque le cordon est tombé.

— Mais cela fait plus de deux semaines que son cordon est tombé, affirma Émilie sans quitter sa fille des yeux.

— Cela arrive de temps en temps. Vous ne devez pas vous inquiéter.

Sur la table à langer, Alice restait immobile. Elle semblait plutôt satisfaite de l'attention que lui portaient les deux femmes penchées sur elle. Elle agita ses petites mains, ce qui provoqua le rire de la puéricultrice.

— Elle n'a pas du tout l'air d'être malheureuse, cette petite princesse !

Alice écarquilla un peu plus les yeux, mimique qui faisait toujours fondre Émilie. Elle se demanda comment il était possible qu'un si petit être prenne tant de place dans sa vie. La puéricultrice indiqua à Émilie qu'elle devait obtenir un rendez-vous au centre de PMI dont elle dépendait pour qu'une infirmière puisse effectuer un soin spécifique afin d'assécher le bourgeon. La puéricultrice examina ensuite Alice de long en large et s'arrêta sur son front.

— J'ai l'impression que votre fille nous fait aussi une très légère irritation cutanée au niveau du visage. Quel savon utilisez-vous ?

Émilie se pencha sur Alice mais ne distingua aucun signe d'irritation.

— J'utilise Vioxa-bébé sans paraben, répondit-elle. J'avais lu dans un magazine que c'était le plus conseillé.

— Je vous déconseille de suivre tout ce que disent les magazines, répliqua la puéricultrice d'un ton pincé. Si vous avez des doutes sur les produits, interrogez plutôt un pédiatre ou un service médical.

Alors qu'Émilie s'apprêtait à remettre son pyjama à Alice, la puéricultrice posa le doigt sur la cuisse droite du bébé :

— Et là, qu'est-ce qui lui est arrivé ?

Émilie observa l'endroit indiqué : une légère égratignure s'étalait sur trois centimètres environ. Dans un geste réflexe, Émilie caressa la cuisse de sa fille.

— Je ne sais pas, je ne l'avais pas remarqué.

La puéricultrice désigna le bracelet en argent qui quittait rarement le poignet d'Émilie.

— Il est possible que vous l'ayez égratignée avec votre bijou. Il vaudrait mieux l'enlever lorsque vous vous occupez du bébé.

La quinquagénaire avait prononcé cette phrase sans une once de méchanceté, mais Émilie se raidit. Elle eut beau faire bonne figure, elle ressentit un profond agacement. Pour elle, ce simple conseil de bon sens n'était qu'un moyen détourné de la disqualifier en tant que mère, comme si son jeune âge la rendait incapable de s'occuper de son enfant. Bouleversée, Émilie se retint de pousser un cri animal, mais répondit avec une voix d'hôtesse d'accueil :

— Je vous remercie pour votre aide. Je pense que je vais pouvoir me débrouiller, à présent.

*

Émilie obtint un rendez-vous au centre de PMI trois jours plus tard, le jeudi suivant. Durant ce laps de temps, elle se contenta de bien désinfecter le nombril d'Alice après chaque sieste. Le jeudi, après le biberon du déjeuner, Émilie s'octroya une petite sieste tandis qu'Alice faisait la sienne. Son rendez-vous n'étant qu'à 16 heures, elle estima qu'elle avait largement le temps de somnoler une heure avant le départ.

À peine sa tête s'était-elle posée sur son oreiller qu'elle sombra dans un profond sommeil. Lorsqu'elle rouvrit les yeux, elle se tourna aussitôt vers le réveil : 15 h 35. Se levant en sursaut, elle courut dans le couloir en direction de la chambre de son bébé. Alice dormait à poings fermés, n'ouvrant même pas les yeux lorsque sa mère tira les rideaux.

— Désolée, ma puce, mais il faut vraiment que nous partions !

Alice poussa un petit cri lorsque sa mère la souleva, puis se calma dès qu'elle l'eut posée contre son épaule. Émilie saisit son sac à main, le manteau de la petite et s'apprêta à ouvrir la porte de l'appartement lorsqu'un effluve nauséabond lui chatouilla les narines.

— Non, Alice ! Pas maintenant !

Émilie jeta son sac à terre et retourna vers le canapé, sa fille dans les bras. Elle étira une couverture et commença à déshabiller Alice. Au moment où elle dégrafa sa couche, elle aperçut une plaque rougeâtre en haut de sa cuisse droite.

— C'est pas vrai ! Qu'est-ce que tu t'es encore fait, ma chérie ?

Émilie nettoya sa fille avec une lingette et inspecta un peu mieux la marque. La peau apparaissait légèrement boursouflée sur quelques millimètres, rien d'alarmant. Émilie toucha du doigt la zone rougie, Alice n'eut aucune réaction. Elle se demanda s'il pouvait s'agir d'une forme d'eczéma. Elle se souvenait qu'une de ses camarades de lycée était victime d'une poussée d'eczéma à chaque contrôle de mathématiques et que certaines des plaques qui lui recouvraient la peau présentaient un aspect assez similaire. Émilie hésita à regarder sur Internet des photos d'eczéma pour les comparer, mais elle se souvint qu'elle était en retard et rhabilla son bébé en quatrième vitesse pour courir hors de chez elle.

*

Si l'extérieur du bâtiment qui abritait le centre de PMI apparaissait plutôt austère, l'intérieur des locaux se révélait bien plus plaisant : juste à côté du couloir où quelques chaises alignées faisaient office de salle d'attente, une grande pièce lumineuse était remplie de jouets et de coussins posés au sol. Une assistante puéricultrice qui ne devait pas avoir plus de vingt-cinq ans expliquait quelque chose à deux mamans très attentives tandis que leurs enfants jouaient avec des balles multicolores. Émilie observait la scène du couloir, à travers la grande fenêtre. Assise avec Alice sur les genoux, elle tentait de lire sur les lèvres ce que la jeune femme expliquait aux mères.

Une trentenaire en blouse blanche, qu'Émilie identifia comme une infirmière, vint la chercher. Une fois dans son cabinet, elle invita Émilie à s'asseoir en face d'elle et lui demanda la raison de sa venue. Après avoir écouté ses explications concernant le nombril d'Alice, elle demanda à Émilie de poser sa fille sur la table d'examen pédiatrique et de lui retirer le haut de son body. Après une rapide observation, l'infirmière confirma qu'il s'agissait bien d'un bourgeon ombilical et badigeonna le nombril d'Alice avec un coton-tige imprégné de Bétadine.

— Il n'y a pas si longtemps, ce genre d'infection se soignait au nitrate d'argent, expliqua l'infirmière d'un ton enjoué. D'ailleurs, certains médecins le font encore.

— Du nitrate d'argent ? Qu'est-ce que c'est ? demanda Émilie interloquée.

— Un antiseptique pour accélérer la cicatrisation. Mais si on l'applique sur une peau saine, cela peut brûler le bébé. Avec la Bétadine, au moins, il n'y a aucun risque.

— Brûler ? s'étrangla Émilie. Mais c'est très dangereux ! Des médecins l'utilisent encore ?

— De moins en moins ! rit l'infirmière. Ne vous inquiétez pas pour votre fille, en tout cas. La PMI n'en utilise pas.

L'infirmière donna à Émilie une petite bouteille de Bétadine et un étui rempli de cotons-tiges en lui prescrivant d'enduire le nombril d'Alice deux fois par jour jusqu'à la semaine suivante. Alors qu'elle allait se rasseoir à son bureau, Émilie l'interpella :

— Je voulais vous demander autre chose : juste avant de venir, je me suis aperçue qu'elle avait quelque chose sur la cuisse.

Émilie enleva le bas du vêtement de sa fille pour exposer la rougeur. L'infirmière examina attentivement la jambe d'Alice en fronçant les sourcils.

— Cela ressemble à une inflammation ou à une irritation, conclut-elle. A-t-elle déjà eu ce genre de réaction sur une autre partie du corps ?

— Non, jamais, répondit Émilie.

— À vue de nez, c'est une rubéfaction qui n'a pas l'air bien méchante. Je vais vous donner une pommade. Je vous conseille quand même de bien surveiller. Si vous constatiez d'autres plaques de ce type, cela pourrait induire une allergie, mais ça n'y ressemble pas. Surtout, n'oubliez pas de lui appliquer la Bétadine sur le nombril.

À peine sortie du centre PMI, Émilie téléphona à Éric. Elle tomba sur le répondeur et raccrocha sans laisser de message. Un vague sentiment de solitude l'envahit. Depuis la rupture avec Lucie, force était de constater qu'elle n'avait plus d'amie avec qui partager le moindre fait de son existence. Même Marion, avec qui elle avait noué une relative complicité à l'école de commerce, disparaissait progressivement du paysage. Celle-ci lui avait bien rendu visite à la maternité et lui avait téléphoné une ou deux fois depuis qu'elle était rentrée chez elle, mais Émilie sentait que ses histoires d'allaitement et de couches ne l'intéressaient guère. Elle ne pouvait pas lui jeter la pierre : elle avait choisi de sauter le pas vers l'âge adulte mais ne pouvait pas demander à ses copines de la suivre. Elle réfléchit un instant et appela son père.

*

Lorsqu'elle ouvrit la porte, Annick Ghesquière poussa des cris d'admiration en apercevant Alice dans sa poussette. Émilie avait toujours apprécié la secrétaire de son père. Depuis qu'elle travaillait pour lui, elle n'avait jamais montré de signe d'agacement lorsque Émilie téléphonait plusieurs fois par jour au bureau. Lorsqu'elle était encore au collège, il lui arrivait souvent d'appeler plusieurs fois de suite en fin d'après-midi pour que Charles l'aide dans ses devoirs. À quelques occasions, Annick avait même participé à la résolution d'exercices quand son père s'éternisait à un rendez-vous. La secrétaire demanda si elle pouvait porter Alice et poussa de nouveaux cris de joie lorsque le bébé régurgita sur son pull.

— Elle doit faire ses dents, non ? demanda Annick, qui ne maîtrisait plus très bien les étapes du développement d'un nouveau-né.

Alerté par le bruit dans le couloir, Charles ouvrit la porte de son bureau. Son visage s'illumina dès qu'il entrevit sa fille et sa petite-fille.

— Il va falloir que je décide laquelle de vous deux est la plus belle ! dit-il en embrassant Émilie.

Charles proposa à sa fille un café qu'elle s'empressa d'accepter. Lorsqu'ils se retrouvèrent assis l'un en face de l'autre dans le bureau, Alice commençant à somnoler dans les bras de sa mère, Émilie se livra : oui, elle adorait sa fille plus que tout au monde, oui, elle bénissait chaque matin sa décision d'avoir mené sa grossesse à terme, mais elle ne pouvait nier qu'elle rencontrait les premiers signes de l'ennui qui frappe les mères d'enfants en bas âge.

— Avec Éric qui travaille de plus en plus tard, toute ma vie tourne autour du bébé, confiait-elle en prenant soin de ne pas en faire trop. La plupart du temps, Alice est d'ailleurs le seul être humain avec je suis en contact.

— Cela ne va pas durer, avança son père en se voulant rassurant. Dans quelque temps, tu pourras confier Alice à une nounou une partie de la journée et reprendre une activité.

— Quelle activité ? Je ne vais pas me réinscrire en école de commerce après avoir sabordé ma première année. Et puis, même avec une nounou, Alice ne me laissera plus assez de temps ni d'énergie pour passer mes journées en cours et mes soirées à réviser.

— L'école de commerce n'a jamais été une obligation. Ton temps disponible pour travailler étant limité, tu pourrais commencer par tenter une activité ponctuelle qui te motive davantage.

Charles prononça cette dernière phrase avec un sourire sibyllin. Émilie leva un sourcil : elle ne voyait pas du tout où son père voulait en venir. Charles relança sa mise :

— Il y a quand même des domaines qui t'intéressent plus que les cours de management et de marketing, non ?

Alice comprit enfin lorsque Charles mima le clic d'un appareil photo. Elle s'apprêtait à protester en arguant que vendre ses photos ne pouvait être qu'un doux rêve lorsque Charles lui exposa son idée. Bien sûr, devenir photographe d'art ou de presse serait pour l'heure une illusion. Mais, sans viser aussi haut, il existait d'autres moyens de gagner de l'argent pour qui maîtrise un tant soit peu le cadrage et la mise au point.

— Par exemple ? demanda Émilie.

— Par exemple, photographe de mariages.

Émilie prit un air consterné. Son père ne s'en offusqua nullement : il s'y attendait. Cela ne l'empêcha pas de poursuivre son propos. Comme toujours, le père d'Émilie avait déjà pensé à tout : le fils de l'une de ses relations professionnelles dirigeait une société de *wedding planners* qui organisait quasiment un mariage par semaine. En discutant avec lui, Charles avait appris que, malgré la généralisation des smartphones, plus d'une famille sur deux faisait encore appel à des photographes professionnels pour couvrir la cérémonie. Charles avait sauté sur l'occasion pour placer que sa fille était une photographe émérite, lui inventant au passage quelques expériences professionnelles au sein d'agences prétendument réputées.

— Je lui ai dit que tu pourrais, dès que ton bébé t'en laisserait l'occasion, le rencontrer pour discuter d'éventuelles collaborations. Il avait l'air très intéressé.

— Avec son métier, il doit bien connaître de vrais photographes, non ?

Charles se mit à ricaner.

— Je n'ai aucun doute là-dessus. Mais je sais aussi que son père fait partie des cire-pompes qui rêvent de me rendre service pour que je leur sois redevable. Alors on ne va pas se gêner ! Si tu lui dis que tu es intéressée, il se mettra en quatre pour te caser dans ses réceptions.

Émilie sentit une pointe d'agacement à voir son père décider de son existence à sa place. Cependant, elle devait le reconnaître, cette idée ne lui déplaisait guère. Bien que prendre en photo des filles déguisées en meringue au bras de garçons qui faisaient la gueule ne fût pas ce dont elle rêvait, il existait de bien pires façons de gagner de l'argent.

— Tu lui as dit que je travaillais avec un argentique ?

— Non, pour la bonne raison que tu vas y mettre un peu du tien et te familiariser avec le numérique. Ça ne doit pas être bien sorcier !

— Mais je n'en ai quasiment jamais utilisé !

— Eh bien, quand Armstrong a marché sur la Lune, il ne l'avait jamais fait non plus, et il ne s'est pas pris les pieds dans un cratère pour autant. Tu vas voir, ça va être amusant. Et puis je te rappelle qu'il y a cinq minutes encore tu te plaignais de ne rien faire de tes journées, à part changer des couches. Alors, ma petite chérie, deux possibilités s'offrent à toi : continuer à pleurer sur ton sort ou saisir cette occasion.

Émilie acquiesça en souriant. Elle fit semblant de prendre son père en photo, provoquant un léger mouvement de son épaule qui réveilla Alice.

*

Les deux jours suivants, Émilie prit soin d'enduire de Bétadine le nombril d'Alice. Elle appliqua aussi sur la cuisse de sa fille la pommade que l'infirmière lui avait donnée, bien que la plaque rouge eût quasiment disparu. Dès le dimanche, le bourgeon ombilical s'était considérablement réduit. Ce jour-là, Émilie se montra d'ailleurs bien plus contrariée par le fait qu'Éric lui annonce qu'il devait passer l'après-midi à la salle de sport que par les soucis de sa fille. Bien que la salle fût ouverte sept jours sur sept, Éric avait trouvé un arrangement avec l'un de ses deux salariés qui gérait la salle à sa place afin qu'il pût bénéficier du repos dominical. Éric n'avait cependant pas prévu que l'opération promotionnelle qu'il avait organisée durant toute la semaine allait provoquer un afflux de clients le week-end. Résultat : le dimanche en fin de matinée, son salarié l'avait appelé au secours car il ne parvenait pas à gérer les activités du jour tout en répondant aux nombreux clients potentiels qui venaient se renseigner. Éric n'eut donc d'autre choix que de le rejoindre, promettant à Émilie qu'il serait de retour avant le dîner.

Elle ne s'imaginait pas lui faire une scène, alors que la salle de sport avait grand besoin de faire rentrer de l'argent dans la caisse, mais n'en ressentit pas moins un intense sentiment d'abandon. Une fois encore, comme chaque jour de la semaine, elle se retrouva en tête à tête avec Alice. Bien sûr, lorsqu'elle tenait sa fille contre elle ou que celle-ci la gratifiait d'un regard ou d'un geste qui pouvait être considéré comme le début d'un échange, Émilie se sentait envahie par une vague de bien-être et oubliait tout le reste. Mais, pendant les longues heures durant lesquelles Alice faisait ses siestes, l'ennui régnait désormais dans son existence, au point qu'Émilie se demandait si elle existait encore en tant qu'individu à part entière ou si elle n'était plus que la gardienne d'un bébé.

Durant sa grossesse, elle avait lu des articles sur le *baby blues* et sur toutes les formes de déprimes post-partum. Elle savait à quoi s'attendre : les bouleversements hormonaux, les difficultés à se sentir à l'aise avec son corps, les douleurs du périnée. Elle n'ignorait rien non plus des émotions contradictoires qui obstruent l'esprit, ni des sursauts de culpabilité de ne pas se sentir pleinement heureuse. Elle savait aussi que l'expression « Passer du rire aux larmes » ne serait plus une simple métaphore, tout comme la peur de ne pas être à la hauteur ou le besoin de se dire que l'on n'est pas seulement une mère, mais aussi une femme. Émilie avait été prévenue. Pourtant, elle en souffrait bien plus qu'elle ne l'aurait imaginé. Et plus elle se répétait qu'elle devait être heureuse, plus elle souffrait.

Affaire : CONTRE X, MISE EN PÉRIL, VIOLENCES VOLONTAIRES SUR MINEUR

Extrait du procès-verbal du Dr Jean-Luc Estirach, du service de pédiatrie de l'hôpital Cochin

QUESTION : *Dans quelles circonstances avez-vous été amené à rencontrer Mlle Champfleuri ?*

RÉPONSE : *J'ai rencontré pour la première fois Mlle Champfleuri aux urgences du centre hospitalier de Cochin, dans lequel j'exerce la fonction de pédiatre. Elle était venue avec son bébé pour des hématomes. Je précise que Mlle Champfleuri et sa fille avaient été envoyées chez nous par le centre de PMI auquel elles s'étaient préalablement adressées.*

QUESTION : *Quel était le comportement de Mlle Champfleuri lorsque vous faisiez passer des examens à sa fille ?*

RÉPONSE : *Elle s'est montrée coopérante durant toute la durée des examens. À ce moment-là, aucun des membres de l'équipe médicale n'a formulé l'idée qu'elle pouvait être à l'origine des lésions que présentait son bébé. J'ajoute tout de même que, à titre personnel, quelque chose m'a troublé dans son comportement : elle n'a pas semblé surprise lorsque nous avons constaté de nouveaux hématomes qu'elle ne nous avait pas signalés.*

QUESTION : *Quelles conclusions en avez-vous tirées ?*

RÉPONSE : *Je n'en ai tiré aucune conclusion, mais je trouve tout de même étonnant qu'une mère montre si peu de signes d'inquiétude face à une situation qui pouvait se révéler préoccupante.*

QUESTION : *À quel moment avez-vous envisagé que Mlle Champfleuri puisse être à l'origine des lésions et des hématomes constatés sur sa fille ?*

RÉPONSE : *Cette idée m'a effleuré assez vite, mais j'étais loin d'en être convaincu. D'ailleurs, la première biopsie cutanée que nous avons demandée a révélé que les taches sur le corps du bébé n'étaient pas des hématomes, même si l'examen n'a pas pu déterminer la véritable nature des lésions. Il faut toujours se montrer très prudent lorsque nous avons des soupçons liés à la maltraitance d'un enfant. Mais dans le cas présent j'estimais qu'il y avait tout de même quelque chose d'étrange.*

QUESTION : *Quoi donc ?*

RÉPONSE : *Mlle Champfleuri a évoqué elle-même la possibilité que les lésions de sa fille soient dues à des morsures humaines.*

7

Le lundi matin, Émilie se réveilla de nouveau en sursaut. L'horloge indiquait 8 h 45. Pour la deuxième fois en une semaine, Alice n'avait pas crié pour réclamer sa tétée de 6 heures et Éric ne l'avait pas réveillée en partant.

Comme chaque matin, Émilie avait la sensation de s'extirper d'un épais brouillard. Sa poitrine lui faisait mal et une violente migraine lui fracassait le crâne. Au prix d'un effort intense, elle posa un pied par terre, puis trouva la force de se lever pour se diriger vers le couloir. Elle avait le vague sentiment d'entendre Alice pleurer, mais sans être certaine que les cris ne provenaient pas de son imagination. Elle continua d'avancer vers la chambre du bébé avec la sensation que son crâne la faisait souffrir davantage à chaque pas. Elle s'arrêta au niveau de la salle de bains, ouvrit le placard et saisit la boîte de Doliprane. Elle en mit deux dans sa bouche et les fit passer en buvant l'eau directement au robinet.

Lorsqu'elle ouvrit la porte de la chambre de sa fille, elle ne put que constater que les cris étaient bien réels. Dans son berceau, Alice était toute rouge et hurlait. Émilie la prit dans ses bras en la berçant pour tenter de la calmer. Elle ne cessa ses cris que lorsque sa mère lui plaça son téton dans la bouche et qu'elle se mit à téter avec voracité. « Depuis combien de temps criait-elle ? », se demanda Émilie. À mesure qu'Alice extirpait le lait de sa poitrine,

Émilie eut la sensation que sa migraine diminuait. Le brouillard mental qui obstruait son esprit se dissipant, elle commençait à reprendre pleinement contact avec la réalité. Lorsqu'elle fut rassasiée, Alice eut un bâillement. Émilie posa la tête de son bébé contre son épaule et attendit qu'elle ait fait son rot avant de se relever et de la poser sur la table à langer.

— Tu m'as l'air d'avoir besoin d'être changée, ma princesse, dit Émilie en retrouvant un semblant de bien-être.

Alice avait les yeux grands ouverts. Comme à son habitude, elle fixait sa mère sans que celle-ci pût deviner ce qu'elle voyait vraiment. Émilie dégrafa les boutons-pressions dans le dos du pyjama de sa fille, ôta ses jambes, puis ses bras, tout en continuant de plonger ses yeux dans ceux de son bébé. Soudain, son regard se posa sur le corps d'Alice : des marques rougeâtres formaient une sorte de mosaïque qui s'étalait sur la moitié de son torse. C'était, plus qu'une tache, comme une meurtrissure qui rongeait son bébé.

D'un coup, Émilie eut l'impression que la chambre se mettait à tourner autour d'elle. Le berceau, la commode, le chiffonnier en bois blanc, les paniers de rangement avec des étoiles dorées, le tapis, la peluche Babar, la veilleuse à tête de licorne : l'ensemble formait un tourbillon autour d'elle. Plusieurs secondes s'écoulèrent sans qu'Émilie parvînt à esquisser le moindre geste. Ignorant l'effroi qui venait de s'emparer de sa mère, Alice leva la main comme si elle cherchait à toucher sa tête. Émilie distingua alors une autre trace violacée sous son bras. Elle prit une grande respiration avant de se ruer sur le téléphone pour appeler Éric. Elle tomba sur son répondeur et laissa un message : « Alice a quelque chose de bizarre sur le torse et le bras, des traces rouges. Je l'emmène à la PMI, rappelle-moi vite. »

Dès qu'elle eut raccroché, elle commanda un chauffeur privé sur son portable. L'application lui indiqua une arrivée du véhicule prévue six minutes plus tard. Émilie descendit en trombe avec Alice dans les bras pour attendre sur le trottoir. À peine la voiture s'arrêta-t-elle à sa hauteur qu'Émilie s'engouffra par la portière arrière.

— C'est une urgence ! Faites vite ! demanda-t-elle en retenant ses larmes. Je dois l'emmener à la PMI immédiatement !

Le chauffeur sembla hésiter puis démarra. Le trajet se fit en silence. Émilie croisa à plusieurs reprises le regard du conducteur dans le rétroviseur, mais ni lui ni elle n'entreprit d'échanger le moindre mot.

Arrivée devant le bâtiment du centre de PMI, Émilie sortit comme une furie du véhicule sans saluer le chauffeur, serrant toujours Alice dans ses bras. Alors qu'elle sentait des gouttes de sueur couler le long de sa colonne, Émilie s'adressa à la jeune fille de l'accueil en lui précisant qu'elle n'avait pas pris rendez-vous mais qu'elle avait besoin de voir une infirmière au plus vite.

— Nous ne faisons pas les urgences, répondit la jeune femme qui peinait à comprendre les propos d'Émilie.

— Ma fille a une énorme marque sur le corps, reprit Émilie d'une voix étranglée.

À cet instant, l'infirmière qui avait examiné Alice la fois précédente passa dans le couloir. Entendant le ton angoissé d'Émilie, elle prit les choses en main et lui demanda de la suivre dans son cabinet. Émilie posa Alice sur la table pédiatrique et commença à la déshabiller. Elle sentit ses mains trembler. Dès qu'elle enleva le body d'Alice, la mosaïque réapparut. Aux yeux d'Émilie, les traces semblaient plus impressionnantes que lorsqu'elle les avait découvertes.

L'infirmière resta une ou deux secondes sans réaction. Émilie pria intérieurement pour que l'infirmière prononçât des paroles rassurantes en apercevant les marques. Elle eût voulu l'entendre dire qu'il s'agissait d'une « maladie bénigne » ou d'une « infection de la peau traditionnelle chez les nourrissons », « une pathologie sans gravité » qui disparaît après quelques jours de traitement. Mais l'infirmière ne prononça pas un mot. Elle eut même un mouvement de recul. Émilie retenait sa respiration. Consciencieusement, l'infirmière examina Alice. D'un coup, elle se retourna vers Émilie :

— Votre fille a également une marque sur la plante du pied.

Lorsque Émilie constata cette troisième lésion, son rythme cardiaque s'accéléra encore et elle eut la sensation que la réalité lui échappait. Lorsqu'elle croisa le regard d'Alice, un semblant de réconfort l'envahit quelques secondes. Les yeux de sa fille ne laissaient entrevoir ni souffrance ni angoisse. C'étaient juste les yeux d'un bébé heureux de vivre. Mais, dès qu'Émilie descendait son regard sur le corps de sa fille, le réconfort s'effaçait pour laisser place à l'angoisse.

— Attendez-moi ici, indiqua l'infirmière. Je vais chercher le pédiatre.

L'infirmière revint quelques minutes plus tard en compagnie d'un petit homme brun au regard vide. Sans prêter la moindre attention à Émilie, le médecin examina en silence les traces sur le corps d'Alice puis s'adressa à l'infirmière :

— Les marques sur le torse et l'avant-bras semblent être des hématomes, mais pas celle sur le pied.

Il appuya avec le pouce sur le bras d'Alice, qui ne réagit pas.

— Ce qui est étonnant, c'est que l'enfant ne semble pas ressentir de douleur, poursuivit le médecin comme s'il dictait ses conclusions à une secrétaire.

Il souleva ensuite le pied d'Alice pour mieux voir la lésion plantaire. Il marmonna quelque chose pour lui-même puis, avec une douceur très relative, retourna Alice sur le ventre : des marques similaires et de tailles équivalentes apparaissaient aussi sur le dos et sur les fesses.

— Je pense que vous devriez la transférer aux urgences de Cochin, dit le médecin du même ton flegmatique.

L'infirmière ne répondit rien, figée, comme hypnotisée par ces nouvelles marques. Émilie sentait ses jambes flageoler. Elle respira un grand coup pour ne pas perdre connaissance.

*

Juste avant le départ pour l'hôpital, le pédiatre avait expliqué quelque chose à Émilie en utilisant un vocabulaire médical auquel elle ne comprenait rien. Il avait évoqué une « possible lésion érythémateuse » et une « éventuelle pathologie de coagulation ». Émilie avait acquiescé en serrant Alice contre elle. L'infirmière l'avait ensuite prévenue qu'elle devait attendre une ambulance pour le transfert à l'hôpital.

— Je vais appeler un taxi pour arriver le plus rapidement possible, avait bredouillé Émilie, mais l'infirmière avait répliqué que la procédure exigeait qu'Alice et elle soient transportées dans un véhicule sanitaire.

Elle n'avait pas protesté et avait patienté sur sa chaise dans le couloir, Alice dans ses bras.

— Je vais vous accompagner à Cochin, lui annonça l'infirmière en lui posant la main sur l'épaule.

L'ambulance arriva au centre de PMI une demi-heure plus tard. Émilie n'avait pas eu le sentiment d'attendre longtemps, comme si elle avait perdu la notion du temps. Elle était si déstabilisée qu'à aucun moment elle n'avait fondu en larmes. Pour elle, il ne s'agissait pas d'affronter une épreuve, aussi difficile soit-elle. C'était *autre chose,* comme si elle venait d'être projetée dans un univers inconnu, où le seul être qu'elle aimait plus qu'elle-même se retrouvait face à un danger dont nul ne connaissait la portée. Tout lui semblait irréel, elle n'avait pas la sensation de vivre les événements comme un être agissant mais d'être spectatrice de sa propre existence.

Sans qu'elle pût le maîtriser, le réel venait pourtant se rappeler à elle à intervalles réguliers à travers une douleur qui naissait dans sa poitrine avant de se diffuser dans tout son être. C'est dans ces moments qu'elle comprenait qu'elle ne rêvait pas, que les gens qui l'entouraient étaient bien présents et que les mots qu'elle entendait étaient réellement prononcés. Une phrase résonnait alors dans sa tête : « Pourvu que ce ne soit pas grave ! »

Sur le chemin vers l'hôpital, le conducteur de l'ambulance se lança dans des explications procédurales, mais Émilie n'en comprit pas un mot. L'infirmière répondait à sa place. Lorsque le véhicule se gara devant les urgences de Cochin, Émilie demanda à l'infirmière :

— Qu'est-ce qu'il va se passer ?

— Votre fille va être examinée par un autre pédiatre et devra sûrement subir quelques examens. Mais ne vous inquiétez pas : tout va bien se passer.

L'infirmière tenta de sourire. La douleur à la poitrine venait de réapparaître. Émilie ravala un sanglot :

— Comment pouvez-vous le savoir ?

Sans répondre, l'infirmière aida Émilie à descendre du véhicule. Elle proposa de porter Alice, mais Émilie refusa. Elles attendirent de nouveau dans une salle d'attente, jusqu'à ce qu'un médecin vînt les chercher. Il devait avoir plus de soixante ans : il était chauve et portait une barbichette de poils blancs. Avant même qu'il ne prononce le nom « Champfleuri », Émilie se leva en sursaut et se dirigea vers lui. L'infirmière la suivit sans dire un mot.

Dans le cabinet, le médecin demanda à Émilie de lui résumer la situation et s'enquit de quelques précisions. Émilie répondit aux mêmes questions qu'à la PMI : Non, Alice n'était pas tombée ; non, elle n'avait pas non plus subi d'accident de voiture ; non, elle n'avait pas laissé Alice à un tiers qui aurait pu la faire tomber. Encore une fois, Émilie posa Alice sur la table pédiatrique. Encore une fois, elle la déshabilla. Encore une fois, elle dut se faire violence pour ne pas fermer les yeux en apercevant l'imbrication de traces rouges qui dénaturaient le torse de sa fille. Encore une fois, elle affronta le silence inquiétant du médecin qui examinait le corps de son bébé sans prononcer la moindre parole apaisante.

Lorsqu'il acheva son examen, il ordonna seulement à Émilie de rhabiller Alice et s'installa à son bureau. Émilie s'exécuta puis s'assit sur la chaise disposée face à lui. L'infirmière resta debout dans un coin de la pièce. Le médecin demanda une nouvelle fois à Émilie si elle était « certaine » de ne pas avoir « fait tomber » sa fille. Émilie répondit que, si cela avait été le cas, elle se le rappellerait. Il lui demanda également si Alice aurait pu se faire mal « avec un objet dans son berceau », ce à quoi Émilie rétorqua qu'elle ne laissait aucun objet dans le lit de sa fille.

Le médecin tripota sa barbe en gonflant ses narines puis annonça :

— Nous allons devoir faire passer un bilan à votre fille. Quel âge avez-vous ?

Émilie écarquilla les yeux. Le médecin garda le silence, attendant une réponse de sa part.

— J'ai vingt ans, bredouilla-t-elle.

Le médecin souffla par le nez et se remit à tirer sur les poils de sa barbe. Émilie s'attendait à ce qu'il poursuivît son propos, mais il se leva et quitta la pièce. L'infirmière s'approcha :

— Vous allez devoir laisser votre fille à quelqu'un de l'hôpital pour des examens.

— Je ne pourrai pas rester avec elle ? demanda Émilie d'une voix suppliante.

— Non, je suis désolée. Mais tout va bien se passer.

Le médecin réapparut, accompagné d'un jeune infirmier. D'une voix douce, celui-ci demanda à Émilie de lui donner Alice, indiquant qu'il devait l'emmener dans la salle d'examen, d'où elle reviendrait vite. Émilie hésita un instant puis lui tendit son bébé. Alice poussa un cri lorsque l'infirmier la prit dans ses bras. Il tenta de la calmer, mais elle pleura plus fort encore. Émilie eut la sensation qu'on lui arrachait le cœur. Lorsque Alice disparut de sa vue et que ses pleurs se perdirent dans le couloir, elle fondit en larmes. L'infirmière tenta de la consoler en lui passant le bras sur les épaules.

Émilie sentit son téléphone vibrer dans sa poche. De sa main tremblante, elle prit l'appareil : « Éric » s'inscrivait sur l'écran. En décrochant, elle trouva la force de murmurer d'une voix à peine audible :

— Je suis à l'hôpital Cochin. Viens tout de suite !

*

Éric arriva au service des urgences en tenue de sport. Émilie se jeta dans ses bras. Il la serra fort contre lui un long moment avant de lui demander ce qu'il s'était passé. Comme elle articulait quelques phrases qu'il ne sembla pas comprendre, l'infirmière lui vint en aide pour résumer la situation. Éric demanda à la femme de l'accueil s'il pouvait voir le pédiatre. Sans lever la tête de son écran, elle lui demanda de patienter. Éric réitéra sa requête en haussant le ton. Son interlocutrice lui lança un regard furibond sans rien répondre. Il partit se rasseoir en maugréant. L'infirmière de la PMI lui intima de se calmer, ajoutant que s'énerver ne ferait pas avancer les choses. Éric soupira bruyamment et s'assit. Émilie lui prit la main et la serra très fort.

L'infirmier finit par revenir avec Alice dans les bras. Dès qu'elle l'aperçut, Émilie se jeta sur lui pour lui arracher sa fille. Éric embrassa Alice sur le crâne et ne détacha ses lèvres qu'après plusieurs secondes. L'infirmier les informa que le médecin ne tarderait pas à revenir pour les tenir informés des résultats des examens. Ils attendirent encore un long moment. Après quelques hésitations, l'infirmière de la PMI dit à Émilie qu'elle devait partir et lui demanda de la tenir informée des résultats d'Alice en contactant la PMI. Émilie la remercia plusieurs fois pour son aide et l'embrassa par réflexe.

Lorsque le pédiatre de l'hôpital fit son apparition, il affichait toujours son air impassible. Il serra la main d'Éric et leur expliqua que les tests effectués sur Alice n'avaient pas permis de déterminer la cause exacte de ses lésions.

— Nous avons effectué plusieurs radios et une prise de sang, mais cela n'a rien donné. Ce qui est étonnant, c'est qu'en dehors des marques votre fille n'a rien. L'explication la plus simple serait qu'il s'agisse d'hématomes, même si la texture laisse un doute sur ce point. D'autant que vous m'assurez que votre fille n'a pas eu de choc qui pourrait les expliquer.

— Vous n'avez donc aucune idée de ce que ça pourrait être ? demanda Éric avec une certaine inquiétude.

— Pas pour l'instant. Mais vous devriez en savoir plus en consultant un dermatologue spécialisé en pédiatrie. Je vais vous adresser à l'un de mes confrères de l'hôpital Necker. Je l'ai contacté, il peut vous recevoir demain à 11 heures. Il est très pris, mais il a accepté de voir votre fille entre deux rendez-vous.

— Quel traitement pouvons-nous lui donner ? interrogea Émilie.

— Aucun pour l'instant. Mais surveillez l'évolution des lésions.

— Ce sont donc des lésions ? reprit Éric.

Le médecin prit un air agacé.

— Le mot « lésion » est un terme générique qui désigne n'importe quelle modification anormale d'un tissu. Dans le jargon médical, il s'utilise aussi bien pour une plaie que pour une brûlure ou une infection.

Éric resta interdit. Émilie hésita puis demanda :

— Se pourrait-il qu'il s'agisse de morsures humaines ?

À peine eut-elle prononcé cette phrase qu'elle s'en voulut. L'image était effroyable, plus encore dans le cas d'un bébé. Émilie le savait mais se sentait obligée de poser la question. Plus elle y réfléchissait, plus elle en était convaincue : les marques ressemblaient à de petites morsures. Le médecin la dévisagea avec perplexité :

— Quelqu'un pourrait-il avoir mordu votre fille ?

Émilie s'empourpra :

— Non ! Bien sûr que non.

Le médecin continuait de la fixer, comme s'il s'attendait à ce qu'elle ajoutât quelque chose. Lorsqu'elle tourna la tête, Émilie s'aperçut qu'Éric la regardait lui aussi d'un air interrogatif. Émilie s'en voulait d'avoir posé cette question, mais il était trop tard pour les regrets. Le silence gêné qui s'ensuivit sembla perdurer un siècle.

*

Lorsque Éric s'éveilla en pleine nuit, Émilie n'était plus à côté de lui. Dans l'obscurité de la chambre, il passa son bras sur le matelas, mais sa main n'entra en contact qu'avec le drap et l'oreiller. Il se redressa et alluma la lampe de chevet : Émilie n'était plus dans le lit. Il la retrouva dans la chambre d'Alice. Elle se tenait debout, les bras le long du corps, fixant sa fille avec un regard empli de tristesse.

— Qu'est-ce que tu fais debout ? demanda-t-il d'un ton inquiet.

— Impossible de trouver le sommeil. Je préfère rester avec elle.

Éric vint se placer à côté d'Émilie et passa son bras autour de ses épaules. Il tenta de l'attirer pour qu'elle le suivît dans leur chambre, mais elle lui fit comprendre par son immobilité qu'elle ne bougerait pas. Éric n'insista pas et demeura auprès d'elle. Rien dans cette chambre d'enfant ne trahissait les tourments des vingt-quatre heures qui venaient de s'écouler. Alice dormait de ce sommeil profond qui n'appartient qu'aux nourrissons. Sa respiration était régulière et à peine audible, les traits de son visage, parfaitement détendus. Dans son berceau, elle semblait bien plus grande qu'elle ne l'était : une sorte de bébé extensible, avec une toute petite tête et de très longues jambes.

Sur la commode, le thermostat indiquait 19 °C, la température idéale pour un bébé. Émilie y veillait au quotidien, de même qu'elle surveillait que sa fille dormît bien sur le dos pour mieux respirer et qu'elle avait interdit à quiconque de mettre un oreiller dans son berceau, de crainte qu'elle ne s'étouffât avec. Alice avait droit à une seule chose dans son berceau : son doudou, un petit ourson rayé blanc et bleu offert par son grand-père maternel. Pour l'instant, Alice n'accordait aucune attention à cette peluche, mais Émilie avait lu qu'il était important qu'un bébé puisse identifier le plus tôt possible ce qui lui servirait, plus tard, d'objet transitionnel.

Éric se passa la main dans les cheveux et bâilla discrètement. Il tourna la tête vers Émilie : elle avait les yeux grands ouverts, aucun signe de fatigue n'était visible sur son visage.

— La journée a été difficile, tu devrais essayer de dormir un peu.

— J'ai déjà essayé, répondit Émilie sans agressivité.

Ils restèrent tous les deux de longues minutes en silence à observer leur fille. Puis Émilie demanda :

— Tu penses que c'est grave ? Qu'elle peut en mourir ?

— Non, rétorqua Éric sans même prendre le temps de réfléchir.

*

Alice réveilla Émilie par ses pleurs à 6 heures, comme le signe d'un retour à la normale. Émilie lui donna le sein puis, avec appréhension, la déshabilla pour la changer. Les lésions découvertes la veille étaient toujours là, mais aucune autre n'avait fait son apparition. Mieux : Émilie avait l'impression que les taches étaient moins vives. Éric téléphona à la salle de sport pour prévenir son collaborateur qu'il ne pourrait pas venir ce matin. À travers le combiné, Émilie entendit des mots de protestation. Éric laissa son adjoint vider son sac jusqu'à conclure la conversation par un « C'est comme ça et ce n'est pas autrement ». Avant de raccrocher, Éric s'engagea à passer à la salle dans l'après-midi.

— Pourquoi tu ne lui as pas dit que ta fille avait un problème de santé ? demanda Émilie.

— Parce que cela ne le regarde pas, rétorqua Éric d'un ton sans appel.

Alice se rendormit pour sa sieste matinale, mais Émilie la réveilla à 9 heures afin de la préparer pour leur rendez-vous à l'hôpital Necker. Lors de la consultation, le dermatologue se montra très amical. Il ne sembla pas inquiet outre mesure en découvrant les marques d'Alice. Il évoqua une pathologie engendrée par des « boules de graisse », assez fréquentes selon lui chez les « gros bébés ». Lorsqu'il lança à Émilie, sûr de lui : « Je suppose que vous avez accouché par césarienne ? » et qu'elle répondit par la négative, il sembla presque déçu.

— Les lésions s'étalent sur trois à quatre centimètres et présentent une forme ovalaire, reprit-il d'un ton professoral, comme s'il cherchait à imposer sa légitimité.

— Cela coïnciderait avec votre diagnostic des boules de graisse ? demanda Émilie.

— Peut-être, rien n'est certain pour l'instant. Le fait que les examens passés à Cochin n'aient pas permis d'identifier les causes des marques est plutôt bon signe : cela signifie que votre fille n'a pas de pathologie grave.

— Mais cela reste quand même une possibilité ? interrogea Éric.

— À titre personnel, je ne suis pas plus inquiet que ça. Les lésions sont assez impressionnantes mais, d'après ce que vous m'en avez dit, votre fille n'a pas l'air d'en souffrir. Je vais vous prescrire une pommade et nous surveillerons l'évolution.

Lorsque Émilie et Éric s'apprêtèrent à partir, le médecin leur conseilla de prendre des photos d'Alice si de nouvelles lésions apparaissaient, même minimes. Émilie en prit bonne note.

En début d'après-midi, elle reçut un appel de l'infirmière de la PMI qui venait aux nouvelles. Émilie lui relata le rendez-vous avec le dermatologue de Necker et lui confia qu'elle pensait que les marques s'effaçaient un peu. L'infirmière lui proposa de passer lendemain au centre pour faire un point avec le pédiatre, ce qu'Émilie accepta. Éric partit à la salle de sport en s'assurant qu'Émilie ne redoutait pas trop de rester seule avec Alice, lui affirmant qu'il conserverait son portable à portée de main. Alice lui promit qu'elle était moins anxieuse et qu'il pouvait aller travailler sans inquiétude.

Elle ne mentait pas : lorsqu'elle passa la pommade sur le torse d'Alice avant de la coucher pour la sieste de l'après-midi, elle eut la réelle impression de s'être trop alarmée, tant les marques lui apparaissaient désormais comme de simples irritations vouées à s'estomper. Elle coucha Alice dans son berceau, non sans l'avoir embrassée plusieurs fois, et s'écroula dans son lit pour s'accorder le sommeil réparateur dont l'avait privée son insomnie de la nuit passée.

*

— Votre bébé va beaucoup mieux, on dirait, annonça avec un semblant de sourire le pédiatre de la PMI.

Émilie et l'infirmière échangèrent un regard complice. Le médecin semblait certain de son constat : les lésions d'Alice étaient toutes en voie de rémission et aucune nouvelle marque n'était apparue. Après avoir examiné ses courbes de croissance sur son carnet de santé, il en conclut que le développement d'Alice apparaissait « tout à fait satisfaisant ». Lorsque Émilie prit sa fille dans ses bras après l'avoir rhabillée, elle crut voir Alice lui sourire. Elle demanda à l'infirmière si cela était possible à un si jeune âge.

— C'est relativement rare, répondit-elle. Mais pourquoi pas, après tout !

L'infirmière raccompagna Émilie jusqu'à la sortie. Elle lui répéta plusieurs fois qu'elle ne devait surtout pas hésiter à lui téléphoner si elle avait la moindre inquiétude ou si une marque réapparaissait. Émilie lui assura qu'elle le ferait puis se dirigea vers la station de métro Saint-Michel, avec Alice dans sa poussette. Un rayon de soleil donnait l'illusion d'un climat printanier et Émilie décida d'aller se promener le long de la Seine. Elle remonta la couverture de la poussette jusqu'au menton de sa fille et se dirigea en direction du Pont-Neuf. Lorsqu'un bateau-mouche passa à proximité, elle ne put s'empêcher de faire coucou de la main aux touristes à bord. Elle se sentait d'humeur joyeuse, débarrassée d'un poids qui lui semblait insurmontable l'avant-veille.

Alice s'était endormie dans la poussette. Émilie s'arrêta un instant pour envoyer un texto à Éric : « Tout va bien. Le pédiatre a dit que les marques étaient en train de disparaître. Je t'aime, à ce soir. » Quelques secondes plus tard, Éric répondit par plusieurs émoticônes de baisers.

Ce soir-là, ils firent l'amour, ce qui ne leur était presque plus arrivé depuis la naissance d'Alice. Serrée contre lui, Émilie lui reparla de l'idée de son père de la faire rencontrer un organisateur de mariages pour un job de photographe. Éric lui répondit que ce ne serait pas une mauvaise idée :

— Surtout si c'est bien payé, ajouta-t-il avec un sourire forcé.

À peine eut-il prononcé cette phrase qu'il sembla déjà la regretter. Il changea très vite de sujet en reparlant d'Alice. Bien qu'il fît tout pour ne pas l'inquiéter, Émilie savait que la salle de sport était encore loin de générer des revenus suffisants pour les faire vivre. Lorsqu'il préparait l'ouverture, Éric avait établi avec le père d'Émilie un bilan prévisionnel qui établissait le nombre d'inscriptions nécessaires pour qu'ils rentrent dans leurs frais. Plus tard, Émilie surprit une conversation entre son père et Éric par laquelle elle comprit que ce chiffre était très loin d'être atteint. Pourtant, Émilie ne ressentait pas l'once d'une inquiétude. Après ce qu'elle avait vécu le lundi précédent, elle relativisait beaucoup les soucis pécuniaires. Même ses récentes appréhensions quant à son avenir professionnel lui semblaient à présent dérisoires.

Face à la santé de son bébé, tout le reste n'était désormais à ses yeux que des aléas. Et puis, inutile de se mentir : quoi qu'il arrive, sa petite famille ne se retrouverait jamais à la rue. Même si Émilie avait trop d'orgueil pour vivre aux crochets de ses parents, elle saurait le mettre dans sa poche si un jour la question de loger et de nourrir sa fille venait à se poser. Elle était prête à dire à son père qu'ils ne pourraient pas payer le loyer de l'appartement s'il le fallait, même si elle savait qu'Éric le vivrait plus difficilement qu'elle. Il assumait déjà assez peu d'avoir reçu un important soutien financier de Charles pour la salle de sport, mais si en plus il devait reconnaître qu'il était incapable de faire tourner une affaire quasiment donnée clé en main…

Émilie ne voulait pas lui faire subir cette humiliation, mais son bébé comptait plus que tout. C'est pourquoi, trois jours plus tard, elle crut défaillir lorsqu'elle déshabilla Alice pour lui donner son bain.

Elle s'agenouilla, joignit les deux mains, inspira et laissa surgir du plus profond d'elle-même un cri trop longtemps retenu : « Pourquoi, mon Dieu, pourquoi ? »

Le soleil se cache...

Charles versa du rhum dans les deux verres puis en tendit un à Éric. Affalé sur le canapé, il lui sembla faire un effort presque insurmontable pour lever le bras et l'attraper. Sa maigreur et les cernes qui creusaient ses yeux lui donnaient la physionomie d'un malade en fin de vie. L'appartement empestait le renfermé, du linge sale était entassé à côté de l'évier et des cadavres de bouteilles de bière gisaient sur le sol. Charles se moquait autant qu'Éric de l'atmosphère de chaos qui régnait dans ce logement habituellement si bien ordonné, comme il se fichait de n'être pas allé au bureau depuis plusieurs jours malgré les appels quotidiens de sa secrétaire auxquels il ne répondait jamais. Charles but cul sec le contenu de son verre et s'en servit un autre. Éric n'avait pas touché au sien.

— Bois ! ordonna Charles avec autorité.

Tel un automate, Éric porta le verre à ses lèvres et avala le liquide. Il fit une légère grimace puis laissa retomber son bras comme un membre mort. Charles se leva de sa chaise et alla s'asseoir juste à côté de lui, sur le canapé.

— Bon, je vois que tu n'es pas dans un meilleur état que la dernière fois.

— Tu as raison, répondit Éric, en tutoyant son futur beau-père pour la première fois. Pourquoi j'irais mieux ? Tu as eu l'avocat, non ?

— Oui, je l'ai eu.

— Donc tu sais ce qu'il en est. C'est foutu.

Charles hésita entre prendre Éric dans ses bras ou lui coller une droite. Il choisit une solution intermédiaire et lui remplit un autre verre.

— Ce n'est jamais foutu, tant que tu n'as pas montré ton jeu.

— Ce n'est pas un jeu, c'est la vie...

Cette fois, Charles ne parvint pas à se contenir. Il attrapa voilemment Éric par le col de son T-shirt et le tira vers lui.

— C'est toi qui vas arrêter tes conneries ! Tu crois qu'en restant assis sur ce canapé pourri à pleurer sur ton sort tu changeras quoi que ce soit ?

Le ton de Charles était celui d'un homme qui s'apprête à frapper. Le sentant, Éric tenta de se dégager. Charles renforça son étreinte et rapprocha encore son visage, au point que leurs fronts se touchèrent. Lorsqu'il vit les larmes couler sur les joues d'Éric, il lâcha son T-shirt et se leva pour aller vers la fenêtre. Il l'ouvrit et prit une grande inspiration. Derrière lui, Éric tentait de se reprendre.

— Charles ?

— Oui ?

— C'est quoi, cette histoire de psy avec Émilie ? Pourquoi l'avocat a-t-il dit que les magistrats savaient qu'elle avait été suivie pour des troubles du comportement lorsqu'elle était gamine ?

Charles poussa un long soupir et se passa la main sur le front.

— Les magistrats ne savent rien.

— Émilie n'a jamais été suivie par un psychiatre ?

Charles se retourna. Il se mordit la lèvre inférieure et secoua la tête.

— Si, Émilie a vu un psychiatre durant plus de un an.

— Pourquoi ne m'en a-t-elle jamais parlé ?

Charles hésita un instant. Il déglutit puis lâcha :

— Parce qu'elle l'a sans doute oublié !

Éric ne comprenait pas. Il voulut poser une question, mais par un simple regard Charles le réduisit au silence. Charles referma la fenêtre puis revint s'asseoir.

Il fixait Éric droit dans les yeux.

— Il s'est passé certaines choses dans notre famille. J'ai tout fait pour oublier, moi aussi. Hélas ce n'est pas toujours possible.

8

Cette fois, Émilie n'essaya pas de téléphoner à Éric et ne commanda pas de VTC. Elle se contenta d'habiller Alice le plus chaudement possible et prit le métro, sa fille dans les bras, pour se rendre au centre de PMI. Elle s'efforçait de ne penser à rien, d'effectuer ses gestes l'un après l'autre en se concentrant sur leur aspect pratique. Elle acheta un ticket au distributeur automatique, franchit le tourniquet, laissa passer une rame de métro bondée et monta dans la suivante. Elle s'arrêta à la station Saint-Placide, monta l'escalier à pied, attendit sur le trottoir que le feu tricolore passe au rouge, traversa la rue en empruntant le passage piéton, prolongea sa marche sur une centaine de mètres puis tourna à droite.

Malgré sa volonté de ne pas réfléchir, à chacun de ses pas, à chaque seconde qui défilait depuis qu'elle avait quitté son appartement, la même phrase revenait lui exploser le cerveau tel un marteau-piqueur : « Qu'elle ne meure pas ! »

Lorsqu'elle se retrouva devant la porte du centre de PMI, elle s'arrêta net. À travers la fenêtre, elle apercevait une mère à genoux à côté d'un petit garçon d'environ un an. Tout sourires, la femme semblait mimer une histoire avec deux petites peluches. Son fils restait bouche bée, comme s'il assistait à un thriller au suspens haletant. Émilie attendit un peu avant de franchir le seuil. Elle regarda Alice, dont la tête était posée dans le creux de son épaule : elle s'était endormie. Loin du tumulte de la rue, elle s'abandonnait dans la chaleur protectrice que lui offrait le contact de sa mère. Émilie lui caressa la joue du bout des doigts en prenant bien soin de ne pas la réveiller. Elle lui murmura quelque chose avant de sentir une larme couler le long de sa joue et mourir sur son menton. Elle serra Alice un peu plus fort et avança vers la porte.

À l'intérieur, elle croisa aussitôt l'infirmière qui l'avait accompagnée à l'hôpital la fois précédente. Celle-ci lui sourit et demanda :

— Alors, comment va notre Alice ?

Émilie trouva la force de ne pas fondre en larmes et répondit simplement :

— Elle a de nouvelles marques.

Le sourire de l'infirmière s'effaça. Elle lui intima de la suivre dans le cabinet, puis déshabilla elle-même Alice sur la table pédiatrique. De grosses marques rouges virant au bleu étaient visibles sur la face extérieure du bras droit, sur l'intérieur du bras gauche ainsi que sur le mollet gauche. L'infirmière tourna la tête vers Émilie :

— Il faut retourner à l'hôpital !

Émilie n'eut aucune réaction. Elle s'attendait à cette issue, elle avait déjà vécu cette scène. C'était le même décor, les mêmes actrices, les mêmes lésions et la même angoisse qui la prenait à la gorge. Mais quelque chose avait changé, quelque chose d'à peine perceptible mais qu'elle ressentit vivement : le comportement de l'infirmière envers elle n'était plus tout à fait le même.

Lorsqu'elles attendirent l'ambulance pour Cochin, l'infirmière ne prononça pas un seul mot de réconfort à son intention. Elle restait mutique. Elle ne fut pas plus loquace durant le trajet. Silence de mort.

*

Le pédiatre de Cochin ne cacha pas son inquiétude. Comme la fois précédente, il examina Alice sous tous les angles. Comme la fois précédente, il tripota sa barbe à plusieurs reprises. Mais il ne posa cette fois aucune question à Émilie. Lorsqu'il avait besoin d'une précision, il s'adressait à l'infirmière. Émilie était trop inquiète pour s'en offusquer, mais ne put que constater que tous deux agissaient comme si elle était transparente, comme si elle n'était pas la mère d'Alice, plutôt une figurante dans le drame médical en train de se jouer.

Très vite, elle s'aperçut que la situation était même pire qu'elle ne le croyait. Le médecin et l'infirmière ne l'ignoraient pas ; ils lui jetaient des coups d'œil suspicieux, comme ceux que les vendeuses lancent aux clientes soupçonnées de vol, comme ceux par lesquels les professeurs fustigent les élèves en train de tricher, comme ceux qui traduisent le mépris de l'épouse qui vient de découvrir les infidélités de son mari.

Le médecin passa un appel de son téléphone fixe. Il ne prononça qu'une seule phrase avant de raccrocher :

— Tu peux venir, s'il te plaît ?

Émilie entreprit de rhabiller Alice, mais le pédiatre lui fit signe d'arrêter :

— Attendez un peu, s'il vous plaît.

Une femme médecin entra dans la pièce. Elle portait des petites lunettes et était coiffée d'un chignon qui lui donnait une mine sévère. Elle examina Alice sans un regard pour sa mère. Les docteurs échangèrent ensuite quelques propos qui ressemblaient à une langue étrangère pour

Émilie. L'un s'interrogea sur une « vérification de lésions intrabuccales ou génitales », l'autre envisagea des « lésions nodulaires ». D'un coup, sans que ni l'un ni l'autre n'en exprimât la raison, tous deux quittèrent la pièce, laissant seules Émilie, Alice et l'infirmière. Émilie lança un regard plein d'interrogation à l'infirmière, qui détourna les yeux. Elle rhabilla alors Alice et sortit avec elle du cabinet.

Lorsqu'elle ouvrit la porte, elle aperçut les deux médecins converser dans le couloir. La femme médecin semblait tendue, le pédiatre donnait l'impression de vouloir la calmer. Quand Émilie s'avança vers eux, Alice toujours dans ses bras, ils se turent aussitôt. L'infirmière de la PMI les rejoignit, et c'est à elle que le pédiatre s'adressa :

— Nous devons effectuer plusieurs examens : une radio du squelette entier, une échographie et une biopsie cutanée.

— Pourquoi ? demanda Émilie.

Le pédiatre se tourna enfin vers elle.

— C'est une précaution.

L'infirmière ne semblait pas comprendre non plus. Le médecin s'adressa de nouveau à elle :

— Je peux vous voir en privé ?

L'infirmière s'éloigna avec le pédiatre et la femme médecin. Émilie les observait converser à l'autre bout du couloir. Elle vit l'infirmière tourner la tête dans sa direction. Quelque chose la frappa : son regard était devenu plus dur, presque malveillant.

Lorsqu'ils eurent achevé leur conciliabule, l'infirmière se dirigea vers Émilie.

— Les médecins vont garder Alice en observation cette nuit. Vous pourrez venir la chercher demain.

Émilie ressentit une douleur dans sa poitrine.

— Pourquoi veulent-ils la garder ?

L'infirmière ne répondit pas. Son regard se déroba. Émilie se tourna vers les médecins qui se tenaient à trois mètres d'elle.

— Pourquoi voulez-vous la garder ?

Le ton était plus angoissé que colérique, mais il résonna comme un cri entre les murs de l'hôpital. Les deux médecins demeurèrent silencieux. Émilie s'avança vers eux d'un pas rapide. Lorsqu'elle se trouva juste devant eux, elle reposa sa question en haussant encore le ton :

— Pourquoi voulez-vous garder ma fille à l'hôpital ?

La femme médecin croisa les bras. Le pédiatre prit un air embarrassé pour répondre :

— C'est à cause des examens. Une biopsie prend du temps, il faut une anesthésie…

Émilie écarquilla les yeux :

— Qu'est-ce que c'est, une biopsie ?

Le médecin se tourna vers l'infirmière, qui comprit que c'était à elle d'expliquer. Elle fixa Émilie dans les yeux, sans une once d'empathie.

— Une biopsie est un prélèvement d'une partie de ses tissus pour que l'on puisse l'analyser.

— De ses tissus ? Qu'est-ce que vous allez lui faire ?

Émilie s'était de nouveau tournée vers le médecin. Celui-ci ne répondit rien. L'infirmière reprit la parole :

— Un médecin va lui enlever un petit morceau de peau. C'est la seule façon de savoir de quoi souffre votre fille.

Émilie prit une grande respiration. Elle tenta de poser une question, mais aucun son ne sortit de sa bouche. Elle prit une nouvelle inspiration et bredouilla :

— Comment ?

Le médecin et l'infirmière échangèrent un regard. Émilie tentait de se concentrer pour ne pas s'effondrer. Elle reformula sa question :

— Comment va-t-il faire pour lui prélever un bout de peau ?

Le médecin demeurait mutique, comme s'il avait décidé de couper tout lien avec Émilie et de déléguer à l'infirmière son devoir d'informer. C'est ce que celle-ci semblait aussi avoir compris, puisqu'elle n'attendit même pas que le docteur dît quoi que ce fût pour répondre :

— Par une incision au bistouri.

Soudain, Émilie n'entendit plus rien. Les mots résonnaient dans sa tête comme un écho. Elle voyait désormais les lèvres de l'infirmière bouger sans saisir ce qu'elle essayait de lui dire. Une nouvelle fois, Émilie perdait pied. C'était pire que la pièce qui tournait autour d'elle lorsqu'elle avait découvert les lésions, pire que ses jambes qui la lâchaient à la PMI, pire que son cœur qui battait beaucoup trop vite lors de sa première venue à l'hôpital. Cette fois, elle avait la sensation d'étouffer.

— Je refuse, je ne laisserai pas ma fille !

Les deux médecins n'eurent aucune réaction. L'infirmière lui prit le bras d'un geste volontaire :

— Mademoiselle Champfleuri, écoutez-moi : vous devez coopérer avec l'hôpital, c'est dans votre intérêt.

Son regard se faisait inquiétant. Émilie était perdue.

— Que voulez-vous dire ?

— C'est dans votre intérêt, répéta l'infirmière sans lâcher prise.

Émilie ne comprenait pas. La femme médecin intervint :

— Bon, il serait mieux pour tout le monde que nous arrêtions de tourner autour du pot !

Émilie ne saisissait toujours pas. L'infirmière fixa le sol. Émilie interrogea du regard le pédiatre, mais il se détourna d'elle. Émilie n'avait plus que la femme médecin à qui se raccrocher. Celle-ci ne fuyait aucunement. Au contraire, elle fixait Émilie avec un air de défi. La femme médecin prit une grande respiration et lança :

— Nous suspectons que les lésions de votre fille soient dues à des actes de maltraitance au sein de votre foyer.

*

Émilie ne dormit pas cette nuit-là. Ce ne fut pas l'une de ces insomnies durant lesquelles l'esprit se perd dans un état semi-conscient, ni un banal trouble du sommeil qui transforme la nuit en une lutte contre soi-même. Émilie ne dormit pas car elle n'en ressentit ni le besoin ni la capacité. Elle demeura de longues heures assise sur le canapé, sans entreprendre aucune activité susceptible de lui faire passer le temps. Elle n'alluma pas la lumière, n'utilisa pas sa tablette, ne but pas une tasse de thé.

Face à elle-même, elle ne connut aucun repos. Si son corps demeurait immobile, si son regard semblait vide, son esprit était assailli d'interrogations dont l'absence de réponse était une souffrance. Sans qu'elle le voulût, chaque moment de cette journée cauchemardesque revenait dans son esprit comme des diapositives qui se succèdent sur un écran blanc. Clic : la femme médecin lui jette au visage ses soupçons de maltraitance. Clic : un infirmier prend Alice dans ses bras pour l'emmener loin d'elle. Clic : l'infirmière de la PMI quitte l'hôpital sans même lui adresser un au revoir. Clic : elle se revoit dans la rue sans savoir si elle doit rentrer chez elle ou s'effondrer sur le trottoir en hurlant de désespoir. Clic : elle annonce à Éric qu'Alice est gardée en observation à l'hôpital, sans oser évoquer les soupçons de sévices. Clic : elle utilise le tire-lait dans la cuisine pour désengorger sa poitrine. Clic : elle est seule dans la chambre d'Alice et fixe son landau en se mordant les lèvres.

Depuis qu'elle était adolescente, Émilie avait souvent ironisé sur la propension de certaines personnes à utiliser des expressions hors de propos. Elle se gaussait notamment de ces profs de lycée qui pensent motiver leurs élèves dont la moyenne s'effondre en leur professant : « Vous êtes au bord du gouffre. » Cette expression faisait alors sourire Émilie, qui ne voyait pas de quel gouffre il pouvait s'agir. Cette nuit-là, elle obtint la réponse. Ce gouffre, ce précipice qui s'ouvrait devant elle n'avait rien à voir avec une série de mauvaises notes qui condamnent un lycéen au redoublement. Lorsque l'on se trouve réellement au bord d'un gouffre, quel qu'il soit, celui qui y tombe ne peut en ressortir. Émilie ressentait ce gouffre devant elle, à ses pieds. Elle pouvait faire preuve de prudence et demeurer immobile pour ne pas chuter dans l'abîme, ou avancer d'un pas et disparaître dans le néant. Devant un tel choix, l'attitude à adopter semblait aller de soi. Mais ce n'était pas le cas. Au-dessus du précipice, comme suspendue dans le vide, Émilie percevait l'écho d'une petite voix qui l'appelait en pleurant. Et, pour secourir cette petite voix, elle se serait jetée dans le vide sans la moindre hésitation.

*

Éric avait accompagné Émilie à l'hôpital Cochin pour récupérer Alice. Ne connaissant pas les véritables raisons de l'insomnie de sa compagne, il semblait convaincu qu'elle avait été causée par l'angoisse de savoir leur fille seule dans un hôpital pour subir des examens. Émilie n'avait rien dit pour le contredire, n'étant pas en état de gérer les réactions d'Éric s'il apprenait les soupçons qui pesaient sur eux.

À peine quelques minutes après qu'ils eurent annoncé leur arrivée à la jeune femme de l'accueil, une infirmière apparut dans le couloir en portant Alice dans les bras. Émilie ne put s'empêcher de courir les quelques mètres qui la séparaient d'elle pour la couvrir de baisers. Éric se contenta de caresser sa tête du bout des doigts. L'infirmière les conduisit jusqu'au cabinet du pédiatre, qui les reçut peu après.

— La biopsie est négative, affirma-t-il d'un ton impassible. Nous savons donc que les lésions constatées ne sont pas des hématomes, mais nous ne savons toujours pas de quoi souffre votre fille.

La phrase sonna comme un soulagement pour Émilie. Elle estimait que si les marques n'étaient pas des hématomes, cela devait en conséquence écarter les soupçons de maltraitance. Elle remarqua pourtant que le médecin semblait toujours fuir son regard. Elle eut beau lui poser plusieurs questions, il répondit chaque fois en s'adressant à Éric. Dans ses observations, le pédiatre avança deux hypothèses : une pathologie de la coagulation ou une infection urinaire ayant provoqué des complications. Selon lui, il était souhaitable qu'Alice fût hospitalisée durant plusieurs jours pour faire l'objet d'examens complémentaires qui pourraient permettre d'en savoir plus. Il précisa qu'en raison de l'âge du bébé il ne voulait cependant pas imposer une séparation avec ses parents. D'un air sibyllin, il ajouta :

— Bien entendu, nous allons suivre votre fille avec attention pour qu'il ne lui arrive plus rien.

Lorsqu'il prononça cette phrase, Émilie eut la sensation que le regard du médecin se tourna pour la première fois vers elle. Ce ne fut qu'un coup d'œil imperceptible, mais elle était convaincue qu'il avait voulu lui faire passer un message. Le médecin leur montra ensuite le pansement qu'Alice avait au mollet, là où avait été pratiquée la biopsie, et indiqua qu'un rendez-vous devait être pris au secrétariat pour retirer les fils d'ici à quelques jours. Durant toute la conversation, Alice était restée sans réaction. Blottie contre la poitrine de sa mère, elle semblait proche de l'endormissement. Le médecin conclut l'entretien par un « C'est tout ce que l'on peut se dire pour le moment » et les raccompagna à la porte en serrant la main d'Éric.

Lorsqu'ils se retrouvèrent dans le couloir, Émilie prétexta avoir oublié de poser une question sur les soins de cicatrisation de la biopsie pour retourner voir le médecin. Après lui avoir tendu Alice, elle demanda à Éric de l'attendre un instant dans le couloir et retourna dans le cabinet. Sans même frapper, elle ouvrit la porte et s'avança jusqu'au bureau. Le médecin, qui rédigeait une note manuscrite d'une écriture illisible, eut un rapide mouvement de recul en apercevant Émilie fondre sur lui, avant de se ressaisir. Elle se tenait debout, lui était assis sur sa chaise. Une position qui offrait à Émilie le sentiment de dominer son interlocuteur. Elle lui jeta un regard plein de morgue avant de pencher légèrement sa tête vers lui :

— J'espère que vous direz à votre collègue qu'elle m'a accusée à tort !

Le médecin se redressa sur son siège. Émilie s'attendait à ce qu'il présente un visage piteux et se confonde en excuses, mais il n'en fit rien. Au contraire, elle discerna la naissance d'un sourire sarcastique au coin de ses lèvres. Ne sachant pas comment interpréter son attitude, elle voulut enfoncer le clou :

— Les résultats de la biopsie démontrent bien qu'il n'y a pas eu de maltraitance sur notre fille, non ?

Le médecin attendit un peu avant de répondre, comme pour ménager son effet.

— En partie.

Émilie se décomposa. Elle tenta de lire quelque chose dans le regard du médecin. Il demeurait figé, nullement mal à l'aise. Émilie avait beau le regarder de haut, elle saisit qu'à cet instant la domination n'était pas de son côté. Elle recula d'un pas avant de bredouiller :

— C'est-à-dire ?

Le médecin joignit ses mains comme s'il s'apprêtait à aborder un sujet anodin.

— Nous ne pouvons avoir aucune certitude dans un sens ni dans l'autre. Les lésions ne sont peut-être pas dues à des coups, mais il existe d'autres façons de faire du mal à un bébé.

Émilie remua les lèvres mais, encore une fois, aucun mot ne sortait de sa bouche. Le médecin en profita pour tirer la deuxième salve :

— L'autre jour, vous aviez évoqué des morsures, il me semble.

La balle toucha en plein cœur Émilie, qui trouva en elle-même assez de résistance pour se maintenir debout.

— Mais vous avez dit que cela ne pouvait pas être des hématomes ?

— Les morsures ne sont pas des hématomes.

Le visage du médecin n'était plus impassible. Cette fois, Émilie parvint à lire dans ses yeux. Elle savait ce que signifiaient un tel regard, ces pupilles sombres et ces lèvres qui tremblent. Elle avait déjà vu cette expression. Elle savait ce qu'est un visage de haine. Une haine qui vous condamne avant même de vous avoir jugé. Une haine ovarienne, ogresse affamée jamais rassasiée, que rien ni personne ne peut assouvir. Ultime crachat du diable sur la face bénie des anges.

Extrait du premier rapport d'expertise
concernant Mlle Émilie Champfleuri,
par le Dr Yves Boccassini,
médecin psychiatre auprès du tribunal correctionnel

Examen mental :

Mlle Champfleuri se présente seule à l'entretien. Elle comprend les questions de la mission et accepte de participer à l'expertise.

Antécédents médicaux-chirurgicaux :

Elle n'en décrit pas ayant trait aux faits. Elle ne décrit pas d'épilepsie, pas de perte d'une fonction ou d'un sens, mais indique avoir par le passé fait l'objet de pertes de connaissance occasionnelles dont elle ne connaît pas l'origine.

Antécédents psychiatriques personnels :

Elle affirme avoir été suivie par une psychiatre durant près d'un an au cours de son enfance, mais prétend ne pas se souvenir des raisons qui ont justifié ce suivi. D'après elle, celles-ci n'auraient rien à voir avec les faits.

Antécédents judiciaires :

Elle n'en décrit pas.

Antécédents victimologiques :

Elle demeure évasive dans ses réponses.

Recherche de sémiologie psychiatrique majeure :

Au plan de la personnalité, Mlle Champfleuri peine à se décrire elle-même, répondant qu'elle ne comprend pas les questions. Elle se montre gênée lorsqu'elle est interrogée sur la confiance qu'elle accorde à ses proches. Elle dit être ordonnée sans être maniaque et admet une forte émotivité.

Mlle Champfleuri ne présente pas :

– de troubles cognitifs avérés ;

– de troubles obsessionnels compulsifs ;

– de troubles de l'humeur dans le sens de la dépression, même si elle reconnaît vivre très mal la situation actuelle ;

– de troubles psychotiques aigus ou chroniques. Elle évoque toutefois des « souvenirs confus » qui remontent à son enfance et des « choses étranges » qu'elle pense avoir vécues, sans être certaine que celles-ci ne soient pas imaginaires.

9

Une fois rentrés chez eux, Émilie annonça à Éric qu'elle allait s'installer chez ses parents avec Alice. Sa décision découlait d'un constat implacable : si leur fille ne souffrait provisoirement d'aucune pathologie connue, et si elle n'avait fait l'objet d'aucun choc pouvant causer des ecchymoses, alors ses marques ne pouvaient trouver leur origine que dans son environnement quotidien. Émilie avançait deux causes possibles : l'humidité de l'appartement ou la présence de punaises de lit.

Tandis qu'elle empilait les vêtements d'Alice dans une valise, Éric tentait de lui faire entendre raison. Malgré ses protestations, Émilie restait ferme sur sa position. Elle répétait en boucle qu'elle avait vu dans un reportage que l'humidité pouvait avoir des effets désastreux sur la santé des habitants d'un logement, surtout les nourrissons. Selon elle, un bébé qui vit dans un environnement trop humide multiplie par dix la probabilité de devenir asthmatique ou de développer des allergies. Éric avait beau arguer que les lésions d'Alice n'avaient aucun rapport avec de l'asthme, elle rétorqua que certaines allergies pouvaient avoir des effets cutanés, et qu'il était probable que les marques d'Alice fussent en réalité des sortes de champignons peu connus du corps médical.

Elle se montrait également intarissable sur les punaises de lit. Tout en cherchant son tire-lait dans la salle de bains, elle se lança dans un réquisitoire contre ces « saloperies de bestioles », dont elle soupçonnait que des larves avaient été disséminées dans les affaires d'Éric à son retour de la Martinique. Plus elle vociférait, plus elle apparaissait convaincue que ces punaises, qui se nourrissent de sang humain, grouillaient dans la chambre d'Alice et l'attaquaient à chacune de ses siestes pour se repaître de son hémoglobine. D'ailleurs, elle en était *certaine* à présent, les lésions d'Alice ressemblaient à s'y méprendre à de grosses piqûres d'insecte. Éric entreprit une dernière fois de lui faire entendre un raisonnement rationnel, mais il la connaissait assez bien pour savoir que lui faire changer d'avis relevait de l'exploit.

Émilie fourra le doudou d'Alice dans son sac à main et demanda à Éric de lui porter la valise dans l'escalier. Lorsqu'ils atteignirent le rez-de-chaussée, elle le retint par le bras avant qu'il ne franchisse la porte qui mène à la rue :

— Je comprends très bien que tu ne veuilles pas cohabiter avec mes parents, mais ce n'est pas toi que je quitte, c'est cet appartement qui fait du mal à notre bébé. Ce ne sera pas long. Juste le temps qu'Alice guérisse.

Éric posa la valise et caressa la joue d'Émilie. Il lui offrit un sourire triste et hocha la tête en signe d'acquiescement.

— Je t'aime, murmura Émilie en se serrant contre lui.

— Je sais, répondit Éric en ravalant un sanglot.

*

Dans les jours qui suivirent, Émilie refusa qu'Alice quittât l'appartement de ses parents, même pour une promenade de quelques minutes. Son père avait beau lui répéter qu'un bébé avait besoin de prendre l'air, elle s'obstina dans son entreprise de claustration. La mère d'Émilie observait cet entêtement avec distance, évitant d'aborder le sujet. De toute façon, Mathilde tenait peu compagnie à sa fille et à sa petite-fille. Prétextant des obligations sociales, elle quittait l'appartement chaque matin vers 10 heures et ne réapparaissait que dans la soirée.

Éric, lui, venait déjeuner avec sa compagne et sa fille dès qu'il le pouvait, puis repassait en fin de journée après la fermeture de la salle de sport. Émilie lui avait proposé à plusieurs reprises de dormir sur place, mais elle s'était vu opposer une fin de non-recevoir. Éric rentrait dormir seul rue Saint-André-des-Arts, en prenant sur lui dans l'attente de jours meilleurs.

Pour sortir Émilie de son idée fixe au sujet de la santé d'Alice, Charles l'avait relancée à plusieurs reprises pour qu'elle contactât le fils de sa relation de travail qui gérait une société de *wedding planners*. Peine perdue : elle ne voulait pas en entendre parler pour l'instant. Émilie consacrait chaque minute de ses journées à sa fille. Lorsque Alice était éveillée, elle lui parlait, essayait de la stimuler en lui montrant des objets, la nourrissait, lui donnait le bain ou examinait le moindre recoin de sa peau à la recherche d'une nouvelle lésion.

Quand Alice faisait la sieste, Émilie fouillait les sites Web pour trouver des explications aux lésions de sa fille. Dans un premier temps, elle crut que son intuition sur les punaises de lit s'était révélée exacte. En consultant plusieurs blogs de victimes de ces insectes, elle considéra que les traces de piqûres visibles sur les photos ressemblaient beaucoup aux lésions d'Alice : il s'agissait de gros boutons rouges enflés que l'on pouvait confondre avec des morsures. De plus, les victimes affirmaient que les assauts des punaises étaient indolores, ce qui expliquerait pourquoi Alice ne se plaignait pas. Ces piqûres pouvaient aussi provoquer des réactions allergiques et se transformer en lésions pouvant évoluer en œdèmes. De plus, les boutons disparaissaient sans traitement au bout de quelques heures, quelques jours au plus, ce qui correspondait aussi.

Mais, en poursuivant ses investigations, Émilie dut se rendre à l'évidence : elle avait fait fausse route. Tout d'abord parce que les rostres des punaises provoquaient de fortes démangeaisons, et Alice ne semblait pas en souffrir. Ensuite, il était improbable que sa fille eût été la seule à subir les assauts des punaises, alors que celles-ci ont pour habitude de coloniser l'ensemble du lieu où elles se trouvent et de piquer tous les habitants du foyer. Sans oublier que, si des punaises de lit avaient élu domicile dans leur appartement, elles auraient été visibles à l'œil nu. Or elle avait refait plusieurs fois le lit d'Alice sans constater aucune trace de leur présence. Émilie ne pouvait se mentir à elle-même : de toute évidence, les punaises bénéficiaient d'un non-lieu.

Pour ce qui était de l'humidité de l'appartement, elle se rendit rapidement compte qu'Éric avait raison sur ce point : l'humidité pouvait provoquer de l'asthme ou des quintes de toux chez les bébés, mais jamais de traces sur la peau. Émilie élargit alors son cercle de recherches sur le Web à d'autres pathologies. Elle découvrit avec horreur que les symptômes d'Alice pourraient correspondre à une forme rare de cancer de la peau. Paniquée, elle téléphona aussitôt à la PMI. Elle fut mise en relation avec un autre médecin que celui qui avait suivi Alice, lequel la rassura en lui certifiant que les examens réalisés sur Alice aux urgences auraient permis de déceler un cancer. En consultant l'un des sites de l'OMS, Émilie eut la confirmation que les lésions sur le corps d'un enfant étaient très souvent causées par des allergies. Elle contacta donc une allergologue pour lui demander si elle accepterait de faire une consultation à domicile, mais celle-ci lui fit savoir qu'à son âge Alice ne pouvait pas encore avoir développé ce type d'allergie et que ses lésions n'avaient sans doute pas de causes dermatologiques. Émilie contacta aussi la maternité où elle avait accouché pour connaître la marque de savon des puéricultrices, au cas où les produits qu'elle utilisait elle-même contiendraient des substances toxiques pour sa fille. Elle envoya Éric acheter tout un stock de cette marque en pharmacie pour n'utiliser aucun autre produit que celui-là.

Par la suite, Émilie fut prise d'une autre interrogation : et si le mal venait de son lait ? Après avoir tergiversé, elle décida tout de même de continuer à nourrir Alice au sein, persuadée que le lait industriel se révélerait bien plus risqué. Elle surveilla tout de même sa propre alimentation pour transmettre suffisamment de glucides et de lipides à son bébé, comme elle l'avait lu sur le site de l'association Maternité joyeuse. Dans le doute, elle décida de ne se nourrir que de produits bio sans gluten. Elle s'inquiéta également de la texture de ses vêtements et de la composition des lessives qu'elle utilisait.

À chacune de ses visites, Éric faisait son possible pour tenter de la rassurer, tout en sachant pertinemment que rien de ce qu'il pourrait lui dire n'aurait le moindre effet. Au bout de six jours, Émilie constata qu'aucune nouvelle lésion n'était apparue sur Alice et que les anciennes marques avaient presque disparu. Elle reprit confiance, mais pas au point d'accepter de retourner vivre dans leur appartement, comme Éric le lui demandait presque quotidiennement.

— Notre bébé va mieux, il faut tenir bon, lui répétait-elle en touchant le moindre bout de bois qui se trouvait à sa portée.

Éric répondait qu'il acceptait son choix mais revenait à la charge dès que l'occasion se présentait. Émilie savait qu'elle ne pourrait pas prolonger éternellement cette situation, mais la perspective de retourner dans l'appartement de la rue Saint-André-des-Arts la terrorisait. C'est là-bas qu'elle avait découvert les lésions d'Alice, là-bas qu'elle avait passé cette nuit d'horreur lorsque sa fille lui avait été arrachée, là-bas qu'elle s'était demandé si son bébé était condamné à mourir avant d'avoir prononcé ses premiers mots. Désormais, même si elle vivait toujours dans l'angoisse de se réveiller un matin en découvrant de nouvelles marques sur le corps de sa fille, elle évoluait dans un environnement vierge de tout lien avec le mal inconnu qui avait frappé Alice, un lieu familier où elle se sentait en sécurité, entourée de ses parents et de ses souvenirs d'enfance.

Elle s'était installée dans son ancienne chambre, disposant le lit parapluie de la petite à côté du sien. Parfois, lorsque son anxiété s'effaçait temporairement, elle se laissait envahir par la nostalgie de cette époque pas si lointaine où elle était encore adolescente. Elle avait redécouvert sa peluche et sa collection d'échantillons de parfum, comme on retrouve de vieux amis laissés trop longtemps sans nouvelles. Elle portait ses vieux T-shirts qu'elle avait abandonnés dans sa penderie lorsqu'elle était partie s'installer avec Éric. Elle aimait parcourir les murs de sa chambre recouverts de clichés de Richard Avedon ou de Diane Arbus, ainsi que des affiches de *Mulholland Drive* et *In the Mood for Love*. Émilie n'avait jamais accroché ses propres photos aux murs de sa chambre. À ses yeux, cela eût symbolisé une forme de narcissisme déplacé. Elle les avait toutes rangées dans des pochettes classées par année, qui s'empilaient en haut de son placard.

Un soir où Alice s'était endormie de bonne heure, Émilie n'avait pas résisté à l'envie de les ressortir, histoire de s'offrir un petit voyage à la recherche du temps perdu. Elle se hissa sur son tabouret pour saisir les multiples pochettes, manquant de peu de tomber en tentant d'attraper celles qui se trouvaient le plus au fond. Elle éparpilla les photos par terre et s'assit en tailleur pour les contempler les unes après les autres. Redécouvrir toutes ses photos en noir et blanc lui offrit une bouffée de joie qu'elle n'avait plus connue depuis longtemps. Elle tomba sur une série de clichés de la place de la Bastille prise sous tous les angles, des portraits d'inconnus rencontrés au hasard de promenades, des gros plans des mains de son père ou encore des vues plongeantes sur des trottoirs cabossés. Elle resta émerveillée devant la photo d'une vieille dame riant aux éclats, et presque autant en retrouvant celle de son petit cousin, la mine barbouillée de chocolat. Une foule de souvenirs lui revint en mémoire lorsqu'elle retrouva les photos prises lors de son voyage scolaire à Londres et celles de la fête organisée pour les quinze ans de Lucie. Elle s'interrogea plusieurs minutes sur l'identité d'un garçon dont le visage revenait sur plusieurs clichés, avant de se rappeler qu'il s'agissait de l'un de ses premiers petits amis, pour qui elle avait pleuré des nuits entières lorsqu'il l'avait laissée tomber.

En farfouillant de plus belle, Émilie dénicha une grande enveloppe marron pleine de photos de l'époque où elle n'était qu'une petite fille. Sur l'une d'elles, Émilie était assise entre ses parents, son père affichait dix kilos de moins et sa mère portait une robe noire assortie à son éternel gant. Sur une autre, Émilie jouait dans l'herbe avec ses figurines My Little Pony. Elle se mit à sourire en découvrant un gros plan de son visage tirant la langue. Son attention s'arrêta sur deux photos où elle apparaissait avec un petit chien blanc dans les bras. À vue d'œil, Émilie estima qu'elle devait être âgée de sept ou huit ans. Elle examina les clichés d'un peu plus près : tous deux avaient été pris dans l'appartement de ses parents à deux occasions distinctes, comme l'attestaient les tenues qu'elle portait. Une chose l'intriguait : à qui pouvait appartenir ce chien ?

*

Il était à peine midi lorsque Éric sonna à la porte de l'appartement. Émilie s'étonna de cette arrivée anticipée, puisqu'il faisait habituellement son apparition sur les coups de 13 heures. Il lui expliqua que son adjoint était arrivé très tard le matin même, en prétextant un problème de véhicule, et qu'il avait saisi l'occasion pour lui demander de gérer la salle de sport durant l'heure du déjeuner. Ravie de cette agréable surprise, Émilie lui annonça qu'Alice venait de se réveiller de sa sieste et qu'il fallait lui donner le bain. Éric proposa de s'en occuper. Lorsqu'ils vivaient encore dans l'appartement de la rue Saint-André-des-Arts, c'était le plus souvent Éric qui se chargeait de préparer les repas. Il ne le faisait plus depuis qu'Émilie s'était installée chez ses parents, considérant qu'il n'était qu'un « invité » et qu'à ce titre il ne jouissait d'aucune légitimité pour utiliser les ustensiles de cuisine.

Après un examen rapide du contenu du réfrigérateur, Émilie se décida à préparer des tagliatelles à la carbonara. Un choix qui possédait le double avantage d'être fort apprécié d'Éric et rapide à préparer. Elle sortit les pâtes, les lardons et la crème fraîche, puis dénicha dans le placard une sauteuse, une grande casserole et une passoire.

Entendant l'eau couler dans la salle de bains, Émilie cria à Éric de faire « attention à la température », puis alluma les plaques. Elle fit bouillir l'eau, puis lança la cuisson des lardons. Elle ajouta la crème fraîche dans la sauteuse et jeta les pâtes dans l'eau effervescente. Elle était en train de mettre la table lorsqu'elle entendit la voix d'Éric dans la salle de bains :

— Tu ne devineras jamais qui j'ai rencontré à la salle de sport !

— Qui ? demanda Émilie en disposant les couverts.

Éric ne répondit pas. Émilie remua les lardons avec une cuillère en bois, puis goûta une pâte pour s'assurer de la cuisson. Elle cria de nouveau :

— Qui as-tu rencontré ?

Elle attendit trois secondes, mais aucune réponse ne lui parvint.

— Éric ? Tu es là ?

Face à un nouveau silence, Émilie fut prise d'une angoisse. Un pressentiment qui planait depuis des jours semblait se matérialiser. Émilie sortit de la cuisine d'un pas lent. Elle avança dans le couloir avec la sensation d'entendre son cœur battre la chamade. Soudain, la voix d'Éric retentit :

— Émilie ! Viens vite !

Il ne lui restait que quelques pas pour atteindre la salle de bains. Émilie continua d'avancer au ralenti, tel un condamné mené à l'échafaud par son bourreau. Lorsqu'elle se trouva devant la porte, elle l'ouvrit. Une bouffée de chaleur l'envahit aussitôt. Elle vit d'abord l'eau du robinet couler dans la baignoire en plastique bleu d'Alice. Elle vit ensuite Éric la regarder avec des yeux paniqués. Elle vit enfin Alice, allongée sur une serviette, qui ne prêtait aucune attention à l'énorme marque bleutée qui s'étalait sur son épaule.

*

Éric n'avait pas laissé le choix à Émilie : d'autorité, il avait pris dans le tiroir de la commode les clés de la voiture des parents. Il n'avait pas non plus prêté la moindre attention aux tentatives désespérées d'Émilie d'emmener Alice ailleurs qu'à Cochin. Elle eut beau le supplier de conduire leur fille dans un autre hôpital ou chez un médecin, il ne voulut rien entendre. Lorsqu'il eut fini d'habiller leur fille, il lança à Émilie pour clore le sujet :

— Les médecins de Cochin lui ont déjà fait passer des examens, ce sont eux les plus à même de trouver ce qu'elle a !

— Je ne leur fais pas confiance !

Émilie était au bord des larmes. Éric attendait des explications plus fournies, mais elle n'était pas en mesure de les lui donner. Elle laissa Éric prendre Alice dans ses bras et cessa de protester dès qu'ils eurent franchi la porte de l'appartement. Elle le suivit dans l'ascenseur jusqu'au sous-sol, le regarda attacher Alice dans le siège bébé, prit place à côté de lui dans la voiture, sortit le bip de son sac pour ouvrir la porte du garage puis céda à la pulsion de hurler :

— Ces médecins ne peuvent pas guérir notre fille ! Ils ne font rien pour nous !

— Calme-toi, répondit Éric, à peine surpris par le cri implorant d'Émilie.

Éric ne brûla aucun feu et respecta les limitations de vitesse, mais Émilie sentit, dans sa façon de freiner et à travers les tics nerveux de ses doigts sur le volant, qu'il n'était pas loin d'être dans le même état de panique.

Éric se gara sur une place handicapée et descendit hâtivement de la voiture. Sans un mot, il détacha Alice et la prit dans ses bras pour la mener à l'intérieur du bâtiment des urgences. Émilie les suivit, semblant de nouveau spectatrice des événements. Elle avait la sensation de ne plus rien maîtriser. L'espoir que les marques d'Alice ne réapparaîtraient plus venait de se briser et elle savait qu'elle s'apprêtait à subir la pire accusation qui fût : celle d'être une mère abjecte, une mère si inhumaine qu'elle était capable de frapper son propre bébé.

Émilie ralentit son allure. Elle voyait Éric et Alice s'éloigner. Elle se dit qu'elle devrait peut-être s'enfuir, qu'Éric saurait mieux qu'elle régler la situation. Elle s'arrêta, immobile au milieu du hall d'entrée. Si Éric ne s'était pas retourné pour lui faire signe de se dépêcher, peut-être aurait-elle fait demi-tour.

*

Tout se déroula très vite. Trop vite. À peine les eut-il aperçus dans la salle d'attente que le pédiatre de l'hôpital devina la raison de leur présence. Ni Émilie ni Éric n'eut besoin de fournir la moindre explication, le médecin *savait*. D'un geste de la main, il leur intima de les suivre dans son cabinet. Là, Éric lui montra la marque sur l'épaule d'Alice et le médecin soupira d'une façon qui ne laissait aucun doute sur sa perception des événements. Il commença à énumérer les examens qu'il souhaitait faire passer à Alice. Il se tut quelques secondes puis reprit :

— Nous devrons la garder en observation quelques jours.

Éric répondit que cela ne posait aucun problème, demanda combien d'heures par jour Émilie et lui pourraient rester avec leur fille au sein de l'hôpital. Le docteur évita la question ; il sembla même ne pas l'entendre. Émilie s'attendait depuis le début à ce que le ciel leur tombât sur la tête. Elle s'y attendait tant qu'elle n'en avait même plus peur. La seule chose qu'Émilie ignorait encore était la réaction d'Éric. C'est pourquoi elle ne détacha pas son regard de lui lorsque le médecin prononça la phrase fatidique :

— Notre devoir, en tant que soignants, est aussi de vérifier que votre fille ne subisse pas de violences chez vous. Vous allez faire l'objet d'une enquête sociale.

Le sol se déroba sous ses pieds.

Le soleil se cache…

Émilie signa sa déposition sans relire un seul mot. La lieutenante de police lui expliqua qu'elle allait être transférée au Palais de Justice pour être présentée à un juge d'instruction en vue de sa probable mise en examen. Quand Émilie demanda si elle pouvait boire un verre d'eau, la policière envoya son collègue chercher une petite bouteille. Émilie but le contenu d'une traite, sans respirer. Lorsqu'elle eut fini, elle s'avachit sur sa chaise et laissa son regard hagard se promener dans le vide.

— Valentine, tu peux venir une seconde ?

D'un geste du doigt, le policier avait indiqué à sa collègue de le suivre dans le couloir. Valentine Bontemps hésita à laisser la suspecte seule dans le bureau. Depuis la défenestration de Richard Durn, en 2002, au Quai des Orfèvres, les policiers avaient pour consigne absolue de tout mettre en œuvre pour empêcher le suicide d'un gardé à vue. L'auteur de la tuerie du conseil municipal de Nanterre avait profité d'un moment d'inattention des fonctionnaires qui l'interrogeaient pour sauter par la fenêtre du quatrième étage. L'un des policiers présents avait par la suite été accusé d'avoir poussé le suspect à se suicider. Comme souvent en pareilles circonstances, tous les policiers s'étaient sentis outragés. Depuis, les précautions pour les gardes à vue avaient redoublé.

Valentine Bontemps sortit ses menottes du tiroir et s'apprêta à attacher Émilie au radiateur. Quelque chose l'empêcha de le faire : Émilie ne lui semblait plus dans le même état d'absence qu'une demi-heure plus tôt, mais elle était loin d'avoir recouvré sa pleine conscience. Elle ressemblait à une toxico qui vient de se faire un fix et dont l'esprit s'est envolé loin des turpitudes matérielles. Valentine posa sa main sur l'épaule d'Émilie et lui dit doucement :

— Mademoiselle Champfleuri, je vais vous laisser seule quelques minutes. Je serai juste à côté, dans le couloir. Si vous avez besoin de quoi que ce soit, n'hésitez pas à m'appeler.

Émilie eut un léger mouvement de la tête qui pouvait passer pour un acquiescement. La policière hésita un instant, puis ajouta :

— Je compte sur vous pour ne pas faire de bêtises.

Émilie releva la tête vers la policière et lui jeta un regard si désespéré que Valentine en eut un frisson. Une larme coula sur la joue d'Émilie avant qu'elle ne trouve la force de répondre :

— J'ai quelque chose à vous dire...

10

Émilie n'avait encore jamais vu Éric pris d'un accès de fureur. Elle ne montra pourtant aucun signe d'étonnement lorsqu'il se leva pour taper du poing sur le bureau. L'hôpital ne disposant d'aucun service de sécurité, le pédiatre se contenta d'appeler le standard pour demander des renforts. Lui non plus ne sembla guère surpris par la tournure des événements. Sans doute s'attendait-il à ce qu'un père contre qui l'on porte des accusations de maltraitance fît preuve de gestes violents. Pour autant, à aucun moment le médecin ne donna le sentiment qu'il se sentait en danger. Comme s'il savait par avance qu'Éric s'en prendrait au mobilier mais ne commettrait aucune violence physique.

Émilie restait de marbre, même lorsque deux infirmiers au gabarit imposant débarquèrent dans le cabinet et ordonnèrent à Éric de se calmer, menaçant de le jeter dehors. La menace eut l'effet escompté : Éric se rassit en levant les deux mains en signe d'apaisement. Les infirmiers demandèrent au médecin s'il souhaitait leur présence sur place, il leur répondit que ce n'était pas la peine. Lorsqu'il eut repris ses esprits, Éric posa la question frontalement :

— Vous nous accusez d'être responsables des blessures de notre fille ?

Il fit preuve d'une grande maîtrise de soi pour prononcer cette phrase, mais sa voix s'étrangla lorsqu'il l'acheva.

Le médecin posa ses coudes sur le bureau. Il semblait chercher ses mots.

— Je ne porte pas d'accusations. Je suis médecin, pas juge ni policier. Je comprends votre émotion, mais vous devez accepter la réalité. Qui serais-je si j'écartais la piste de la maltraitance après votre troisième venue à l'hôpital pour des lésions qui pourraient avoir été causées par des violences ?

Éric se leva de nouveau. Il prit garde de refréner toute pulsion violente, mais il bouillait intérieurement. Il se retourna vers la porte et maugréa quelques mots, comme s'il récitait un mantra. Le médecin attendit, immobile. Lorsque Éric tourna la tête vers lui, son regard était empli d'une colère teintée d'écœurement.

— Mais c'est dingue ! Non seulement vous êtes incapable de déterminer de quoi souffre notre fille, mais en plus vous nous accusez de lui faire du mal ?

Le médecin demeura silencieux. Son attitude indiquait clairement qu'il n'avait pas l'intention d'apaiser Éric. Il semblait seulement attendre que celui-ci recouvrât suffisamment de sang-froid pour reprendre une discussion rationnelle. D'un coup, le regard d'Éric changea. Les pensées qui entraient en collision dans son esprit semblaient avoir trouvé un point de convergence.

— Si nous maltraitions notre fille, pourquoi serions-nous venus à l'hôpital ?

Pour accompagner sa question, Éric lança un regard de défi au médecin, donnant le sentiment d'avoir trouvé l'argument imparable pour remettre un peu de bon sens dans la tournure ubuesque des événements.

Le docteur déglutit. Cette question semblait l'embarrasser. Non parce qu'il n'en avait pas la réponse, mais parce qu'il ne souhaitait pas évoquer ce point.

— Monsieur, j'aimerais vous parler en privé.

Sans attendre la moindre réponse, le médecin se leva et ouvrit la porte de son cabinet. Émilie s'attendait à ce qu'il sortît dans le couloir pour s'entretenir en tête à tête avec Éric, mais il n'en fit rien. Il demeurait immobile, tenant la poignée de la porte ouverte dans sa main.

— Mademoiselle, vous voulez bien nous laisser ?

Émilie ne s'y attendait pas. Elle se tourna vers Éric, encore plus abasourdi qu'elle. Il ne prononça pas un mot, resta prostré sur sa chaise. Émilie se leva, voulut partir en emmenant Alice dans ses bras, mais le médecin l'arrêta :

— Pourriez-vous laisser votre fille à son père, s'il vous plaît ?

Tel un automate, Émilie tendit le bébé à Éric. Aucun des deux parents ne semblait en mesure de contrevenir aux injonctions du docteur.

Émilie sortit de la pièce sans un regard pour sa fille. Dans le couloir, elle fit les cent pas, passant et repassant devant la porte de la pièce où elle sentait que son avenir se jouait. Elle marchait de façon erratique, sans avoir conscience qu'elle était en mouvement. Elle était encore là, mais une part d'elle-même commençait à fuir, à s'élever au-dessus des murs rose pâle, des dalles du carrelage et des portes à hublot. À chacun de ses pas, cette sensation se renforçait, comme si ses pieds s'arrachaient du sol et suivaient son esprit qui flottait doucement loin du malheur qui s'était emparé d'elle.

Encore un pas. Émilie se sentit plus légère. Sa vue s'embrumait, mais le poids de sa poitrine s'évaporait. Un autre pas. Elle se délestait davantage de tout ce qui lui faisait mal, de tout ce qui encombrait ses pensées. Sa vue ne distinguait plus que quelques formes imprécises. Au pas suivant, elle se sentit plus légère encore, presque aérienne. Sa conscience tournoyait vers une lumière infinie. Cette fois, elle volait. Elle ne distinguait presque plus le couloir de l'hôpital. Elle s'éloignait de plus en plus. Elle s'envolait au plus haut des cieux, au risque de se brûler au soleil maudit de ces néons.

Les dernières images de son environnement immédiat allaient disparaître lorsque la porte du cabinet s'ouvrit. D'un seul coup, Émilie retomba sur terre. La grande lumière disparut pour laisser place à celle, blafarde, des néons. Les murs étaient de nouveau statiques, les dalles retrouvaient leur gravité pour retenir ses pieds au sol. Son esprit ne tournoyait plus, il était immobilisé dans ce lieu froid qui lui faisait peur. En face d'elle, elle aperçut Éric, qui tenait Alice dans ses bras et dont les lèvres frémissaient. Elle se rapprocha de lui. En l'observant de plus près, elle constata qu'il était bouleversé. Il avait le visage éteint et blême de ceux qui viennent d'apprendre la perte d'un être aimé. Elle plongea ses yeux dans les siens. Elle n'y lut aucun réconfort.

— Je n'ai pas compris où il voulait en venir.

La voix d'Éric était blanche, à peine audible.

— Qu'est-ce qu'il t'a dit ? demanda Émilie presque en suppliant.

— Il m'a demandé si je pensais ...

— Si tu pensais quoi ?

— Qu'il était possible...

— Quoi donc ?

— ...Que tu fasses partie du problème.

*

La décision des médecins d'hospitaliser Alice ne souffrit aucune contestation. Émilie supplia l'administration de l'hôpital de la laisser demeurer près de sa fille, mais elle ne reçut en réponse que de l'indifférence. Dans la semaine qui suivit, la nouvelle série d'examens n'apporta pas plus de réponse sur la pathologie d'Alice : ni le bilan sanguin, ni le scanner, ni le fond de l'œil ne révéla quoi que ce fût d'anormal. Aucun des spécialistes ne fut en mesure d'avancer une explication. En désespoir de cause, les médecins décidèrent de réaliser une nouvelle biopsie cutanée. Émilie protesta une nouvelle fois contre ce qu'elle estimait être un supplice pour son bébé mais se trouva encore une fois face à un mur. À plusieurs reprises, Éric tenta de convaincre les médecins que les marques d'Alice ne pouvaient être causées par des actes de maltraitance, arguant que, si tel avait été le cas, les examens l'auraient révélé. La réponse du corps médical était toujours la même :

— Rien ne permet d'expliquer les lésions de votre fille par une maladie connue. Nous ne pouvons donc écarter aucune hypothèse.

Si l'attitude du pédiatre de Cochin envers Éric et Émilie semblait parfois plaider en leur faveur, la femme médecin qui suivait le dossier laissait peu de doute sur ses certitudes. Un jour où Éric lui demanda quelle spécialité médicale lui donnait la légitimé de se prononcer ainsi sur le cas d'Alice, elle répliqua d'un ton cinglant :

— Ma légitimité est d'être médecin. C'est à vous de répondre à mes questions, pas à moi de répondre aux vôtres.

Émilie ne dormait plus depuis des nuits. Lorsqu'elle était trop épuisée, elle tentait de trouver le sommeil mais ne faisait que s'agiter dans son lit. Elle finissait par se relever pour attendre le lever du soleil en regardant par la fenêtre. Dans son esprit, elle énumérait toutes les hypothèses qui permettraient d'avancer un semblant d'explication rationnelle au cauchemar éveillé qu'était devenue sa vie. Elle se rongeait les sangs en s'interrogeant sur les erreurs qu'elle avait pu commettre pour laisser penser aux médecins qu'elle était une mère maltraitante. Elle ressassait certaines de ses attitudes, comme sa question sur les morsures. L'évidence s'imposa : elle avait offert les armes pour l'abattre.

Au début de la deuxième semaine d'hospitalisation d'Alice, la femme médecin imposa à Émilie et Éric de rencontrer individuellement un psychiatre de Cochin dans le cadre de l'enquête sociale. La psy qui reçut Émilie était une femme sans âge, qui surjouait l'empathie chaque fois qu'elle posait une question. L'entretien se déroula dans une pièce aveugle au sous-sol de l'hôpital. Assise dans un fauteuil qui se voulait confortable, Émilie se vit offrir un thé avant d'être passée au crible. La psy lui demanda d'abord d'évoquer sa relation avec ses parents, ses premières amours, sa cohabitation avec Éric.

Sachant le poids que pourrait peser le rapport de la psy dans l'enquête sociale, Émilie s'efforça de répondre avec la plus grande amabilité et de ne pas se froisser lorsque les interrogations prirent un tour trop personnel. Comment avait-elle vécu sa grossesse ? Très bien, à part des nausées au début, et quelques infections urinaires. Était-elle heureuse à la naissance d'Alice ? Oui, très heureuse. En est-elle certaine ? Oui, bien sûr. Y a-t-il eu un décalage entre l'idée qu'elle se faisait d'avoir un enfant et la réalité ? Non, pas du tout. Comment imaginait-elle la vie avec un bébé avant la naissance ? Elle ne l'imaginait pas trop, elle vivait le moment présent. Trouvait-elle que son bébé était laid lorsqu'il est né ? Non, Alice était très belle. Qu'avait-elle mal vécu lors des premiers jours qui ont suivi l'accouchement ? Elle avait eu mal au dos à cause de la péridurale, mais elle était si heureuse qu'Alice soit en bonne santé que cela lui importait peu. Craignait-elle qu'Alice ne fût pas en bonne santé ? Comme tous les parents, supposait-elle. Comment s'était passé le retour à la maison ? Très bien. Ses journées consistaient à s'occuper d'Alice et à dormir. Elle était fatiguée lorsqu'elle ne faisait pas ses nuits. Est-ce qu'elle lui en voulait de la fatiguer ? Bien sûr que non, pas du tout ! À chaque réponse d'Émilie, la psy cochait une case puis passait à la question suivante.

Éric fut peu loquace sur son propre entretien avec la psychiatre. Lorsque Émilie l'interrogea ensuite sur le sujet, il se contenta de répondre que cela s'était « bien passé ». Alice était elle aussi suivie par un pédopsychiatre à l'hôpital. Émilie interrogea les médecins à propos de ce suivi mais, cette fois encore, aucune réponse ne lui fut accordée.

Éric avait maigri. Lorsque Émilie lui proposait de lui préparer un repas, il répondait systématiquement par la négative. Émilie l'avait surpris à deux reprises en train de piocher dans un paquet de chips, mais il ne s'alimentait guère plus. Sa présence à la salle de sport devenait de plus en plus irrégulière. Durant les premiers jours d'hospitalisation de leur bébé, il s'y rendait après chaque rendez-vous à l'hôpital mais rentrait tôt à l'appartement. Par la suite, il n'y alla presque plus. Il passait quelques coups de téléphone à son adjoint pour lui demander d'assurer l'intérim, mais, lorsque celui-ci lui répondait que ce n'était pas possible, la salle restait fermée. Trop occupée à gérer sa propre angoisse, Émilie mit du temps à comprendre qu'Éric et elle ne communiquaient presque plus. Elle était retournée vivre avec lui à l'appartement de la rue Saint-André-des-Arts, mais leur cohabitation ne semblait leur apporter aucun réconfort. Une nuit où ni lui ni elle ne trouvait le sommeil, elle tenta de le prendre dans ses bras. Elle sentit chez lui comme une résistance.

— J'ai besoin de toi ! lui lança-t-elle. Si tu n'es plus avec moi, je vais m'effondrer.

Éric tenta maladroitement de lui caresser la joue, mais le cœur n'y était pas. Il soupira et son regard se perdit. Au bout d'un long silence, il se retourna vers elle :

— Dans sept jours, c'est mon anniversaire. Je pensais que ce serait le premier que je fêterais avec ma fille.

Émilie se redressa. Elle constata que les yeux d'Éric s'embuaient. Elle posa sa tête contre son épaule.

— Tu fêteras ton anniversaire avec ta fille, je te le jure.

*

Quelques jours avant l'anniversaire d'Éric, Émilie appela l'hôpital pour prendre des nouvelles d'Alice. Elle savait que ses heures de visite étaient limitées mais que personne ne pouvait l'empêcher de téléphoner. Le médecin daigna la prendre en ligne. Il lui fit son laïus habituel qui débutait par « pas de changement notable » et se terminait par « nous vous tiendrons informés dès que nous en saurons plus ». Émilie demanda d'une voix presque suppliante :

— C'est l'anniversaire de son père la semaine prochaine. Serait-il possible que nous la prenions à la maison pour vingt-quatre heures ?

Le médecin se racla la gorge :

— Je vous tiendrai informée.

Vers la fin de la deuxième semaine d'hospitalisation, Émilie et Éric furent convoqués par le pédiatre de Cochin, qui leur annonça que la lésion d'Alice à l'épaule était en rémission.

— Nous pourrons la ramener à la maison ? demanda aussitôt Émilie.

Le médecin fit la moue.

— Je dois recueillir l'avis des autres médecins, mais il pourrait être envisageable de la laisser sortir. Je vous donnerai la réponse demain.

Sur le chemin du retour, pour la première fois depuis le début de l'hospitalisation, Émilie perçut un sourire sur le visage d'Éric. Elle-même ne revenait pas du changement d'attitude du médecin à leur égard : comment cet homme qui semblait si convaincu de sa culpabilité il y avait peu pouvait-il ainsi leur octroyer une permission de sortie ? Son opinion aurait-elle évolué au point qu'il ne croyait plus aux actes de maltraitance ? Émilie ne savait que penser, mais seule comptait à ses yeux – le fait qu'Alice pût être avec eux pour l'anniversaire d'Éric.

Le soir même, elle téléphona à son père pour lui annoncer la nouvelle. Il ne décrocha pas. Émilie laissa un message sur son répondeur. Elle tenta de joindre sa mère, qui ne répondit pas non plus. Depuis l'hospitalisation d'Alice, elle n'avait pas osé avouer à ses parents les soupçons de maltraitance qui pesaient sur elle. Elle les avait seulement informés que les médecins avaient souhaité garder la petite à l'hôpital pour lui faire passer d'autres examens, sans entrer dans les détails. Émilie savait que ses parents faisaient leur possible pour ne pas montrer leur inquiétude, de crainte d'augmenter sa propre angoisse. Charles se contentait de poser des questions factuelles, sur ce qu'avaient dit les médecins, sur la durée de l'hospitalisation... Mathilde, elle, écoutait mais ne posait pas de questions. Lorsque Émilie était allée dîner chez ses parents la semaine précédente, elle avait remarqué une attitude plus distante chez sa mère mais ne s'en était guère formalisée – il y avait bien longtemps qu'elle ne cherchait plus à la comprendre.

La perspective qu'Alice pût leur revenir, ne fût-ce que pour une journée, faisait presque office de bonheur retrouvé. Lorsque Éric et elle étaient allés voir leur fille à la pouponnière de l'hôpital après leur rendez-vous avec le pédiatre, Émilie avait eu le cœur moins serré qu'à l'accoutumée. Elle n'avait même pas pleuré en quittant la pièce, ne songeant qu'aux retrouvailles tant espérées du lendemain. Le soir, en se couchant, elle s'était serrée contre Éric en lui murmurant :

— Demain, nous serons de nouveau tous les trois.

Éric n'avait rien répondu. Il lui avait pris la main et l'avait serrée très fort. Cette nuit-là, pour la première fois depuis longtemps, Émilie plongea dans un profond sommeil, épuisée mais libérée.

*

Dès qu'elle aperçut le médecin devant la salle d'attente, Émilie comprit que la sortie d'Alice de l'hôpital n'était plus d'actualité. Le pédiatre ne prit pas de gants pour le leur confirmer. Sans même un bonjour, il leur annonça :

— Après discussion, nous avons décidé qu'il serait plus prudent que votre fille reste en observation.

Émilie n'eut aucune réaction, Éric navigua entre la colère et le désespoir.

— Mais vous nous avez dit hier qu'elle pourrait sortir.

— Non, je vous ai dit que cela était envisageable. Mais, après réflexion, l'aspect inquiétant de la lésion nécessite une surveillance.

Éric insista :

— Hier, vous nous avez affirmé que sa lésion était guérie !

— Non, je vous ai dit qu'elle était en rémission. Cela n'empêche pas que nous devons poursuivre notre suivi, dans un souci d'exploration éventuelle.

Les nerfs d'Éric lâchèrent avant que le médecin eût achevé sa phrase. Il saisit la chaise qui se tenait à proximité de lui, la souleva et la fracassa sur le sol. Le médecin recula de quelques pas. Il poursuivait son propos d'une voix assez basse que les cris d'Éric couvraient totalement. Le bruit rameuta deux infirmiers, qui se mirent à hurler plus fort encore. Alors que le chaos régnait, nul ne prêtait attention à Émilie. Elle, pourtant, voyait tout. Elle voyait les deux infirmiers qui tentaient de maîtriser Éric. Elle voyait une vieille dame avec un pied à perfusion qui assistait à la scène en écarquillant les yeux. Elle voyait la jeune femme de l'accueil qui semblait appeler des renforts. Elle voyait d'autres membres du personnel hospitalier qui accouraient vers eux. Elle voyait aussi Éric qui se débattait en vociférant de plus belle. Mais elle voyait par-dessus tout une possibilité.

Elle se dirigea vers le fond du couloir. D'abord d'un pas tranquille, puis en accélérant sa course. Elle avança vers une pièce où elle s'était souvent rendue, une pièce à l'intérieur de laquelle elle entrait habituellement l'âme en peine et d'où elle ressortait en lambeaux. Lorsqu'elle se trouva devant la porte de la pouponnière, elle n'eut pas une seconde d'hésitation : elle l'ouvrit d'un coup sec et se rua vers le berceau de sa fille. Elle stoppa net son élan lorsqu'elle aperçut la personne qui se tenait à quelques mètres d'elle, penchée au-dessus d'un berceau plastique en compagnie d'une infirmière.

La femme médecin resta stoïque en voyant Émilie. Elle la jaugea de haut en bas, sans prononcer un mot. Émilie ne réfléchit pas durant les quelques secondes où elle demeura figée face à elle : son instinct décida pour elle. Sans écouter les remontrances de l'infirmière, elle prit sa fille dans les bras et se dirigea vers la porte. Juste au moment où elle franchissait la porte, elle entendit la voix très calme de la femme médecin :

— Vous prenez de gros risques.

Émilie s'arrêta un instant. Elle s'aperçut qu'elle tremblait. Elle faillit se retourner pour lui crier tout ce qu'elle avait sur le cœur mais quitta la pièce en courant, son bébé serré contre elle.

L'amour de sa vie, l'amour de la vie.

Extrait du procès-verbal de Marie-Pierre Dubois, infirmière à la PMI des Mathurins, 35, rue Marcel-Proust, 75006 Paris.

QUESTION : Dans quelle circonstance avez-vous rencontré Mlle Champfleuri ?

RÉPONSE : Elle avait pris rendez-vous à la PMI car son bébé avait développé un bourgeon ombilical. Je lui ai fait un soin à la Bétadine pour assécher le bourgeon.

QUESTION : N'avez-vous rien remarqué de particulier dans son comportement ?

RÉPONSE : Pas spécialement, si ce n'est que je la trouvais bien jeune pour être mère. Vous me dites que Mlle Champfleuri est soupçonnée dans une affaire de maltraitance. Cela me fait penser à quelque chose…

QUESTION : Quoi donc ?

RÉPONSE : Lors de notre entretien, j'avais évoqué devant elle le fait que les bourgeons comme celui que présentait sa fille pouvaient aussi se soigner au nitrate d'argent. Je me souviens lui avoir dit que ce produit pouvait être dangereux car si on l'applique sur une peau saine on risque de brûler le bébé.

QUESTION : Quelle a été sa réaction ?

RÉPONSE : Si je me souviens bien, elle semblait intéressée.

11

La fuite de l'hôpital se révéla plus facile qu'elle ne l'avait imaginée. Tête baissée, elle courut dans le couloir en direction de la sortie sans regarder personne. Lorsqu'elle arriva dans le hall d'entrée, elle ralentit pour prendre la démarche la plus naturelle possible. Elle avait pris bien soin de ne pas lever les yeux vers l'autre bout du couloir, où Éric était entouré d'infirmiers qui lui ordonnaient de se calmer tandis que le pédiatre demeurait à l'écart, sans intervenir. Une fois devant la porte automatique, Émilie craignit un instant que la sortie n'eût été bloquée par mesure de sécurité. Elle prit une grande inspiration et commença à compter dans sa tête. Arrivée à neuf, la porte s'ouvrit, elle la franchit sans accélérer le pas. Dans le lointain, elle entendait toujours les cris des infirmiers et d'Éric.

Elle desserra son étreinte pour regarder le visage d'Alice, qui paraissait parfaitement apaisée. Émilie traversa le parking à la recherche de la voiture : impossible de se rappeler où Éric l'avait garée ! Elle parcourut plusieurs rangées sans trouver l'Audi de ses parents. Elle jura intérieurement et se mordit les lèvres. Elle commençait à perdre patience lorsqu'elle aperçut Éric sortant des urgences, l'air abattu. Elle lui fit de grands signes. Dès qu'il la distingua, Éric remarqua qu'elle tenait Alice dans ses bras. Il pressa le pas pour se diriger vers elle :

— Qu'est-ce que tu as fait ?

— Je t'expliquerai plus tard ! Nous devons partir tout de suite !

— Non, tu m'expliques maintenant !

Le ton d'Éric était ferme mais sans colère. Il venait de se battre avec des infirmiers, de hurler toutes les insultes de son répertoire à un médecin, et voilà qu'à présent il retrouvait Émilie sur le point de commettre un enlèvement ! La jeune femme eut pourtant l'impression que son esprit restait lucide. Elle déglutit et se contenta de lancer :

— Je t'ai juré que tu passerais ton anniversaire avec ta fille.

Éric devint livide. Il baissa les yeux vers Alice, toujours aussi calme. Elle mit deux doigts dans sa bouche et commença à les sucer. En la voyant faire, Éric sourit malgré lui. Il plongea la main dans sa poche et sortit les clés de la voiture.

Dès qu'il eut actionné l'ouverture automatique, Émilie arrima Alice au siège auto et s'assit à la place du passager. Éric resta immobile encore un instant. Émilie lui lança un regard implorant mais il ne lui porta aucune attention. Il regardait Alice, seulement Alice. Il poussa un profond soupir, marmonna quelque chose pour lui-même avant de prendre le volant. La voiture démarra en trombe et quitta le parking.

*

Émilie était assise par terre et, à travers les barreaux de son berceau, regardait Alice dormir. Lorsqu'ils l'avaient couchée, Éric avait voulu parler. Elle avait refusé. Plus Éric insistait, plus Émilie se réfugiait dans le silence. Il avait fini par s'isoler dans le salon, tandis qu'Émilie restait auprès de la petite. Il avait fallu peu de temps à Éric pour mesurer la gravité de leur acte.

Une fois l'adrénaline retombée, un certain affolement s'était emparé de lui. Il avait d'abord plaidé pour qu'ils ramènent Alice à l'hôpital, puis pour qu'ils téléphonent à Cochin afin de présenter leurs excuses et de s'engager à s'y présenter avec leur fille dès le lendemain matin. Émilie ne lui prêtait qu'une attention relative, paraissant hermétique à ses reproches. Lorsqu'il lui signifia qu'ils risquaient des ennuis avec la police, elle lui jeta un regard de mépris qu'il ne lui avait jamais vu. Pour Émilie, les demains ne comptaient pas plus que les hiers, seul l'instant présent existait à ses yeux. Elle pouvait tenir sa fille dans ses bras, lui caresser le visage, respirer son odeur, fermer les yeux puis les rouvrir en la sachant toujours là. En pensant aux souffrances des deux semaines passées, un tel réconfort n'avait pas de prix. Dans l'esprit d'Émilie, peu importait que cela ne pût pas durer, peu importait même que ce ne fût qu'une illusion. La douce torpeur qui l'emplissait à présent lui donnait le sentiment que plus rien ne pouvait lui arriver, que le temps des épreuves était achevé et qu'un avenir radieux s'ouvrait pour Alice et elle.

Elle se coucha par terre à côté du berceau et ferma les yeux. Elle ne les ouvrit que le lendemain matin, lorsque la sonnette de l'appartement retentit.

*

La brigade de protection de la famille de Paris ne se montra guère sensible au désir d'Éric de fêter son anniversaire avec sa fille. Lorsque les policiers sonnèrent à l'appartement, l'horloge indiquait 7 h 30. Éric ouvrit la porte, et le fonctionnaire qui prit la parole ne s'embarrassa d'aucune précaution oratoire : il présenta un document stipulant qu'ils avaient ordre de ramener Alice à l'hôpital séance tenante. Vêtu de son seul caleçon, Éric voulut leur barrer l'entrée de la chambre du bébé, mais l'un des policiers l'écarta sans ménagement. Émilie était encore allongée par terre à côté du berceau lorsqu'ils pénétrèrent dans la pièce. À peine l'un d'eux fit-il un geste pour prendre Alice qu'Émilie se mit à hurler si fort que l'un des voisins crut qu'une alarme venait de se déclencher.

Une lieutenante de police prit Émilie à part pour tenter de la calmer. Alice poussa quelques cris. Émilie demanda, les larmes aux yeux, si elle pouvait la prendre dans ses bras. La lieutenante lui en donna l'autorisation. Tandis qu'Éric tentait encore de parlementer, Émilie avait compris que la partie était perdue : la police agissant sur ordre, les fonctionnaires présents ne disposaient d'aucune marge de manœuvre et leurs jérémiades étaient donc vaines.

L'un des policiers intima l'ordre à Émilie et Éric de s'habiller en vitesse pour les suivre à l'hôpital. Tous deux s'exécutèrent, laissant Alice dans les bras de la lieutenante de police. Malgré les circonstances, Émilie accorda spontanément une relative confiance à cette jeune femme au teint mat et aux cheveux frisés à qui l'on peinait à donner un âge. Lorsque le policier le plus antipathique les pressa, la lieutenante le réduisit au silence d'un geste autoritaire. Avant de quitter l'appartement, Émilie demanda si elle pouvait habiller Alice avec quelque chose de plus chaud que son pyjama. Devant le refus des policiers, elle haussa le ton pour réclamer de lui passer au moins un manteau. Elle courut en chercher un dans le placard et en recouvrit sa fille.

Lorsqu'ils traversèrent le couloir qui menait à l'ascenseur, la plupart des voisins, qui avaient ouvert leur porte, assistèrent au spectacle. Alertés par le bruit, ils avaient attendu que le calme revînt pour ouvrir, histoire de ne prendre aucun risque en cas de cambriolage ou d'agression.

Dans l'une des voitures, où Éric, Émilie et Alice avaient pris place à l'arrière, le policier assis sur le siège passager passa un appel à la permanence du parquet de Paris. Ni Émilie ni Éric ne réagit lorsqu'il prononça ces mots :

— Nous vous informons que nous transportons l'enfant Alice Valmy-Champfleuri à l'hôpital Cochin.

Ils n'entendirent rien de la réponse à l'autre bout de la ligne. Durant l'intervention, les policiers s'étaient bien gardés de mentionner le fait que, le jour de l'enlèvement d'Alice, la femme médecin de Cochin avait transmis une demande d'ordonnance de placement provisoire. Les policiers ne voulaient en aucun cas révéler que cette ordonnance avait été suivie d'une interdiction aux parents de rendre visite à leur fille. Tout cela, Émilie et Éric ne l'apprendraient que plus tard. Trop tard.

La voiture de police se gara devant la porte des urgences de Cochin. Le pédiatre et la femme médecin attendaient, debout dans le hall d'entrée. Ils serrèrent la main aux policiers sans accorder la moindre attention à Émilie et Éric. Sans aucune gêne à leur égard, la médecin confirma oralement aux policiers ses soupçons de maltraitance et indiqua qu'elle pouvait fournir à la police des clichés des précédentes lésions d'Alice.

— Vous l'avez prise en photo ? demanda Éric, plus surpris que furieux.

— Vu les circonstances, je pense que nous avons bien fait, répondit sèchement la femme médecin.

La lieutenante demanda qu'Alice fût examinée en présence des policiers. Le pédiatre leur indiqua le chemin de son cabinet et tous le suivirent. Émilie installa Alice sur la table d'examen et commença à la déshabiller tout en prêtant une oreille aux échanges entre l'un des policiers et la femme médecin. Cette dernière expliquait que l'ensemble des examens qu'avait passés Alice n'avaient pas permis d'établir un diagnostic et que des actes malveillants à son égard restaient l'explication la plus vraisemblable.

Émilie entendit Éric intervenir et un autre policier lui ordonner de se taire. Puis, soudain, elle n'entendit plus rien. Ou plutôt, comme tout le monde, elle entendit son propre cri. Un cri strident, désespéré, qui glace le sang. Son cri montait si haut dans les aigus qu'il ne ressemblait à rien d'humain. Le pédiatre, la femme médecin, Éric, les policiers, tous se retournèrent d'un même mouvement et se figèrent dans la même expression d'effroi.

Lorsque le cri d'Émilie finit par mourir, elle tomba à genoux sur le sol en sanglotant. Elle tentait d'articuler une phrase avec la plus grande peine du monde :

— Ce n'est pas moi... Ce n'est pas moi...

Personne ne l'écoutait. Personne ne faisait attention à elle. Tous les regards abasourdis se portaient vers la table d'examen, où une Alice à moitié déshabillée remuait les jambes avec le plus grand naturel. Son corps était recouvert de grosses marques rouges qui suintaient comme des blessures de guerre.

*

Le pédiatre demanda à un infirmier d'emmener Émilie dans une chambre, « le temps qu'elle se calme ». L'infirmier tenta de la relever en la tirant par les bras, mais Émilie ne parvenait plus à faire fonctionner ses jambes. Elle transpirait à grosses gouttes et le battement de son cœur semblait très irrégulier.

— Elle est en tachycardie, signala l'infirmier d'un ton neutre.

— Emmenez-la, nous avons plus urgent à régler, répliqua la femme médecin.

L'infirmier, qui n'aurait pas dépareillé dans un concours de culturistes, souleva Émilie en passant une main sous son dos et l'autre sous ses jambes, puis sortit de la pièce en la tenant dans ses bras. Lorsqu'il franchit la porte avec elle, nul n'entendit le murmure qui sortit de la bouche d'Émilie :

— Alice...

Alors que même l'infirmier qui la portait semblait faire mine de ne pas l'entendre, Émilie continuait de gémir :

— Je lui ai donné un bain hier soir, elle n'avait rien. Je vous jure qu'elle n'avait rien !

Un peu plus loin dans le couloir, l'infirmier déposa Émilie sur un brancard et la laissa seule quelques minutes, le temps d'aller chercher quelque chose dans une pièce. Il revint avec une seringue et un produit contenu dans une ampoule. Sans qu'Émilie lui demande quoi que ce fût, il s'adressa à elle d'un ton rassurant :

— Ne vous inquiétez pas, c'est juste un bêtabloquant. Avec ça, votre cœur va vite reprendre un battement régulier.

L'infirmier remonta très haut la manche d'Émilie et lui planta la seringue dans le bras. Émilie sentit à peine l'aiguille.

— Je veux voir ma fille, supplia de nouveau Émilie lorsqu'il eut fini.

— Écoutez, ce n'est pas à moi de vous en parler, mais je vous conseille de vous faire une raison.

Émilie lança à l'infirmier un regard interrogateur. Il fit la moue, comme s'il venait de prendre conscience qu'il en avait trop dit, et ajouta :

— Je ne suis pas au courant de tout, mais j'étais présent lorsque les médecins ont fait passer les examens à votre fille. La maltraitance n'est pas avérée, mais de forts soupçons existent. Alors il serait dans votre intérêt de vous montrer coopérative si vous ne voulez pas aggraver votre cas, ajouta-t-il pour tenter de clore le sujet.

— Coopérative pour quoi, pour qui ?

L'infirmier comprit qu'il ne pourrait pas s'en tirer si facilement. Il gonfla ses joues avant de souffler. Émilie enchaîna :

— Pourquoi serais-je venue à l'hôpital à chaque fois si je maltraitais ma fille ? Ce serait absurde !

L'infirmier hésita encore. Il regarda à droite puis à gauche, comme pour vérifier que personne n'entendait ce qu'il avait à dire. Puis il lâcha, comme on passe aux aveux :

— Ils ont évoqué à votre encontre un syndrome de Münchhausen par procuration.

*

Les médecins constatèrent neuf marques au total : une plaque au niveau de l'épaule, trois ecchymoses évocatrices de morsures sur le ventre et cinq autres ecchymoses sur le reste du corps. Dans l'après-midi, les policiers informèrent Émilie et Éric qu'ils devaient les suivre dans les locaux de la préfecture de police pour y être auditionnés. Éric protesta par principe. Il se contenta de répéter en boucle qu'ils n'avaient rien à se reprocher, que jamais ils ne feraient du mal à leur enfant et quelques autres formules déjà émises les fois précédentes. Le pédiatre, qui assistait à la scène, eut un geste d'agacement :

— Et cela ne vous interpelle toujours pas que les lésions apparaissent systématiquement lorsque votre fille se trouve chez vous ?

Éric se lança dans un contre-argumentaire qui n'avait aucun sens et les policiers mirent fin à l'échange en poussant le jeune homme vers la sortie, sans brutalité mais fermement. Émilie fut interrogée par un policier moustachu digne des plus mauvais téléfilms. Elle dut décliner son identité, répondre à des questions succinctes sur le déroulé des faits : « Pourquoi votre fille a-t-elle été hospitalisée ? », « Depuis quand a-t-elle des marques sur le corps ? », « Qui garde votre fille, à part vous ? », « Consommez-vous des stupéfiants ? », « Avez-vous des antécédents judiciaires ? ».

Éric était lui aussi auditionné dans un bureau adjacent. Il eut droit au même interrogatoire, assorti de quelques questions bonus : « Pourquoi vous êtes-vous énervé à l'hôpital ? », « Faites-vous confiance à votre compagne ? », « Votre compagne montre-t-elle des signes d'irritation envers votre fille ? ». À la fin de l'audition, lorsque le policier demanda à Éric s'il avait quelque chose à ajouter, celui-ci se contenta de répondre :

— Je suis incapable d'expliquer d'où viennent les lésions de ma fille, je suis dans le néant total.

Éric et Émilie se retrouvèrent à l'accueil de la préfecture de police en début de soirée. Ils n'osèrent échanger que quelques mots. Avant que le policier qui l'avait interrogé ne reparte dans les étages, Éric l'interpella :

— Que va-t-il se passer maintenant ?

Le policier ne se retourna même pas pour répondre :

— Vous restez à notre disposition, nous devrions nous revoir très bientôt.

*

La nouvelle tomba deux jours plus tard : un énième examen médical pratiqué sur Alice établit que la plaque rouge sur son épaule gauche était le fait d'une brûlure thermique, provoquée par le contact d'un objet chaud, et que les ecchymoses sur son ventre étaient des morsures causées par une mâchoire adulte. Tout cela fut stipulé noir sur blanc dans un rapport médical officiel qui fut transmis le jour même à la brigade de protection de la famille de Paris : *game is over*.

Extrait du deuxième rapport d'expertise
concernant Mlle Émilie Champfleuri,
par le Dr Omar Smolikowski,
médecin psychiatre auprès de la cour

Discussion :

Mlle Émilie Champfleuri est examinée dans le cadre de l'affaire « mise en péril de mineur et violences volontaires sur mineur de moins de quinze ans par ascendant légitime ». Elle est suspectée, dans le cadre d'un syndrome de Münchhausen par procuration, d'actes de maltraitance sur sa fille. Elle prétend avoir découvert elle-même des lésions sur le bébé, dont elle affirmera plus tard devant un médecin qu'elles ressemblaient à des « morsures humaines ». Lors de son précédent examen par un médecin psychiatre, au cours de l'instruction pour le procès de première instance, Mlle Champfleuri avait déclaré qu'elle était inquiète qu'on puisse la soupçonner de maltraitance sans que cela transparaisse réellement dans son comportement (comme cela est stipulé dans le précédent rapport d'expertise). Elle avait également laissé transparaître, comme cela est aussi indiqué dans le précédent rapport d'expertise psychiatrique, une forme de paranoïa en relation avec des événements de son enfance sur lesquels elle était restée très évasive. Elle avait assuré que la naissance de sa fille n'était pas un accident, alors qu'elle avait dans le même temps affirmé qu'elle n'utilisait pas de moyen de contraception. Dans les propos tenus lors du précédent examen, elle pouvait sous-entendre qu'elle souhaitait utiliser l'enfant ou sa conception dans le but de retenir auprès d'elle l'homme dont elle désirait partager la vie. Elle a d'ailleurs reconnu qu'elle avait caché sa grossesse au départ à ses parents car elle craignait qu'ils ne l'admettent pas.

Malgré sa volonté de ne pas répondre aux questions lors du présent examen, et malgré son comportement violent, l'entretien ne démontre pas qu'elle souffre d'une pathologie psychiatrique de dimension aliénante. Nous n'avons pas constaté chez elle de troubles caractérisés de la personnalité. Lors des deux examens, elle n'a pas décrit de carence affective ou éducative, ni de comportement abandonnique.

D'après les pièces jointes au dossier, seule la maltraitance est retenue. D'après les analyses, il s'agirait d'une maltraitance particulière qui se déclinerait par l'intermédiaire de la médecine, sans que l'on retrouve forcément de raison clairement identifiée, en dehors peut-être d'une recherche d'attention. Dans cette optique, plusieurs éléments iraient dans le sens d'un syndrome de Münchhausen par procuration. L'examen ne révèle cependant pas de troubles psychiques de nature à atténuer sa responsabilité. Cela signifie que si le diagnostic d'un syndrome de Münchhausen par procuration est retenu – et l'on retrouve beaucoup d'éléments en ce sens –, il faudra alors se poser la question de la conscience altérée dans un tel syndrome, même si ce principe n'est habituellement pas retenu dans des cas similaires, l'infraction reprochée à Mlle Champfleuri ne pouvant être rapprochée de façon directe aux éléments cités.

Malgré son accès de colère au cours du présent examen, Mlle Champfleuri ne présente pas de dangerosité au plan psychiatrique. En revanche, elle présente un potentiel de dangerosité au plan criminologique devant le risque de récidive, si le diagnostic est retenu. Ce diagnostic est à la fois un diagnostic médical, mais aussi un diagnostic d'enquête. Nous formulons donc toutes les réserves d'usage face à ce concept de dangerosité criminologique comme étant un concept prédictif, multifactoriel et pluridisciplinaire. Si Mlle Champfleuri est reconnue coupable des faits dont on l'accuse, ne présentant pas de troubles cognitifs ou psychiatriques la gênant dans la compréhension, elle est accessible à une sanction pénale. La curabilité et la réadaptabilité passent par une prise en charge psychiatrique et médico-psychologique. Si elle est responsable des faits, après la reconnaissance de ceux-ci, cela doit aussi être élargi à une prise en charge mère-enfant dans une unité spécialisée, une guidance parentale et une aide éducative.

En l'état, l'absence de pathologies psychiatriques amène à conclure que son placement dans le cadre d'une hospitalisation sous contrainte ne s'impose pas. Il faudra cependant être vigilant au risque d'éclosion d'un état dépressif assorti d'idéation suicidaire lorsqu'elle sera amenée à admettre les faits, si elle en est responsable.

Fait à Paris, le XXX.

12

— Nous devons prendre un avocat en urgence. Appelle tes parents pour leur demander s'ils acceptent de nous prêter de l'argent !

— Pas maintenant !

Après leurs auditions respectives, le retour au domicile s'était révélé tendu. Émilie et Éric s'étaient tout d'abord réfugiés dans le silence avant de tenter de discuter de la démarche à suivre, pour finalement échouer à se comprendre. Et pour cause : chacun se situait à présent dans un univers diamétralement opposé à celui de l'autre. Éric pensait « labyrinthe judiciaire », « démarches administratives pour récupérer Alice », « principe de réalité ». Émilie, elle, était obnubilée par un obscur concept du nom de « syndrome de Münchhausen ».

Après quelques échanges houleux, elle laissa Éric en plan dans le salon, prit son ordinateur portable et partit s'enfermer dans la chambre d'Alice. Éric tambourina à la porte, mais Émilie ne lui prêta aucune attention. Elle brancha le PC et saisit dans le moteur de recherche les mots « syndrome de Münchhausen par procuration ». Près de vingt mille résultats s'affichèrent. Émilie se demanda comment il était possible qu'elle n'en eût jamais entendu parler. Pour elle, Münchhausen n'était que le nom du baron d'un film de Terry Gilliam, dont elle se rappelait à peine l'histoire. Elle ouvrit les pages Internet les unes après les autres, lisant attentivement chaque paragraphe pour être certaine de bien comprendre.

Elle commença par Wikipédia, qui lui apprit que ce syndrome était une dénomination utilisée pour désigner une forme grave de maltraitance : un adulte, le plus souvent la mère, inflige des sévices réguliers à son enfant avant de le conduire de manière répétée dans un service de santé afin de s'attirer de la compassion par son intermédiaire. Dès ces premières lignes, Émilie accusa le coup. Le nom avait été choisi en référence au baron de Münchhausen, militaire allemand du XVIIIe siècle à qui la légende attribue nombre d'exploits invraisemblables. Le symptôme en question fut défini par un pédiatre britannique, du nom de Roy Meadow, qui prétend en avoir diagnostiqué quatre cents cas. Émilie lut que les causes exactes du syndrome n'avaient pas été définies avec précision. Deux principales hypothèses ont été avancées par des psychanalystes : la première prétend que ce trouble du comportement serait un mécanisme de défense contre des pulsions sexuelles et agressives ; la seconde, qu'il s'agirait d'un moyen de se punir soi-même pour des raisons inconscientes. La présence chez les sujets de troubles de la personnalité ou de conflits familiaux serait considérée comme des facteurs de risque.

Une phrase marqua l'attention d'Émilie : « L'absence d'une réelle symptomatologie quand l'enfant est séparé du parent représente un élément majeur. » En clair, si les symptômes d'Alice disparaissaient lorsqu'elle n'était plus avec la mère, il pourrait bien s'agir d'un syndrome de Münchhausen par procuration. En plein dans le mille ! Plus loin, un autre passage lui fit l'effet d'une gifle : « Lorsque l'on constate une pathologie récidivante avérée ayant nécessité plusieurs hospitalisations, des examens complémentaires négatifs et des traitements sans succès, cela peut impliquer une manifestation de ce syndrome de la part du responsable parental. » En d'autres termes, si Alice est hospitalisée plusieurs fois pour lésions identiques mais que les médecins ne parviennent pas à définir leur origine, alors sa mère est certainement atteinte. Tout semblait correspondre.

La conclusion du paragraphe sonna comme un coup de grâce : « La mère biologique est le parent responsable dans la grande majorité des cas. » Émilie sentit une bouffée de chaleur lui monter au visage. « Ils n'avaient même pas besoin de faire appel à leur expérience médicale, il leur suffisait de lire Wikipédia pour me croire coupable », pensa-t-elle. En poursuivant ses recherches dans les archives de la presse, Émilie découvrit que plusieurs cas avaient fait l'objet d'une importante couverture médiatique. En 2014, une infirmière de trente-deux ans vivant en Moselle avait été condamnée à deux ans de prison avec sursis pour avoir injecté trois doses d'insuline à son enfant âgé de un an. Lors de son procès, cette femme avait juré qu'elle regrettait son geste, tout en assurant qu'elle ne voulait pas tuer son bébé.

En 2011, une mère de quarante-deux ans d'Aix-en-Provence a été acquittée par la justice alors qu'elle était accusée d'avoir fait absorber de la morphine à ses trois enfants, âgés de huit mois à trois ans. Juste après, elle les avait conduits à l'hôpital, où elle avait prétendu ignorer de quoi ils souffraient. En 2015, une Américaine de vingt-sept ans avait été condamnée à vingt ans de prison par un tribunal de New York pour avoir tué son fils de cinq ans en lui faisant ingurgiter de très grandes quantités de sel par sonde alimentaire.

Un autre cas intrigua particulièrement Émilie : une mère du Pas-de-Calais, âgée de trente-neuf ans, avait été condamnée en 2002 à huit ans de prison pour avoir empoisonné deux de ses enfants en leur injectant de l'insuline, provoquant la mort du plus jeune, âgé de cinq ans. Lors de l'instruction, il avait été établi que, rien qu'au cours des cinq années précédentes, cette femme avait fait hospitaliser ses enfants pas moins de soixante fois ! Lors du décès de son fils, lorsque les premiers soupçons apparurent, la mère tenta longtemps de nier sa responsabilité. Elle avait d'abord accusé une voisine, puis sa fille aînée, et enfin un autre de ses enfants. Sur les conseils de son avocat, la femme avait fini par reconnaître sa culpabilité mais s'était révélée incapable de livrer ses véritables motivations. En enquêtant sur son passé, les policiers découvrirent qu'une décennie plus tôt plusieurs de ses filles avaient également été hospitalisées pour des intoxications médicamenteuses. Les policiers apprirent aussi que, quelques années auparavant, son mari avait été incarcéré parce qu'un autre de leurs fils avait lui aussi été hospitalisé pour la même raison. Aucune accusation n'avait alors été portée contre la mère. Après tout, qui soupçonnerait une mère de vouloir tuer ses enfants ?

Émilie fut saisie par une constante : dans tous les cas répertoriés, les médecins, les assistantes sociales ou les éducatrices évoquaient chaque fois des « mères très aimantes qui sacrifient tout pour leurs enfants ». Chaque fois, les psychiatres avançaient les mêmes arguments de « femmes submergées par des problèmes affectifs ». Chaque fois, tous les spécialistes évoquaient des « êtres perdus prêts à rompre les amarres avec leur existence » ou des « femmes qui veulent prouver au monde leur dévouement et leur abnégation ». Certains avançaient la thèse que les personnes atteintes étaient frappées par la crainte de « n'être plus que des mères au lieu d'être des femmes ».

Émilie lut aussi avec attention, sur le site d'un magazine féminin, l'interview d'une trentenaire dont la mère était atteinte du syndrome. Celle-ci relatait son enfance passée dans les hôpitaux dès l'âge de six ans parce que sa mère trafiquait les résultats de ses analyses. Elle racontait comment, avant chaque consultation, sa mère la frappait au niveau des reins pour lui faire ressentir des douleurs.

Émilie referma toutes les pages ouvertes sur son écran. Sa conviction était faite : elle était persuadée que ce n'était pas possible, qu'elle ne pouvait pas être atteinte d'un tel syndrome. Elle le *saurait*, elle le *sentirait*, elle en aurait *conscience*. Et puis, après tout, aucun des cas cités ne mentionnait une mère qui aurait mordu ou frappé ses enfants. Cela laisserait trop de traces. Pourtant, Émilie n'oubliait pas non plus qu'elle avait lu sur des sites médicaux que « l'immense majorité des femmes atteintes refusent d'accepter le diagnostic de ce syndrome ». Elle avait même vacillé davantage lorsqu'elle lut la déclaration d'une femme à son procès, alors qu'elle était accusée d'avoir tenté de tuer ses enfants : « Je ne suis pas folle. J'ai mis au monde quatre enfants, j'ai souffert quatre fois. Vous pensez vraiment que je leur aurais donné la vie pour leur faire du mal ? Vous croyez vraiment que ce soi-disant syndrome de Münchhausen me serait tombé dessus comme ça, du jour au lendemain ? Je n'ai jamais empoisonné mes enfants et je ne les empoisonnerai jamais ! »

Émilie avait relu une deuxième fois cette déclaration, en s'arrêtant sur chaque mot. Lorsqu'elle eut éteint l'ordinateur, ces mots revinrent la hanter. Elle détourna la tête et fixa le berceau vide d'Alice. C'était comme si le soleil avait disparu à tout jamais.

*

Le lendemain, Émilie accepta d'entendre la position d'Éric. Elle l'écouta attentivement, émit quelques réserves mais finit par reconnaître qu'il avait raison : ils devaient engager un avocat pour les défendre face aux accusations qui devraient très vite évoluer vers des poursuites judiciaires. Un argument la convainquit définitivement : « Si nous restons passifs, nous allons perdre la garde d'Alice. »

Émilie ne dit rien à Éric à propos du syndrome de Münchhausen. Elle se doutait qu'il finirait par découvrir la piste privilégiée par les médecins mais n'eut pas le courage de le lui avouer elle-même. Elle savait que, dès qu'Éric l'apprendrait, il comprendrait que les soupçons ne portaient pas sur les deux parents mais uniquement sur elle, et elle craignait par-dessus tout qu'Éric ne finît par y croire lui aussi. À partir du moment où il apprendrait la vérité sur les soupçons, elle en était certaine, Éric ne la verrait plus que comme la cause de tous leurs malheurs. À ses yeux, elle ne serait plus celle qu'il aime, ni la mère de sa fille, seulement une malade, une folle capable des pires manipulations. Émilie savait que cela finirait par arriver, mais elle voulait à tout prix repousser ce moment fatidique où il n'y aurait plus de « nous face aux épreuves » mais seulement un « elle sur le banc des accusés ».

Émilie savait pourtant que la menace se rapprochait, même si elle craignait que la réalité ne fût pire encore que ce qu'elle imaginait jusqu'à présent. Il lui fallait bien l'admettre, il n'existait plus à ce stade que deux possibilités : soit un individu s'introduisait chez eux lorsqu'elle dormait pour faire du mal à Alice, soit elle devait commencer à s'interroger sur elle-même.

Éric imposa à Émilie de prévenir ses parents le plus vite possible. Son opiniâtreté reposait sur une simple logique utilitaire : il savait qu'ils auraient besoin d'une aide financière pour engager un avocat compétent, et sa propre mère ne disposait pas des fonds suffisants pour leur venir en aide. Éric avait déjà tout prévu : il avait expliqué à Émilie qu'il connaissait une avocate qui pourrait s'occuper de leur affaire, une cliente de la salle de sport avec qui il avait sympathisé. Il avait précisé qu'elle était plutôt jeune, et sans doute inexpérimentée, mais qu'elle ne devrait pas demander des honoraires trop élevés.

— Tu penses que nous pouvons lui faire confiance ? s'enquit Émilie, dubitative.

— Elle a l'air un peu perchée, mais elle m'a parlé de quelques affaires qu'elle avait défendues et gagnées.

Émilie, de plus en plus perplexe, ne dit rien. Elle ne voulut pas perdre plus de temps à discuter des compétences de cette inconnue, ni de l'incapacité d'Éric à juger de ce qu'était un bon avocat.

Dans la minute qui suivit, elle téléphona à son père et lui annonça qu'elle devait lui parler au plus vite. Inquiet, Charles lui donna rendez-vous en fin d'après-midi. Émilie et Éric se retrouvèrent sur le même canapé que lors des présentations initiales qui, un an et demi plus tôt, avaient viré au fiasco. Sur les mêmes fauteuils qu'ils occupaient alors, Charles et Mathilde leur faisaient face. Cette fois, pas de jus d'orange ni de discussions sur la météo. Charles comprit que l'heure était grave sitôt qu'il aperçut le teint blafard de sa fille.

Éric parla le premier. Sans aucune gêne face à ses beaux-parents, qu'il avait pourtant l'habitude de fuir dès qu'il en avait l'occasion, il relata les faits depuis la deuxième hospitalisation d'Alice. Charles tomba des nues, Mathilde perdit son flegme habituel. L'un et l'autre en étaient restés à des lésions sans gravité, considérant qu'Émilie en faisait un peu trop dans son inquiétude pour son bébé. Cette fois, ils comprirent.

Lorsque Éric leur annonça qu'Émilie et lui avaient été auditionnés par la police et qu'une enquête était en cours pour savoir s'ils n'étaient pas les auteurs des lésions, Charles ne put s'empêcher de se lever et de proférer une suite de jurons. Mathilde vint s'asseoir à côté d'Émilie sur le canapé et lui prit la main. Émilie n'était pas habituée à de telles expressions de réconfort de la part de sa mère. Son geste la bouleversa encore un peu plus. Charles demanda à Éric s'il savait quand aurait lieu leur prochaine convocation par la police, mais il l'ignorait. Éric n'eut même pas besoin de mentionner le fait qu'ils avaient besoin d'un avocat. Sans rien dire de ses intentions, Charles quitta le salon pour aller passer un coup de téléphone dans la chambre.

*

Si le père d'Émilie avait tout de suite pris conscience de la gravité des événements, il refusait d'abdiquer sans combattre. De par son expérience professionnelle, il savait que l'issue d'une procédure judiciaire, quelle qu'elle soit, ne dépend pas seulement de l'innocence ou de la culpabilité des personnes mises en cause. Il avait déjà vécu des accusations de détournements de fonds contre sa société et avait lui-même porté plainte à deux reprises contre des élus, après des appels d'offres truqués. Il avait parfois obtenu gain de cause avant de perdre en appel ; d'autres fois, il avait remporté la victoire à la faveur d'un banal vice de procédure.

Charles Champfleuri ne comptait pas parmi les cyniques, mais il avait depuis longtemps perdu une bonne partie de ses illusions sur la nature humaine. Or, dans le système judiciaire comme ailleurs, la nature humaine joue un rôle non négligeable. Bien évidemment, Charles croyait dur comme fer en l'innocence de sa fille. L'idée que celle-ci eût pu faire du mal à son propre enfant ne l'effleurait même pas. Pour autant, il savait que cette vérité ne serait pas aussi manifeste aux yeux des policiers qui menaient l'enquête, ni à ceux des magistrats qui prendraient le relais. Émilie aurait beau proclamer sa bonne foi, elle ne disposait d'aucun élément de preuve pour faire pencher la balance en sa faveur, et Charles le savait.

Pour remporter la partie, il fallait avoir du jeu. Et dans la vie, contrairement au poker, les bonnes cartes peuvent s'acheter. Avec ses moyens et son entregent, Charles pouvait engager un ténor du barreau. Il ne lui fallut que quelques secondes pour décider sur lequel son choix allait se porter. Pas celui à qui il portait le plus d'estime, ni celui qui défendait les plus belles causes. Charles avait préféré contacter celui qui était capable des artifices les plus ahurissants pour remporter un procès, le roublard le plus expérimenté du Palais de Justice, le supercrack : William Granier.

Quiconque suivait de près ou de loin l'actualité judiciaire ne pouvait l'ignorer, Me Granier n'aimait rien tant que les causes désespérées. Depuis le début de sa carrière, il avait bâti sa réputation lors de procès complexes, dont l'issue était chaque fois considérée comme perdue d'avance. Dans la majorité des cas, il était parvenu à ses fins. Dans les autres, il avait limité la casse. Capable d'inverser les vérités établies par des tours de passe-passe judiciaires dont lui seul avait le secret, il connaissait le code pénal mieux que quiconque et savait donner à chacun des articles l'interprétation qui servirait sa cause. À l'audience, lorsqu'il démontait une à une les accusations de l'instruction, il distillait toujours dans l'esprit des jurés une part de doute suffisante pour renverser les certitudes.

Granier avait beau approcher les soixante-dix ans, il rajeunissait dès qu'il enfilait la robe. Certes, nombre de ses confrères raillaient ses effets de manches grandiloquents d'une autre époque, mais aucun n'aimait se retrouver face à lui. L'affaire d'Émilie serait certes bien moins médiatisée que celles qu'il traitait habituellement, mais il se rattraperait sur ses honoraires… C'est du moins ce qu'il semblait penser lorsqu'il se retrouva face à Charles, Émilie et Éric dans son cabinet du boulevard Haussmann.

Émilie connaissait la formule prêtée à Talleyrand : « Méfiez-vous de la première impression, c'est souvent la bonne. » Et, dans le cas de Granier, son sentiment initial ne fut guère enthousiaste. L'avocat avait certes montré un certain allant, en se levant de son fauteuil de bureau pour venir serrer la main de Charles. Mais, aussitôt après, il avait salué Émilie et Éric sans même les regarder. Lorsqu'ils s'étaient tous assis autour d'une petite table pour discuter de l'affaire, il était devenu évident que le maître des lieux n'adressait la parole qu'au père d'Émilie, sans doute le seul à ses yeux qui s'exprimât dans la même langue que lui. Les parents d'Alice avaient beau être les premiers concernés par l'instruction à venir, ils n'étaient pour lui que des gamins bons à faire de la figuration, et non des interlocuteurs dignes de s'exprimer.

À plusieurs reprises, Éric tenta de prendre la parole en insistant sur l'impossibilité pratique qu'Alice eût pu être maltraitée par Émilie ou par lui-même. Chaque fois, l'avocat balayait d'un revers de main ses propos et reprenait la parole en s'adressant à Charles. Pour autant, le mépris qu'il affichait à leur encontre n'était pas ce qui exaspérait le plus Émilie. Pour elle, le pire était sa propension à ne jamais aborder la seule question qui lui semblait cruciale : avait-elle, oui ou non, commis ce dont elle était accusée ?

Grand, élancé, un tantinet décharné, l'avocat ressemblait à l'un de ces aristocrates fin de race qu'Émilie avait parfois croisés dans les pince-fesses où son père la traînait. Avec son accent guindé et sa chevalière au doigt, il incarnait le parfait anachronisme social où la suffisance le dispute à la négation d'autrui. Sachant que l'heure était trop grave pour se laisser aller à ses émotions, Émilie prenait sur elle pour ne pas implorer son père de quitter les lieux sur-le-champ. Bon gré mal gré, elle parvint à tenir près de deux heures, jusqu'à ce que William Granier prononçât la marque d'amoralité de trop :

— Il existe un certain nombre de jurisprudences sur lesquelles nous pourrions nous appuyer. Bien évidemment, nous devrons aussi prendre en compte la dimension émotionnelle de l'affaire. Votre fille et votre gendre devront apparaître comme des parents idéaux, quitte à en faire un peu trop.

Ce ne fut pas la bassesse du propos qui déclencha l'écœurement d'Émilie. Ce ne fut pas non plus l'expression d'un cynisme inouï, ni même le ton trop sûr de lui. Ce qui fit exploser sa rage intérieure, ce fut le petit ricanement qui ponctua sa phrase. Il ne s'agissait pas d'un rire destiné à détendre l'atmosphère, ce qui n'eût été alors qu'une maladresse dont sont coutumiers les individus les plus narcissiques pour qui les pires malheurs des autres ne sont que de banales péripéties. Non, il s'agissait bien d'un ricanement qui se voulait complice, un signe de connivence qui signifiait : « Nous nous comprenons, je sais quelle est la vérité et cela ne me dérange pas. »

Pour Émilie, ce sous-entendu dissimulait la pire des insultes à son égard : il prenait acte de sa culpabilité. Elle perçut que ce qu'elle avait pris jusqu'alors pour de l'indifférence de la part de l'avocat dissimulait en réalité la certitude qu'elle avait commis ce dont on l'accusait. Cet homme ricanant, qui se tenait en face d'elle, était lui aussi animé par la conviction qu'elle avait frappé ou mordu la chair de sa chair ! Cet homme ne la considérait que comme une dangereuse psychopathe, à qui il devait éviter la prison ou l'asile en échange d'argent. Cet homme était prêt à la défendre, mais comme il aurait défendu les pires criminels.

D'un coup, tous les efforts d'Émilie pour se maîtriser volèrent en éclats. D'un coup, tous les arguments qu'elle ressassait pour se convaincre de se montrer raisonnable furent réduits à néant. Elle ne tourna même pas la tête pour observer la réaction d'Éric, elle ne plongea même pas son regard dans celui de son père pour sonder son esprit. Elle ne demanda la permission à personne pour se lever d'un geste et annoncer à l'avocat :

— Je suis désolée que nous vous ayons fait perdre votre temps, mais nous avons commis une erreur en nous adressant à vous. Restons-en là !

Telle une vierge outragée, Émilie s'avança vers la porte. Estomaqué par tant d'aplomb, William Granier se révéla incapable de la moindre réaction. Tout comme Éric, qui préféra se tourner vers Charles pour avoir une idée de l'attitude à adopter. Le père d'Émilie bredouilla quelques mots d'excuses et se leva précipitamment pour rattraper sa fille. Il la rejoignit dans le couloir de l'immeuble, alors qu'elle appelait l'ascenseur.

— Qu'est-ce qui te prend ? demanda-t-il d'une voix haletante.

Émilie tourna la tête vers lui mais ne trouva rien à répondre. Lorsque les portes de l'ascenseur s'ouvrirent devant eux, elle avança d'un pas pour y entrer, mais son père la retint par le bras.

— Qu'est-ce qui te prend ? répéta-t-il d'un ton plus agressif. Tu crois qu'il s'agit d'un jeu ? Tu crois que nous avons du temps à perdre ?

Émilie ravala un sanglot avant de répliquer d'une voix mal assurée :

— Il me croit coupable. Ils me croient *tous* coupable.

Charles resserra ses doigts sur le bras de sa fille :

— Alors nous devons nous battre pour leur prouver la vérité.

Émilie n'osa pas dire à son père les quelques mots qui affleuraient à ses lèvres. Cette phrase si simple à prononcer, mais qui détruirait ses derniers espoirs que son innocence fût reconnue. Elle ne trouvait pas la force de formuler à voix haute cette question qui revenait sans cesse dans son esprit sans qu'elle pût l'en chasser :

« Et si la vérité n'était pas celle que nous croyons ? »

Le soleil se cache...

Émilie marchait dans la rue sans but depuis qu'elle avait quitté la préfecture de police. Elle s'était vu notifier la fin de sa garde à vue peu de temps après l'annonce de sa mise en examen et son placement sous contrôle judiciaire. Mais ce n'était pas le plus important. Dans les heures précédentes, son existence entière avait de nouveau basculé. Elle aurait dû y être habituée. Depuis plusieurs semaines, les tsunamis s'étaient succédé, faisant fondre sur elle les peurs les plus viscérales : elle avait dû affronter les craintes pour la vie de son enfant, les soupçons pour le plus abject des crimes, le rouleau compresseur de la machine judiciaire dans ce qu'elle a de plus inhumain, et on lui avait retiré l'être qu'elle aimait le plus au monde. Elle avait laissé ses illusions s'envoler sans tenter un geste pour les retenir. Elle avait vu ses espoirs piétinés un à un par des individus qui lui crachaient au visage. Elle avait perdu la foi en la vie en même temps que la confiance en l'avenir. Elle s'aperçut cependant que, même lorsque l'on croit toucher le fond, on découvre parfois que le sol possède encore quelques chausse-trappes.

Émilie n'avait pas vu venir le coup de grâce, celui qui tranche les derniers fils qui vous rattachent à quelque chose. Cette fois, même ses anciennes certitudes avaient été broyées. Même sa perception de son propre passé venait d'être pulvérisée. Tout ce qu'elle avait cru être n'était plus, sa représentation de sa vie était comme annihilée. Durant sa garde à vue, elle avait subi l'une de ses absences. Elle était partie loin, comme cela lui était déjà arrivé par le passé. Les autres fois, elle était revenue comme vierge de cet exode hors d'elle-même. Elle avait regagné le réel sans la moindre trace des rivages inconnus où son esprit s'était enfui.

Mais, cette fois, elle n'était pas revenue seule, elle avait ramené des images avec elle. Des images qui l'avaient foudroyée. Elle n'avait pas pu les garder pour elle. Elle s'était crue obligée de se confier à cette policière qui l'interrogeait, cette femme qui semblait avoir conservé une part d'humanité là où les autres la perdaient. Émilie lui avait confié ce qui pesait sur sa conscience et elle était convaincue que la policière l'avait comprise. Et, à présent qu'elle avançait sur le trottoir sans savoir où ses pas la guidaient, les images revenaient encore une fois.

Elle se revoyait à neuf ans. Elle se revoyait repliée sur elle-même, dans un coin du salon, utilisant ses bras comme un bouclier au-dessus de sa tête pour contrer les coups. Elle revoyait ce petit chien dont elle avait oublié l'existence. Surtout, elle entendait de nouveau la voix, cette voix qui hurlait si fort qu'elle en tressaillait jusqu'au plus profond de ses entrailles. La voix avait donné un coup de pied au chien pour qu'il ne puisse pas protéger la petite fille qu'elle était. La voix avait ensuite pu s'approcher d'elle pour la saisir par les cheveux et la traîner par terre. Les images défilaient de nouveau dans sa tête, mais cette fois elle n'était plus *ailleurs*. Elle était capable de les visualiser tout en demeurant consciente. Elle était capable de se *souvenir*. Elle se souvenait que tout son corps tremblait. Elle se souvenait qu'elle tentait désespérément de crier mais qu'aucune tonalité ne sortait de sa bouche. Elle se souvenait qu'elle essayait de s'agripper à quelque chose lorsque la voix la traînait sur le sol. Elle se souvenait de toutes les injures que la voix lui jetait au visage. Elle se souvenait qu'un coup de pied l'avait atteinte au ventre. Elle se souvenait de la pointe de la chaussure qui lui coupa le souffle. Elle se souvenait du deuxième coup de pied qui l'avait atteinte au thorax. Elle se souvenait que son corps tout entier tremblait de douleur. Elle se souvenait du dernier coup, celui qui s'abattit sur son crâne et lui fracassa les dents contre le sol au point de lui faire perdre connaissance. Elle vit encore la main fendre l'air pour s'abattre sur elle. Cette main gantée de noir qu'elle connaissait si bien.

13

Émilie avait échoué à convaincre son père que Me Granier n'était pas l'homme de la situation. Après leur rendez-vous qui s'était conclu par son départ précipité, elle avait retrouvé Charles et Éric dans un café en bas de l'immeuble. Elle n'avait pas été capable de leur exposer les véritables raisons qui la poussaient à vouloir changer d'avocat, mais elle en avait inventé d'autres : sa réputation sulfureuse auprès des magistrats, les risques qu'il néglige une affaire qui lui paraîtrait trop futile comparée à celles qu'il traitait d'ordinaire, la nécessité d'apparaître humble face à la justice plutôt que de se présenter avec l'un des avocats les plus médiatiques de France. Charles avait écouté Émilie avant de balayer un à un tous ses arguments. La jeune femme sentait qu'il faisait des efforts pour conserver son sang-froid, mais elle connaissait suffisamment son père pour savoir qu'il était au bord de l'explosion.

Éric les avait longuement laissés parler sans intervenir, avant d'émettre de nouveau l'idée d'engager l'avocate qu'il avait rencontrée à son club de sport. Charles demanda sur quels types de dossiers celle-ci travaillait, puis prit un air consterné lorsque Éric lui répondit qu'il n'en savait rien.

— Vous avez besoin d'un vrai professionnel, insista-t-il. Granier ne vous plaît peut-être pas, mais il compte parmi les meilleurs avocats en exercice.

— Je veux rencontrer l'avocate dont parle Éric, répliqua Émilie d'une voix ferme.

Charles leva les yeux au ciel.

— Alors rencontrez-la le plus vite possible car vous n'allez pas tarder à être de nouveau convoqués par la police. Et là, vous aurez besoin d'un avocat, et d'un bon !

*

Le rendez-vous fut organisé le lendemain en fin de matinée avec Me Laura Bastien. Éric avait trouvé ses coordonnées dans son fichier clients et l'avait aussitôt appelée. Première surprise : l'avocate leur indiqua qu'elle les recevrait à son domicile, qui lui servait de bureau. Elle leur ouvrit la porte en survêtement, avec un visage qui portait encore les traces de son oreiller. Émilie n'en revenait pas. La jeune femme avait dans les trente ans, mais elle en faisait dix de moins. Petite blondinette au nez pointu, elle était plutôt jolie dans son genre, du moins si l'on est sensible au charme des gamines mal élevées. Très à l'aise, elle accueillit ses hôtes avec un large sourire :

— Désolée pour ma tenue, je me réveille à l'instant ! se sentit-elle obligée de préciser.

Éric et Émilie la suivirent dans son salon.

Nullement gênée par le capharnaüm ambiant, la jeune femme semblait chercher quelque chose du regard. Elle finit par trouver son paquet de cigarettes sur une étagère, en prit une et l'alluma avec le Zippo posé à côté.

— Je peux vous offrir un café ? demanda-t-elle après avoir tiré une bouffée.

Abasourdis, Éric et Émilie répondirent d'une même voix par la négative.

— Eh bien, moi, je vais m'en faire un, sinon je risque de ne pas être efficace, lança-t-elle en achevant sa phrase d'un petit rire aigu.

Elle revint dans le salon quelques minutes plus tard avec une tasse dans une main, sa cigarette dans l'autre.

— Je n'ai pas très bien compris les tenants et aboutissants de votre affaire, dit-elle en se laissant tomber dans le fauteuil en face du canapé où se tenaient Éric et Émilie.

Tentant de maîtriser son trouble, Émilie se lança dans un résumé des événements des dernières semaines. Laura l'écouta sans l'interrompre. Lorsque Émilie eut terminé son propos, l'avocate s'alluma une deuxième cigarette et souffla une volute de fumée avant de lâcher :

— C'est très intéressant !

Émilie ne savait pas si elle devait rire ou pleurer. Elle s'apprêtait à faire un signe à Éric pour qu'ils quittent les lieux, mais Laura reprit la parole :

— La vérité finira par triompher, mais parfois cela met beaucoup de temps.

Émilie fut troublée. Elle ne saisit pas ce que voulait dire l'avocate : s'agissait-il d'une simple banalité visant à les réconforter, ou bien elle aussi les mettait-elle en cause ? Ne sachant pas comment le lui demander, elle s'adressa à elle frontalement :

— Vous croyez en notre innocence ?

Émilie avait utilisé l'adjectif possessif « notre », mais elle pensait « mon innocence ». Elle avait posé la question comme on réclame de l'aide, avec une once de tristesse dans la voix. Elle attendit la réponse de Laura avec l'espoir qu'enfin un être humain lui accorde le droit de continuer à croire qu'elle n'avait pas commis ce dont on l'accusait. Peu importe que l'être humain en question ne fût qu'une demi-timbrée qui recevait des clients potentiels en jogging.

Elle avait besoin d'être crue par quelqu'un, n'importe qui ferait l'affaire.

Laura tira longuement sur sa cigarette, comme si elle se donnait le temps de la réflexion. Elle fixa Émilie avec une intensité qui ne correspondait pas au personnage excentrique qu'elle donnait à voir. Pour quelques secondes, les traits de son visage semblaient même se métamorphoser, au point qu'elle donna l'illusion qu'une autre personne prenait le contrôle de son esprit. Laura souffla la fumée avec application puis lâcha un « Oui » presque solennel. L'instant d'après, comme si la parenthèse se refermait, elle reprit sa petite voix aiguë et sa mine puérile pour annoncer :

— Cette affaire me passionne déjà ! Je vous laisse réfléchir sur le choix de votre avocat, mais je dois vous laisser partir parce que je dois être au Palais dans deux heures pour plaider.

Comme Éric sortait de l'immeuble, son téléphone se mit à sonner. Émilie eut le temps de voir le nom qui s'affichait sur l'écran : « Lucie ». Lorsque lui aussi l'aperçut, Éric remit le portable dans sa poche sans décrocher.

— Qui est Lucie ? demanda Émilie sans animosité.

— Lucie, ton ancienne copine. Je l'ai revue à la salle de sport et nous avons échangé nos numéros.

Émilie écarquilla les yeux.

— Tu es en contact avec elle ? Mais vous vous connaissiez à peine ! Pourquoi tu ne m'en as pas parlé ?

Éric poussa un profond soupir et jeta un regard agacé à Émilie :

— Tu crois que c'est le moment de me faire une crise de jalousie ?

*

Malgré la gravité des événements, qui eût mérité une union sacrée, la question du choix de l'avocat déclencha entre Émilie et son père un houleux conflit auquel Éric ne tarda pas à se mêler. Après avoir écouté le compte rendu de l'entretien avec Laura Bastien, Charles décréta que l'embauche de Me Granier ne souffrait plus aucune contestation. Émilie s'y refusa. Elle n'était toujours pas capable d'exposer ses raisons, mais elle s'obstina dans son opposition. Charles se mit à hurler sur sa fille, ce qui était très inhabituel chez lui. Émilie ne se laissa pas impressionner. Elle lui répondit d'une voix cinglante :

— C'est moi qui suis mise en cause, pas toi ! Ton aide est la bienvenue, mais je ne te laisserai pas prendre les décisions à ma place.

Charles finit par quitter l'appartement de la rue Saint-André-des-Arts en claquant la porte. Quelques heures plus tard, il envoya un SMS à Émilie lui demandant de bien réfléchir, qu'il conclut par « Je t'embrasse, ma chérie ». Éric, lui non plus, ne comprenait pas l'entêtement d'Émilie à refuser d'engager Granier. S'il avait cru auparavant que Laura Bastien pouvait faire l'affaire, l'entrevue chez elle l'avait fait changer d'avis.

— C'est toi qui avais proposé de la prendre ! lui rappela Émilie.

— C'était avant de me retrouver avec une folle en jogging en face de moi ! répliqua Éric en tentant de conserver son sang-froid.

Émilie peinait à se faire entendre car elle-même ne savait pas ce qui la poussait à préférer une hurluberlue dont elle ne savait rien des compétences en droit à un grand professionnel dont nul n'ignorait le pedigree. Ou plutôt, elle le savait trop bien : la première lui avait dit qu'elle croyait en son innocence, quand le second avait laissé entrevoir le contraire. L'argument ne pesait sans doute pas bien lourd, mais Émilie ne pouvait se raccrocher qu'à ce fil.

Deux jours plus tard, lorsque Éric revint à la charge, Émilie craqua : elle se mit à hurler et saisit tout ce qu'elle avait à portée de main pour le lui jeter au visage. Elle saisit même les livres d'une rangée de l'étagère pour les lui lancer un à un. Éric esquiva les projectiles du mieux qu'il put puis tenta de s'approcher d'Émilie pour la prendre dans ses bras. Elle le repoussa avec toute la force dont elle était capable et décampa de l'appartement en courant. Elle courut en remontant la rue Saint-André-des-Arts jusqu'à la fontaine Saint-Michel, elle continua de courir droit devant elle en empruntant la rue Hautefeuille, puis s'arrêta à bout de souffle au croisement du boulevard Saint-Germain. Elle haletait si fort que les badauds s'arrêtaient pour la dévisager. Sans s'en rendre compte, Émilie se laissa tomber par terre et s'assit sur le trottoir en s'appuyant le dos contre le mur. Un homme âgé s'approcha pour lui proposer son aide, mais elle hurla et il s'empressa de faire marche arrière.

Émilie avait si chaud aux joues qu'elles lui donnaient l'impression d'être en feu. Elle peinait à reprendre une respiration normale, sentant son cœur battre si fort dans sa poitrine qu'elle se demanda si elle n'allait pas faire un infarctus. Elle allongea ses jambes sur le trottoir et prit sa tête dans ses mains. Elle savait que, même en courant le plus loin possible, elle n'échapperait pas à cette horreur qui l'ensevelissait. Elle resta près d'une heure sur ce trottoir, assise par terre, le visage ruisselant et les cheveux poisseux. Elle se moquait de l'image qu'elle donnait. Elle se moquait de tout. De presque tout.

*

Lorsqu'elle regagna l'appartement, Éric l'attendait, assis dans le salon. Il ne dit pas un mot lorsqu'elle franchit la porte, puis gagna la salle de bains. Elle commença à se déshabiller pour prendre une douche. Éric entra. Elle savait qu'il attendait une parole d'elle, une excuse sans doute, mais elle n'en avait pas la force. Elle tourna le robinet d'eau chaude et se laissa asperger par le jet. Éric demeura en silence en face d'elle, le dos appuyé au mur. Émilie le connaissait bien, elle savait qu'il était en train de chercher ses mots. Elle ferma le robinet, sortit de la cabine de douche et prit la serviette pendue au mur. Elle se frotta énergiquement puis sortit de la salle de bains pour se rendre dans la chambre.

Éric la suivit cette fois encore, toujours sans prononcer un mot. Elle ouvrit sa penderie et saisit un pull qu'elle enfila à même la peau avant d'attraper une culotte et le premier jean suspendu sur un cintre. Éric se rapprocha jusqu'à se coller à elle par-derrière. Elle se laissa enlacer, elle était prête à faire la paix, ne serait-ce que pour ne pas avoir à batailler encore. Éric l'embrassa sur la nuque, puis la serra plus fort.

— Nous devons être ensemble si nous voulons avoir une chance de nous en sortir, lui dit-il en en faisant un peu trop.

Il l'embrassa de nouveau puis la retourna délicatement pour qu'ils se retrouvent face à face. Émilie n'opposa aucune résistance, elle se laissa manier comme une poupée de chiffon. Éric lui sourit, mais son sourire semblait faux. Émilie sentit venir le mauvais coup. Elle connaissait l'ensemble des variations des sourires d'Éric et leurs significations précises. Elle savait reconnaître lorsqu'il s'apprêtait à lui annoncer une mauvaise nouvelle ou lorsqu'il cherchait à se faire pardonner. Elle savait lorsqu'il avait mauvaise conscience ou quand il la prenait pour une imbécile. Et le sourire qui se dessinait sur son visage à cet instant était une synthèse de ceux-là. Éric hésita encore une poignée de secondes puis lâcha la phrase qu'il venait sans doute de se répéter une dizaine de fois dans sa tête. Une phrase dont chaque mot était trop articulé pour être spontané :

— Il faut que nous parvenions à tout nous dire.

Éric se mit à caresser les cheveux mouillés d'Émilie d'un geste qui se voulait tendre. Émilie ne broncha pas. Elle venait de sentir sombrer la dernière parcelle de son être qui n'était pas encore noyée dans la souffrance. En un instant, elle comprit le sens du mot « naufrage », la signification de « perdre pied » et connut la sensation d'étouffer intérieurement. Éric continuait de parler. Il eût pu dire n'importe quoi, elle ne l'entendait plus. Elle ne sut même pas d'où provenaient les mots qui sortirent de sa propre bouche lorsqu'elle lui dit :

— Va-t'en.

Éric parla encore, mais il comprit assez vite qu'il était devenu inaudible. Elle le laissa faire lorsqu'il l'embrassa sur la joue. Elle le laissa remplir un sac avec quelques vêtements et enfiler son blouson. Elle ne l'entendit toujours pas lorsqu'il lui dit :

— Je serai chez ma mère. Appelle-moi dès que tu voudras que l'on parle.

Et elle n'eut aucune réaction lorsqu'il claqua la porte. Elle resta là, c'est tout.

*

— Tu sais qu'elle m'a déjà mordu jusqu'au sang en Martinique, lança Lucie sur un ton faussement compatissant.

Éric la fixa un moment, sans répondre. Dans sa tête, des pensées contradictoires se bousculaient. Émilie était-elle vraiment malade au point de maltraiter leur fille ? Non, ce n'était pas possible. Il l'aurait senti.

Lucie lui caressa la joue. Elle était passée à la salle de sport et avait vite appris, par les rumeurs qui circulaient, la situation du jeune couple. Habilement, elle avait su tirer les vers du nez d'Éric, qui semblait comme soulagé de s'épancher auprès d'une oreille qu'il pensait amie. Lucie n'avait pas tardé à comprendre que les soupçons pesaient sur Émilie. Quelle occasion rêvée de prendre enfin sa revanche sur son ancienne amie !

Sournoisement, Lucie essayait d'instiller le doute dans l'esprit du jeune homme, jusqu'à le persuader que sa femme était coupable. Après tout, elle était certainement coupable. Son désir de se faire remarquer et d'attirer l'attention l'aurait conduite aux pires horreurs.

Lucie pensait que sa vengeance serait ensuite totale lorsque, sous prétexte de le réconforter, elle séduirait Éric et l'enlèverait à sa rivale.

— Tu sais que je suis certainement celle qui connaît le mieux Émilie, reprit Lucie, tout en continuant de caresser la joue d'Éric d'une manière de plus en plus coquine.

Le jeune homme demeurait immobile et silencieux, comme hypnotisé par un serpent venimeux.

— C'est vraiment une fille extraordinaire, mais parfois les gamines gâtées peuvent avoir des comportements étranges, persifla-t-elle.

Tout en parlant d'une voix feutrée, elle s'était rapprochée d'Éric et commençait à lui porter des baisers sur le cou puis à lui mordiller le lobe de l'oreille avant de la titiller de sa langue.

Éric perçut comme un frémissement, une décharge, mais ce n'était pas du plaisir. Il se leva d'un bond. Il venait de comprendre que cette petite garce essayait de l'envoûter pour le monter contre Émilie.

— Va-t'en et ne remets jamais les pieds à la salle de sport.

Il laissa un billet sur la table et sortit sans se retourner.

Désormais, plus rien ni personne ne se mettrait en travers de son chemin, fût-il de croix.

*

Sept jours s'étaient écoulés depuis l'intervention policière pour récupérer Alice à l'appartement de la rue Saint-André-des-Arts. Un courrier avait été adressé au domicile d'Émilie et Éric pour les convoquer à la brigade de protection de la famille de Paris, à 10 heures précises. Émilie ne s'y était pas rendue. Elle était restée toute la journée allongée sur le canapé, dans un état proche du coma, comme elle l'avait fait les quelques jours précédents.

Le lendemain, la sonnette retentit dans l'appartement. Émilie l'entendit mais resta prostrée sur le canapé. Plusieurs minutes s'écoulèrent avant qu'elle entendît frapper à la porte. Alors, seulement, elle se leva péniblement et marcha comme un zombie dans le couloir de l'appartement. D'une main hésitante, elle ouvrit la porte. Elle reconnut d'abord la policière qui était venue chercher Alice. Elle prêta à peine attention aux deux hommes qui l'accompagnaient. Elle entendit comme un écho lorsque ceux-ci récitèrent quelque chose, mais cela lui semblait trop irréel pour y croire. Elle ne retint qu'une phrase, la seule prononcée par la policière :

— Mademoiselle Champfleuri, veuillez nous accompagner à la préfecture de police. À partir de cette minute vous êtes placée en garde à vue.

Quelques années plus tôt...

Charles attendit la fin du bulletin d'informations de France Inter avant de descendre de sa voiture. Chirac venait de nommer Villepin à Matignon en remplacement de Raffarin. Depuis deux jours, les pronostics allaient bon train sur le nom du futur Premier ministre. Après l'échec du référendum sur le projet de constitution européenne du dimanche précédent, l'Élysée devait donner un signe politique fort à travers cette nomination. Au bureau, les collaborateurs de Charles avaient parié à cinquante-cinquante entre Alliot-Marie et Villepin. Charles, lui, n'avait qu'une crainte : que Douste-Blazy se retrouve à Matignon. Il l'avait rencontré à plusieurs reprises dans le cadre de ses activités professionnelles et avait été effaré par sa légèreté. Villepin, lui, semblait capable de « faire le job ».

Dans la perspective du renouvellement du contrat de la société de Charles avec l'Otan, il lui était nécessaire que la France bénéficie d'une image sérieuse sur la scène internationale. « Avec Villepin, ça devrait coller », se dit-il intérieurement. Lorsque le flash laissa place à la météo, Charles coupa l'autoradio et descendit du véhicule. Il traversa le parking, sa sacoche à l'épaule, en se demandant quelle excuse il pourrait trouver pour ne pas se rendre à la réception assommante qui l'attendait ce soir.

Dans l'ascenseur, Charles se demanda si Émilie était parvenue à terminer son problème de maths au sujet duquel elle l'avait appelé au bureau dans l'après-midi. Il s'en voulait d'avoir bâclé son explication, mais il avait trop de travail pour lui accorder plus de temps. Le programme de CM1 de sa fille lui paraissait encore largement à sa portée, mais il n'était pas très doué pour lui détailler des logiques de calcul.

Arrivé à son étage, il fouilla dans sa poche pour sortir sa clé. Il l'introduisit dans la serrure et ouvrit machinalement la porte. Lorsqu'il découvrit la scène, il se figea instantanément. Charles avait suffisamment vécu pour avoir le cuir épais, mais rien ne l'avait préparé à *ça*. Émilie était allongée par terre, comme morte, un filet de sang le long de ses lèvres. Il se précipita sur elle en hurlant plus fort que jamais. Il se jeta à genoux et la serra contre lui. La petite fille restait inanimée, mais Charles sentit son cœur battre contre lui. Ce fut à ce moment-là que ses yeux se détachèrent d'Émilie pour se lever vers celle qui se tenait debout à côté d'eux.

Charles ne reconnut pas tout de suite le visage de sa femme. Charles n'avait jamais vu Mathilde ainsi, les cheveux ébouriffés et les joues si empourprées. Charles ne lui avait jamais vu non plus les traits du visage si crispés, ni ce regard d'où jaillissait la haine. À cet instant, Charles eut l'illusion que ce n'était pas la femme qu'il avait épousée treize ans auparavant qui se tenait devant lui. Il crut que c'était une démente qui s'était introduite chez eux. Une démente qui avait tenté de tuer leur fille. Le soleil de sa vie...

14

À la préfecture de police, la lieutenante demanda à Émilie de lui remettre ses lacets et tout objet qui pourrait se révéler dangereux. Émilie retourna ses poches d'un geste lent afin de montrer qu'elle n'avait rien sur elle, puis s'assit pour retirer les lacets de ses Converse, avant de les tendre à la policière. La lieutenante lui lut ses droits et lui demanda si elle souhaitait voir un médecin. Émilie secoua la tête. L'autre policier l'informa qu'elle pouvait bénéficier de la présence d'un avocat commis d'office, mais Émilie déclina de nouveau.

Emmenée au sous-sol, elle fut placée dans une cellule meublée d'un simple banc de pierre sur lequel étaient jetées des couvertures à l'allure suspecte, tandis qu'un liquide non déterminé dégoulinait le long du mur.

Une heure plus tard, une deuxième gardée à vue fut emmenée par un gardien et placée dans la même cellule. Celle-ci devait avoir l'âge d'Émilie, à quelques années près. Il était clair qu'elles n'étaient pas nées sous la même étoile, mais cela ne les avait pas empêchées de se retrouver dans cette geôle pourrie, à respirer la même odeur pestilentielle. La nouvelle venue ne se montra nullement menaçante, mais elle avait envie de parler pour se rassurer. Elle expliqua à Émilie qu'elle était marocaine, sans papiers, que c'était sa deuxième garde à vue et que la fois précédente elle s'était retrouvée en cellule avec une femme accusée d'avoir tiré sur son mari. Émilie l'écouta mais ne répondit rien, même lorsque la jeune femme l'interrogea sur les raisons de son arrestation. Les minutes défilèrent avant qu'un policier ne vînt chercher Émilie. Lorsqu'elle quitta la cellule, l'autre gardée à vue lui lança un « *Inch'Allah* » amical.

Émilie fut emmenée dans un bureau où elle retrouva la lieutenante et l'autre policier. Ce dernier demanda encore une fois à Émilie si elle désirait la présence d'un avocat commis d'office, mais elle répondit de nouveau par la négative. Elle s'efforça ensuite de répondre au mieux à leurs questions. La lieutenante et son collègue l'interrogèrent tour à tour sur le déroulement des faits, comme si elle n'était qu'un simple témoin dans une affaire qui la concernait de loin. Au fur et à mesure, Émilie sentit une évolution dans leur façon de s'adresser à elle. Elle prit conscience que tous deux connaissaient déjà les réponses aux questions qu'ils posaient, puisqu'elle avait déjà tout dit lors de sa précédente audition à la préfecture de police. Cette prise de conscience marqua le moment où Émilie commença à se refermer. Chacune de ses réponses contenait de moins en moins de mots, parfois juste un « Oui » ou un « Non ». Les policiers finirent par la ramener dans la cellule.

Lorsque le gardien proposa à Émilie un plateau-repas, elle se contenta de le dévisager sans prononcer une parole. Le planton lui reposa la question mais n'obtint pas plus de réponse. Il finit par s'éloigner en maugréant. La deuxième gardée à vue, elle, finissait son plateau, composé d'une gamelle contenant un plat non identifiable.

Dans l'après-midi, Émilie fut de nouveau sortie de sa cellule et conduite par trois policiers jusqu'à son domicile. L'un d'eux ouvrit la porte de l'appartement avec la clé d'un grand trousseau que lui avait remis la concierge.

À l'intérieur, l'un des policiers prit plusieurs photos tandis qu'un autre notait dans un carnet la configuration des pièces et dressait l'inventaire complet des meubles. Il prit un soin particulier pour décrire par écrit la chambre d'Alice, allant même jusqu'à énumérer les peluches et les décorations sur les murs. La lieutenante s'empara de l'ordinateur portable d'Émilie et de la tablette d'Éric pour les placer dans des sacs plastiques étiquetés.

De retour à la préfecture, alors qu'elle traversait le long couloir, entourée de ses geôliers, Émilie aperçut à l'autre bout Éric qui entrait dans un bureau avec deux policiers. Elle tenta de lui faire un signe de la main, mais il disparut dans la pièce avant d'avoir pu l'apercevoir. Au sous-sol, le planton ramena Émilie dans sa cellule, où sa codétenue avait été remplacée par une adolescente roumaine au comportement plus agressif. La gamine ne cessait de mettre des coups de pied contre le mur et s'adressait à un gardé à vue placé dans la cellule d'en face en vociférant des phrases dans sa langue maternelle.

Une bonne heure plus tard, un policier vint de nouveau chercher Émilie pour la ramener dans le bureau afin de procéder à la deuxième audition. Ce fut le début de l'absence.

*

Dans une autre pièce, Éric commençait à faiblir sous le flot des questions des policiers qui lui avaient été dévolus. Le binôme n'avait pas cru bon de se répartir les rôles entre le « gentil flic » et le « méchant flic », tous deux semblant s'être attribué la fonction du méchant avec un naturel non feint. Lorsqu'ils étaient venus le cueillir chez sa mère, quelques heures plus tôt, ni l'un ni l'autre ne s'était embarrassé d'un semblant de diplomatie. À peine leur avait-il ouvert la porte qu'ils avaient saisi Éric par le bras pour le mener *manu militari* à leur voiture banalisée. La mère d'Éric avait eu beau tenter de protester, l'un des policiers lui avait répliqué sans même se retourner, avant de prendre la tangente :

— Votre fils est soupçonné de maltraitance sur son enfant.

Durant le trajet vers la préfecture, les flics adressèrent un sermon à Éric en lui reprochant de ne s'être pas présenté à sa convocation de la veille. Éric essaya de leur expliquer qu'il n'avait pas reçu la convocation en question car il avait quitté l'appartement conjugal depuis plusieurs jours, rien n'y fit, les policiers n'étaient pas disposés à lui accorder la moindre circonstance atténuante. Celui qui portait un bouc lui indiqua que ce n'était « pas encore le moment de raconter sa vie », tandis que l'autre sifflotait « Paroles, paroles... » de Dalida.

Une fois dans leurs locaux, ils le conduisirent à un bureau du rez-de-chaussée, où ils lui ordonnèrent de retirer ses lacets et de leur remettre ses affaires personnelles. Le policier au bouc alla se chercher une canette de Coca Zéro dans le frigo et le second s'installa devant son ordinateur.

— Bon, on va reprendre depuis le début en essayant de ne pas trop nous prendre pour des cons, OK ?

Le policier se lança dans une litanie de questions en tous points similaires à celles auxquelles Éric avait déjà eu à répondre lors de sa précédente audition. Éric sentait bien l'ironie des flics. Il était parfaitement conscient du peu de crédit qu'ils accordaient à ses réponses, mais il percevait aussi que ce n'était pas lui que ses interlocuteurs cherchaient à ferrer. Il lui fut facile de constater que la plupart des questions ne le concernaient qu'indirectement. Il n'était pas la cible ; il était l'intermédiaire qui leur permettrait d'atteindre la cible.

— N'avez-vous jamais trouvé que votre compagne faisait preuve d'un comportement bizarre avec votre fille ?

La question se voulait anodine. Éric surprit un échange de regards entre les deux flics. Il comprit que ceux-ci entraient enfin dans le vif du sujet, que toutes les questions qui avaient précédé n'étaient que des préliminaires. À présent, ils semblaient en avoir assez de tourner autour du pot, ils voulaient se concentrer sur la cible : Émilie. Les policiers ne prononçaient jamais son nom, se contentant de la nommer « votre compagne » ou « la mère de votre fille ». Bien qu'il n'ait jamais eu la prétention d'être fin psychologue, Éric saisit tout de même qu'il s'agissait d'un moyen d'effacer en partie l'humanité d'Émilie. Il n'avait jamais lu aucun livre d'analyse comportementale, mais il avait visionné assez de séries policières pour deviner la logique des techniques d'interrogatoire.

Éric savait ce que les flics attendaient de lui : une confidence, une phrase, peut-être un mot seulement, qui pourrait leur servir à démontrer la culpabilité d'Émilie. Il regarda le flic au bouc qui ingurgitait bruyamment une gorgée de Coca avant de se rincer la bouche. L'autre enchaîna :

— Vous connaissez le syndrome de München par procuration ?

Éric plissa les yeux. Il ne comprenait pas de quoi il s'agissait. Le flic reposa la question sur le même ton :

— Vous connaissez le syndrome de Müchen... Non, Müchnesen, euh... Münchhausen par procuration ? finit-il par articuler.

Éric demeura interdit. Le flic soupira et tapa quelque chose sur son clavier. L'autre lança sa canette vide dans la poubelle, à la manière d'un basketteur. Le flic qui menait l'interrogatoire fit craquer ses doigts et allongea ses jambes :

— Bon, si tu ne connais pas le syndrome de Münchhausen par procuration, alors je vais te l'expliquer.

Éric nota le passage au tutoiement mais ne s'en formalisa pas, trop intrigué par ce que lui disait son interlocuteur. Celui-ci se lança dans un exposé pédagogique dans un langage fleuri :

— Alors, imagine que ta nana ressente le besoin que tout le monde s'occupe d'elle. Comme elle est un peu tarée dans sa tête, plutôt que de dire à ses proches qu'elle se sent seule, elle invente des maladies à son bébé. Mais pour être crédible, elle fait en sorte que son bébé souffre vraiment. Tu vois le truc ? Après tout, ta nana est une petite bourge née avec une cuillère d'argent dans la bouche et habituée à ce que tout le monde soit à son service. Alors, le jour où elle s'est retrouvée à devoir torcher un môme, elle a fondu un plomb. T'as bien dû remarquer quelque chose de pas net, hein ?

Éric demeura prostré. Il repensa à sa conversation avec le médecin à l'hôpital, le jour où celui-ci avait tenté de lui faire comprendre quelque chose à travers de lourds sous-entendus. Il repensa également à Émilie, le regard perdu, cherchant désespérément du réconfort auprès de lui. Il repensa à Alice, couverte de marques rouges. Toutes ces images formaient un tourbillon dans son esprit. La voix du policier le fit sortir de sa torpeur :

— Alors, t'as remarqué des choses bizarres dans son attitude ?

Éric se braqua :

— Émilie n'a rien fait à notre fille !

Le flic fit la moue. Ce n'était pas la réponse qu'il attendait.

— Tu en es sûr ?

— Émilie n'a rien fait.

— Et qu'est-ce que t'inspire le principe du syndrome de Münchhausen ?

— C'est impossible.

À l'autre bout de la pièce, le second policier souffla ostensiblement.

— Bon, dis-lui qu'il n'y a que deux possibilités : soit il est complice, soit il est complètement con !

Le flic au bouc se leva et s'immobilisa devant Éric. Il posa ses deux mains à plat sur la table et reprit la parole :

— Tu vas être gentil et tu vas commencer à réfléchir : les marques sur votre gamine disparaissent dès qu'elle n'est plus avec toi et ta nana. Comment tu l'expliques ?

— Je ne l'explique pas.

Le flic se redressa et fit de nouveau craquer ses phalanges. Éric prit peur qu'il ne le frappe, mais le policier lui sourit d'un air réconfortant.

— Tu sais quoi ? Je suis convaincu que tu n'y es pour rien.

Éric attendit la suite, mais la suite ne vint pas. Le policier tourna les talons et sortit dans le couloir.

*

Émilie avait marché longtemps avant de retrouver le chemin de l'appartement. Elle s'était perdue plusieurs fois dans les rues de Paris sans jamais s'en inquiéter. C'était presque par hasard qu'elle s'était retrouvée à longer la Seine avant de finir par arriver à la place Saint-Michel. Lorsqu'elle se trouva devant la porte de son immeuble, elle se souvint que, quand les policiers étaient venus la chercher, elle était partie en claquant la porte sans prendre ses clés. Elle monta tout de même les étages, s'assit sur son paillasson et attendit. Elle ne savait pas ce qu'elle attendait, mais plus rien ne pouvait la perturber. Un voisin finit par pointer le bout de son nez et lui demanda pourquoi elle ne rentrait pas chez elle. Émilie releva la tête et répondit d'une voix blanche :

— Je n'ai pas mes clés.

Le voisin bougonna mais Émilie ne prêta aucune attention à ce qu'il lui disait. Il descendit en empruntant l'ascenseur puis réapparut quelques minutes plus tard en compagnie de la concierge. Celle-ci se lança dans un grand laïus sur « la réputation de la copropriété » et inonda Émilie de questions sur les raisons pour lesquelles la police était venue la voir à son sujet. Émilie se contenta de faire non de la tête en espérant qu'elle cesse de parler. La concierge sortit son trousseau et ouvrit la porte, tout en poursuivant son laïus.

Émilie se releva, pénétra dans l'appartement et claqua la porte derrière elle. Elle se dirigea vers la chambre d'Alice, s'allongea à côté du berceau, se mit à sangloter et s'endormit dans la position du fœtus.

*

Il n'était pas loin de midi lorsque Émilie fut réveillée par la sonnette de l'entrée. Elle ouvrit les yeux en sursaut mais mit quelques secondes avant de comprendre où elle se trouvait. La vision du berceau d'Alice et les courbatures qui lui rompaient le dos lui firent remonter en mémoire les événements de la veille. Lorsque la sonnette retentit une seconde fois, elle s'appuya sur ses mains pour se relever. Craignant une nouvelle intervention de la police, elle pressa le pas pour aller ouvrir la porte. Malgré son état comateux, joint à sa souffrance morale qui anesthésiait sa capacité de réaction, elle écarquilla les yeux en découvrant Me Laura Bastien sur son palier.

C'était la première fois qu'elle la voyait véritablement habillée, mais celle-ci ne gagnait pas pour autant en discrétion : elle était vêtue d'un Perfecto, avec un petit haut rose vif et une minijupe verte sur des collants noirs. Ses cheveux étaient nattés et elle portait des lunettes de soleil si larges qu'elles lui recouvraient une grande partie du visage. Médusée par cette apparition, Émilie resta un moment sans réaction, avant de s'écarter pour laisser Laura entrer.

Émilie, vêtue de ses vêtements de la veille, resta encore quelques instants immobile avant de s'asseoir sur le canapé. Laura jeta des regards un peu partout dans la pièce, comme s'il s'agissait d'une visite immobilière, puis se dirigea vers la cuisine en criant à destination d'Émilie :

— Cela ne vous dérange pas si je me fais un café ? Je n'en ai pris que trois depuis mon réveil.

Émilie articula un « non, non, allez-y » mal assuré, et attendit que Laura revienne dans le salon avec sa tasse à la main.

— Je suppose que l'on ne peut pas fumer à l'intérieur, dit-elle en s'asseyant en face d'Émilie.

Avant que celle-ci eût répondu quoi que ce fût, Laura enchaîna :

— Remarquez, cela ne devrait pas poser de problème, vu que votre bébé n'habite plus ici pour l'instant. Vous auriez le temps d'aérer d'ici son retour, non ?

Émilie resta bouche bée. Laura émit un ricanement, ponctué d'un petit signe de la tête qui se voulait complice.

— Bon, ce n'est pas tout ça ! Pourquoi ne m'avez-vous pas appelée durant votre garde à vue ? Vous avez engagé un autre avocat ?

— Non, je n'ai contacté personne, répondit Émilie, à peine audible.

— Pas bien, ça ! dit Laura en mimant une institutrice sévère. J'espère que vous n'avez pas dit trop de bêtises durant votre audition. Il y aura toujours moyen de démontrer que vos propos ont été extorqués, mais si on peut l'éviter c'est aussi bien.

— Comment avez-vous appris que j'étais en garde à vue ? demanda Émilie.

— Par hasard. Je me suis rendue de bonne heure à la salle de sport ce matin pour une petite séance, mais c'était la panique totale : Kevin, le coach, était dans tous ses états parce qu'il ignorait où se trouvait Éric. Comme il n'avait aucune nouvelle depuis la veille, il a téléphoné chez sa mère et il a appris pour la garde à vue. Du coup, j'ai à mon tour contacté Éric pour faire le point avec lui. C'est lui qui m'a dit que je vous trouverais ici.

Émilie tira sur ses manches. La simple évocation d'Éric raviva la douleur dans sa poitrine. Elle ressentit une pulsion l'incitant à demander à Laura de partir afin de s'allonger de nouveau par terre pour s'endormir et ne plus penser à rien, mais quelque chose en elle s'y refusa. À la place, elle demanda :

— Comment va-t-il ?

— Qui ?

— Éric. Dans quel état est-il après sa garde à vue ?

Laura ricana comme si Émilie venait de sortir une bonne blague.

— Je l'ai trouvé plutôt bien, vu les circonstances. Il m'a dressé un résumé assez complet de son audition. En revanche, il m'a dit que la décision vous revenait pour le choix de l'avocat. C'est pour cette raison qu'il ne m'a pas contactée non plus lorsque les flics sont venus le chercher. C'est quand même dommage, je serais venue tout de suite et je vous aurais évité quelques désagréments. Remarquez, le côté « couple uni », c'était très bien pensé aussi !

Émilie ne saisit pas. Elle regarda Laura sortir un paquet de cigarettes de sa poche et en porter une à ses lèvres.

— Si je me mets à la fenêtre, je peux fumer ? demanda-t-elle en reprenant un air sérieux.

— Qu'est-ce que vous voulez dire ?

— Si j'ouvre la fenêtre et que je me penche pour recracher la fumée, est-ce que cela ne vous...

— Non, interrompit Émilie. Qu'est-ce que vous voulez dire par « le côté "couple uni" » ?

— Ben, par rapport aux déclarations spontanées d'Éric lors de sa garde à vue...

Émilie resta interdite. Laura ne semblait pas non plus comprendre où elle voulait en venir. Elle se leva et ouvrit la fenêtre.

— Je peux, alors, pour la cigarette ?

— Oui, oui, dit Émilie, agacée. Mais qu'est-ce que Éric a dit exactement lors de sa garde à vue ?

Laura regarda Émilie, comme si elle se demandait si elle avait bu. Elle tira une bouffée, souffla la fumée en passant la tête par la fenêtre et répondit :

— Vous n'êtes pas au courant ?

— Non, bredouilla Émilie.

— Éric a dit aux flics qu'il était avec vous dans les heures qui ont précédé chacune des découvertes des lésions sur Alice et qu'il était donc matériellement impossible que vous ayez pu commettre des actes de maltraitance sur votre fille sans qu'il en soit témoin.

Émilie ne put s'empêcher d'écarquiller encore un peu plus les yeux. Elle tenta d'articuler quelque chose, mais aucun mot ne sortit de sa bouche. Laura tira une nouvelle bouffée et lança :

— C'est une impression ou vous ne vous parlez pas beaucoup, pour un couple uni ?

*

Sitôt Laura partie, Émilie saisit son téléphone pour joindre Éric. Elle tomba sur son répondeur et raccrocha sans laisser de message. Juste après, elle envoya un SMS à son père : « Je dois te parler d'urgence. » À peine l'eut-elle envoyé que son téléphone sonna. Le cadran indiquait « Papa ». Charles parlait très vite, comme s'il était essoufflé. S'exprimant de manière décousue, il posa une kyrielle de questions, auxquelles Émilie ne répondit que de façon lapidaire. Elle finit par l'interrompre :

— Je passerai à ton bureau dans l'après-midi. Je dois te parler.

— Pourquoi ne viens-tu pas maintenant ?

— Je dois faire quelque chose avant.

— D'accord, je préviens ta mère pour qu'elle soit là aussi.

— Non, coupa Émilie. Je ne veux pas voir maman.

Un court silence s'ensuivit.

— Pourquoi ? bégaya Charles.

— Je pense que tu sais pourquoi.

Émilie raccrocha sans autre explication. Elle se changea en vitesse et s'apprêtait à sortir lorsque son téléphone sonna de nouveau : c'était Éric. Elle décrocha, le cœur battant :

— Où es-tu ?

— J'arrive à la salle de sport. Tu veux que je vienne à l'appartement ?

— Non, je te rejoins, lança Émilie d'un ton exalté avant de raccrocher.

Elle courut en sortant de l'appartement, elle courut dans l'escalier puis en remontant le boulevard Saint-Germain, elle courut encore jusqu'à la salle de sport. À travers la baie vitrée, elle distingua quelques personnes s'activer sur des tapis tandis que d'autres s'adonnaient au rameur. Elle sautilla sur place pour tenter d'apercevoir Éric au fond de la salle. Ne le voyant pas, elle fit les quelques pas qui la séparaient de l'entrée. La porte automatique s'ouvrit en grand lorsqu'elle entendit derrière elle :

— Émilie !

Elle se retourna : Éric se tenait sur le trottoir d'en face. Il avait les cheveux ébouriffés, de larges cernes sous les yeux et des vêtements qui empestaient, même à distance. Pourtant, elle ne l'avait jamais trouvé aussi beau. Il n'eut pas le temps d'esquisser un geste qu'elle traversa la rue en courant. Une voiture pila juste devant elle, le conducteur d'une autre écrasa son klaxon. Elle ne prêta attention ni à l'une ni à l'autre. Elle sauta dans les bras d'Éric et le serra si fort qu'elle lui coupa presque la respiration. Bien que surpris par cette démonstration d'affection, Éric lui rendit son étreinte. Émilie sentit des larmes couler le long de ses joues.

— Pourquoi as-tu dit ça à la police ? demanda-t-elle, les lèvres tremblantes.

— Pourquoi j'ai dit quoi ?

— Que tu étais avec moi.

— Parce que je serai toujours avec toi.

Émilie sentit une nouvelle larme couler. Les traits de son visage se crispèrent. Elle desserra un peu son étreinte et posa ses mains sur les joues d'Éric.

— Nous allons nous battre, dit-il. Nous allons nous battre pour Alice.

Émilie posa son front contre le sien. À cet instant, plus rien n'existait autour d'eux, ni les clients de la salle de sport qui les observaient à travers la baie, ni les badauds qui les dévisageaient, ni les quelques rayons de soleil qui perçaient à travers les nuages menaçants de Paris.

Extrait du compte rendu d'audience
du procès d'Émilie Champfleuri
et Éric Valmy devant le tribunal correctionnel de Paris.
Première comparution d'Émilie Champfleuri

QUESTION : *Qui s'occupe de votre fille depuis sa naissance ?*

RÉPONSE : *Son papa et moi.*

QUESTION : *Et vos parents ?*

RÉPONSE : *Ils l'ont très peu gardée, quand cela est arrivé j'étais présente dans l'appartement.*

QUESTION : *Et la mère de votre conjoint ?*

RÉPONSE : *Une seule fois, pour quelques heures seulement.*

QUESTION : *Qui s'occupe de laver et d'habiller votre bébé ?*

RÉPONSE : *Son père et moi.*

QUESTION : *Plus vous ou lui ?*

RÉPONSE : *Plus moi, car mon conjoint travaille durant la journée, six jours sur sept.*

QUESTION : *Vous est-il arrivé de laisser la petite à son père sans être présente ?*

Réponse : *Cela est sans doute arrivé, mais pour de très courtes durées.*

Question : *À l'heure qu'il est, comment expliquez-vous les blessures de votre fille ?*

Réponse : *Je ne les explique pas.*

Question : *Pourquoi avez-vous refusé de répondre au psychiatre lorsqu'il vous a demandé si vous aviez subi des violences physiques durant votre enfance ?*

Réponse : *Parce que je ne m'en souvenais pas.*

Question : *Ne pensez-vous pas que si vous en aviez subi vous vous en rappelleriez ?*

Réponse : *Non.*

Question : *Que voulez-vous dire ?*

Réponse : *Que certains moments de notre existence sont enfouis au fond de notre inconscient sans que nous y ayons accès.*

Question : *Estimez-vous alors envisageable que vous ayez commis des choses à l'âge adulte que vous ayez aussi enfouies dans votre inconscient, selon votre formulation ?*

Réponse : *Quelles choses ?*

Question : *Estimez-vous envisageable que vous ayez infligé des blessures à votre fille et que vous ne vous en souveniez plus ?*

Réponse : *Non.*

Question : *Pourtant, vous avez vous-même affirmé que « certains moments de notre existence sont enfouis dans notre inconscient » ?*

RÉPONSE : *Pas pour ça.*

QUESTION : *Comment pouvez-vous en être certaine ?*

RÉPONSE : *Parce que je ne ferais jamais de mal à ma fille.*

15

Malgré le sentiment d'urgence, les jours qui suivirent la garde à vue furent de nouveau animés par d'interminables palabres au sujet du choix de l'avocat. Réconfortée par le sentiment qu'Éric et elle ne faisaient de nouveau qu'un, Émilie trouva la force morale d'avouer à son père et à son conjoint les raisons qui la poussaient à refuser d'être défendue par Me Granier. L'un et l'autre firent mine d'accepter son choix mais revinrent vite à leur position initiale après avoir énuméré les autres possibilités.

En réalité, Éric se contentait de s'aligner sur les arguments de Charles. Lorsque ce dernier avait cité plusieurs autres avocats importants qu'ils pourraient contacter, avant de les éliminer un à un pour des raisons plus ou moins explicites, Éric avait opiné de la tête à chaque nom, tout en étant parfaitement conscient qu'il n'en connaissait aucun. En revanche, comme son beau-père, il était convaincu sur un point : il était hors de question d'engager Laura Bastien pour assurer leur défense. Émilie, elle, s'obstinait :

— Je la veux comme avocate, elle et personne d'autre. Elle croit en notre innocence !

Les discussions finissaient toujours par des haussements de voix et des portes qui claquent, avant de reprendre plus tard sur un ton plus apaisé. À bout d'arguments, Charles finit par s'engager à régler les honoraires de la défense, tout en laissant Émilie et Éric prendre seuls les décisions qui s'imposaient. Il fit machine arrière dès le lendemain matin et débarqua à l'appartement de la rue Saint-André-des-Arts pour plaider de nouveau en faveur de Granier.

Un compromis fut enfin trouvé : engager les deux avocats. Cette alternative fut acceptée sans réserve par Laura Bastien, mais convint beaucoup moins à William Granier, qui ne se gêna pas pour le faire savoir.

— J'ai pour principe de traiter un dossier seul ou avec des confrères que je connais bien, avança-t-il d'un ton pincé lors d'un rendez-vous à son cabinet.

Charles demanda à Éric et Émilie de quitter la pièce pour qu'il pût s'entretenir en tête à tête avec l'avocat. Lorsqu'ils eurent fini, Charles ressortit et expliqua à sa fille et son gendre que « tout était arrangé ». Émilie ne sut jamais quels arguments avaient été avancés par son père, mais elle comprit vite que la collaboration n'avait pas été acceptée de gaieté de cœur.

Laura lui fit savoir que Me Granier refusait de la prendre au téléphone et la renvoyait sans cesse vers son assistante. Pour autant, la jeune avocate ne semblait guère s'offusquer de sa mise à l'écart, semblant même s'en amuser lorsqu'elle en parlait à Émilie. Reste que Granier s'empara du dossier avec une indéniable efficacité. Par son intermédiaire, Émilie et Éric furent rapidement informés des premières avancées de l'instruction. Ils apprirent notamment que l'analyse du disque dur de leur ordinateur portable n'avait permis de déceler aucun élément en rapport avec l'enquête. Qu'est-ce que les policiers espéraient y trouver ? Lorsque Éric posa la question, la réponse de l'avocat fut glaçante :

— Sans doute des traces de visites sur des sites montrant des actes de torture sur des enfants.

Sur ordre du juge d'instruction, Émilie et Éric firent l'objet d'une expertise psychiatrique. Suivant les conseils de leur avocat, tous deux acceptèrent de répondre aux questions les plus intimes. Le juge d'instruction ordonna également que des examens complémentaires fussent réalisés au sujet des empreintes dentaires ainsi que des analyses anatomopathologiques. Émilie et Éric durent tous deux subir un moulage de leur dentition afin d'effectuer une comparaison avec les traces relevées sur le corps d'Alice.

Peu de temps après, leur avocat leur donna à lire le rapport d'expertise :

À la question de savoir si certaines traces figurant sur le corps de l'enfant sont des morsures, la réponse est oui. Les traces de morsures sont définies, elles montrent les dessins classiques et toutes les caractéristiques d'arcade dentaire et de dents. La forme de traces de morsures humaines est reconnaissable. Au vu des photographies examinées, nous pouvons déterminer au moins douze traces de morsures humaines, même si la plupart des photographies sont floues et sans repère centimétrique.

CONCLUSION :

Pour la trace de morsure n° 1 :

– Hypothèse 1 : Mlle Champfleuri Émilie a commis l'agression.

– Hypothèse 2 : Une autre personne que le suspect a commis l'agression.

Selon l'échelle verbale, il est impossible de se prononcer.

Pour la trace de morsure n° 2 :

– Hypothèse 1 : Mlle Champfleuri Émilie a commis l'agression.

– Hypothèse 2 : Une autre personne que le suspect a commis l'agression.

Selon l'échelle verbale, il est impossible de se prononcer.

En résumé, l'impossibilité de se prononcer provient en partie d'un manque de suivi du protocole photographique.

Alors qu'Éric et Émilie se réjouissaient de ce rapport qui semblait en partie les disculper, l'avocat doucha leur enthousiasme :

— Deux experts médicaux ont conclu que plusieurs des traces constatées sur le corps de l'enfant résultaient de morsures humaines. Ce n'est pas bon pour nous.

Pour contre-attaquer, Granier sortit un joker de sa manche : il avança l'hypothèse que des traces d'amiante dans leur appartement pourraient être à l'origine des lésions d'Alice. Malgré l'étonnement de ses clients face à cette orientation stratégique, il ordonna une expertise de l'immeuble de la rue Saint-André-des-Arts. Granier ayant appris que le bâtiment avait été construit en 1975, il savait pertinemment que les matériaux utilisés à l'époque n'avaient pas été contrôlés par les autorités de protection de l'environnement. Son intuition se révéla exacte : des matériaux à base d'amiante furent détectés dans les murs, les planchers, les canalisations et l'isolation.

L'amiante n'ayant aucun effet sur la santé des habitants si les matériaux utilisés étaient restés en bon état, l'avocat demanda une deuxième expertise pour déterminer si des éléments abîmés de la construction pourraient être à l'origine de l'effritement de l'amiante, avec des particules qui se seraient répandues dans l'air. Là encore, il visa juste : des fissures et des zones poussiéreuses furent mises en évidence par l'expert dans plusieurs zones du bâtiment. Dès qu'il obtint les résultats, l'avocat fit appel à un spécialiste de l'amiante, qu'il chargea de remplir tous les formulaires liés à la présence de ces particules dans une habitation avant de faire suivre un exemplaire aux autorités de gestion de l'amiante et un autre à un laboratoire agréé.

Durant toute la période des expertises, Émilie et Éric acceptèrent sans broncher que le sol de toutes les pièces de leur logement fût recouvert d'un revêtement en plastique, puis que l'ensemble de la surface de l'appartement fût vaporisé. Ils finirent par y croire lorsque Granier leur montra, triomphant, les résultats des expertises qui indiquaient que l'appartement pouvait être considéré comme un lieu à risque. Fort de ce qui était à ses yeux une première victoire, l'avocat se montra magnanime et téléphona lui-même à Laura Bastien pour lui demander d'effectuer des recherches sur toutes les maladies liées à l'amiante. Étonnée de cette requête, Laura lui proposa d'aller « boire un verre pour en parler », ce que son confrère refusa sans ménagement.

*

Malgré ces nouvelles encourageantes, l'absence d'Alice devenait de plus en plus insupportable pour Émilie. Elle avait beau avoir choisi l'espoir, elle ressentait au plus profond de sa chair le désir de tenir sa fille dans ses bras. Émilie savait ce qu'elle était en train de perdre : les premiers sourires, les babillements dans lesquels on croit reconnaître un mot, les premiers câlins tête contre épaule. Par ordonnance, Alice avait été confiée jusqu'au procès aux services de l'Aide sociale à l'enfance. Un droit de visite avait été accordé aux grands-parents, mais pas aux parents. Lorsque Charles et Mathilde se rendaient à la pouponnière pour voir leur petite-fille, dès leur retour Émilie bombardait son père de questions pour tout savoir sur son bébé. Avait-elle changé ? Comment réagissait-elle ? Semblait-elle en bonne santé ? Granier engagea des démarches pour permettre à Émilie et Éric d'obtenir un droit de visite, mais il ne leur cacha pas que les délais seraient longs et qu'il était loin d'être certain d'obtenir gain de cause.

Deux mois s'écoulèrent encore, deux mois durant lesquels Émilie s'imaginait Alice ballottée de bras d'inconnus en bras d'inconnus, lorsqu'elle ne devait pas passer d'énièmes examens médicaux. Émilie parvint à ne pas sombrer de nouveau dans le désespoir, mais elle se révéla incapable de contenir continuellement la rage qui grandissait en elle. Parfois, lorsqu'elle se trouvait seule à l'appartement, ses nerfs lâchaient et elle hurlait à s'en faire vomir. Une fois, la douleur fut si forte qu'elle se mit à frapper de toutes ses forces contre un oreiller avant de s'écrouler en gémissant. Éric sentait qu'elle montait sans cesse en pression et qu'elle pouvait exploser à tout moment, même si en sa présence elle multipliait les efforts pour se maîtriser.

La nervosité d'Émilie atteignit même un degré supérieur lorsqu'elle fut convoquée par un nouveau psychiatre pour une deuxième expertise ordonnée par le juge d'instruction. Elle refusa de répondre à ses questions et finit par jeter à travers la pièce un mug rempli de stylos en insultant le psy. En rentrant chez elle, elle reçut un appel incendiaire de Granier qui lui ordonna de ne plus jamais rien faire qui pût nuire à sa défense. Émilie l'écouta quelques minutes avant de lui raccrocher au nez.

Elle reçut peu après la visite de Laura, qui se présenta à l'appartement de fort bonne humeur. Habillée cette fois d'un ensemble jaune vif, l'avocate remercia Émilie pour son coup de sang qui avait eu pour conséquence de pousser son confrère à lui confier enfin une mission dans la préparation de la défense :

— Il veut que je te gère, expliqua-t-elle en tutoyant Émilie pour la première fois. Désormais, c'est donc moi ton interlocutrice dès que tu veux parler du dossier. Bon, pour être honnête, je ne pourrai pas t'apprendre grand-chose vu que ce con de Granier ne me donne presque aucune information sur l'instruction. Mais ce n'est pas grave, je vais me débrouiller...

Émilie se laissa tomber sur le canapé et se prit la tête dans les mains.

— Granier t'a-t-il dit quelque chose concernant l'avancement de sa demande sur le droit de visite ? demanda Émilie d'une voix faible.

— Ne t'inquiète pas, je vais m'en occuper ! répondit l'avocate en remontant son collant.

*

Dès le lendemain, Laura avait rédigé une nouvelle demande pour obtenir un droit de visite, avec un argumentaire fondé sur l'intérêt primordial de l'enfant. Elle avait réussi à obtenir de Granier qu'il lui transmette des photocopies de plusieurs procès-verbaux de professionnels de santé qui avaient été interrogés par la police dans le cadre de l'instruction, afin d'y déceler tous les éléments qui pourraient peser en sa faveur. Au milieu de trop nombreuses déclarations à charge, elle dénicha dans les PV d'auditions de la puéricultrice et du pédiatre de la PMI quelques passages indiquant qu'Émilie paraissait « très préoccupée par la santé de sa fille » et que « la relation mère-enfant semblait saine ».

Laura rechercha toutes les jurisprudences des affaires où des parents mis en cause dans une procédure pour maltraitance avaient obtenu le maintien des relations avec leur enfant durant l'instruction. Sachant que ces éléments risquaient de ne pas suffire, elle se mit à harceler le juge d'instruction en lui téléphonant plusieurs fois par jour. Lorsque celui-ci, lassé de ce siège téléphonique, cessa de la prendre en ligne, Laura décida de l'attendre tous les jours à la sortie du Palais de Justice pour réitérer ses demandes. Le magistrat eut beau la menacer de sanctions disciplinaires, Laura persévéra, prétendant sortir d'une audience lorsqu'elle le croisait quotidiennement.

Au bout de quelques semaines, le dossier eut droit à un traitement accéléré : un juge du tribunal pour enfants décida de modifier le contrôle judiciaire des parents en les autorisant à rencontrer Alice toutes les deux semaines dans le cadre d'un droit de visite médiatisée, au sein des locaux du service de l'Aide sociale à l'enfance, en présence d'une travailleuse sociale. Dès qu'elle apprit la nouvelle, Émilie sauta au cou de Laura pour l'embrasser. Conservant son flegme, celle-ci demanda à Émilie si dorénavant elle pourrait fumer lorsqu'elle viendrait chez elle, arguant qu'elle avait du mal à se concentrer lorsqu'elle était en manque de nicotine.

Lorsque la première visite fut programmée, Émilie et Éric se présentèrent une demi-heure avant l'heure du rendez-vous. Pour cette rencontre initiale, en plus de la présence de la travailleuse sociale, les retrouvailles furent encadrées par une puéricultrice et par la psychologue du service. Avant qu'elle ne pût voir sa fille, Émilie dut subir un interminable exposé sur le fonctionnement de la pouponnière et signer des autorisations de vaccination. Elle fut ensuite amenée en salle de visite, où elle attendit sur une chaise pour enfant que la puéricultrice lui amenât Alice.

Dès qu'elle aperçut sa fille, Émilie sentit ses jambes se dérober sous elle. Elle ne put s'empêcher de pleurer durant tout le temps de la visite. Au moment de partir, la psychologue lui affirma d'un ton sec qu'elle devrait apprendre à mieux contrôler ses émotions dans l'intérêt du bien-être de sa fille. Émilie acquiesça machinalement, sans s'offusquer. À ses yeux, une seule chose comptait : pouvoir serrer son bébé contre elle.

À partir de ce jour, Émilie ne vivait plus qu'en comptant les heures qui la séparaient de sa prochaine visite. Dès qu'elle pouvait la prendre dans ses bras, Émilie couvrait sa fille de baisers, presque au point de l'étouffer. Elle collait son nez sur son crâne pour respirer le plus fort possible son odeur. Alice commençait à adopter des expressions faciales proches d'un sourire. Elle émettait aussi quelques vocalises qui ressemblaient à des mots. Émilie ne cessait de lui parler, dans l'espoir qu'elle conserve sa voix en mémoire malgré leur séparation. Elle lui chantait des airs de son enfance, lui disait qu'elle l'aimait et répétait sans cesse : « Je suis ta maman. »

Alice parvenait de plus en plus à maintenir un contact visuel prolongé avec sa mère. Émilie aimait l'idée que c'était sa façon de communiquer. Lorsque l'assistante sociale invitait Émilie à parler à Alice de la situation actuelle et des raisons de leur séparation, elle répondait invariablement :

— Cela ne sert à rien, elle sait tout.

Émilie prenait aussi Alice en photo. Elle la mitraillait. Elle avait recouvert toutes les pièces de l'appartement de ses photos en noir et blanc : des gros plans de ses oreilles, de son nez, sa bouche, ses mains, son crâne, ses yeux ouverts, ses yeux fermés… À chacune des visites autorisées, Émilie se contraignait à rester maîtresse d'elle-même pour ne pas fondre en larmes comme la première fois. Elle y parvenait, jusqu'à ce que l'assistante sociale annonce la fin de la visite et lui arrache sa fille des bras. Là, Émilie ne pouvait retenir ni ses pleurs ni son envie de hurler. Éric n'avait pas la force de la consoler. Il tenait debout, impossible de lui en demander davantage. Il semblait ailleurs durant les visites. Le peu de temps durant lequel Émilie acceptait de lâcher Alice, il la prenait dans ses bras et lui murmurait des choses à l'oreille. Le jour où Émilie lui demanda ce qu'il pouvait bien lui dire, il refusa de lui répondre.

Émilie et Éric étaient également contraints d'être suivis par un référent de l'Aide sociale, un quadragénaire barbu aux allures de syndicaliste. À leur grande surprise, celui-ci se révéla des plus humains. À l'issue de leur deuxième rendez-vous avec lui, Émilie craqua. En larmes, elle lui lança :

— Je n'ai jamais fait de mal à ma fille, je vous le jure. S'il vous plaît, dites-moi que vous me croyez.

L'homme lui prit les mains et lui répondit simplement :

— Je vous crois.

Lors d'un autre rendez-vous, lorsque Éric se laissa aller à injurier tous les acteurs du système social et médical qui les avaient privés de leur fille, le référent lui lança d'un ton ferme :

— Le système commet son lot d'erreurs, mais il fonctionne. Nous évitons à un paquet de gosses de ne pas crever sous les coups de leurs parents. Lorsque l'on prend de mauvaises décisions par excès de prudence, des vies se retrouvent cabossées. Mais lorsque l'on laisse un gamin chez ses bourreaux, il ne s'en relève pas.

Éric ne sut quoi répondre. Émilie non plus.

*

Ayant été informée par Granier que les rapports du référent de l'Aide sociale à l'enfance présentaient Émilie et Éric sous un jour favorable, Laura entreprit d'obtenir une nouvelle modification du contrôle judiciaire afin de lever l'interdiction de voir Alice en dehors des visites médiatisées, arguant l'absence de danger pour l'enfant ainsi que son intérêt de vivre auprès de sa famille. Elle appuyait sa demande en citant abondamment l'article 9 de la convention de New York du 26 janvier 1990 relative aux droits de l'enfant. Le juge d'instruction rejeta cette demande et ordonna le maintien du contrôle judiciaire avec les mêmes obligations jusqu'à la comparution d'Émilie et Éric devant le tribunal correctionnel.

Laura tenta de nouveau de faire pression sur le magistrat, mais cette fois elle reçut un appel du bâtonnier de Paris, qui lui fit savoir que, s'il recevait encore un seul appel du juge d'instruction à son sujet, elle passerait devant le conseil de l'ordre.

Un autre sujet préoccupait Laura : elle avait le sentiment que la défense était tenue à l'écart de l'évolution des examens médicaux d'Alice. Elle tenta de prendre contact directement avec la travailleuse sociale à ce sujet, mais celle-ci lui fit répondre qu'elle ne pouvait pas lui parler et l'invita à lui envoyer un e-mail, qui lui aussi resterait sans réponse. Lorsque Laura s'en inquiéta auprès de Granier, il lui répondit, furibard, de se contenter de « poursuivre ses recherches sur les maladies liées à l'amiante » et de « gérer la cliente » plutôt que lui faire perdre son temps.

Le soleil se cache...

Lorsqu'il eut achevé sa phrase, Charles resta un instant silencieux avant de se retourner vers Éric. Celui-ci était toujours affalé sur le canapé, mais ses yeux avaient regagné l'éclat de vie qui semblait avoir disparu quelques minutes auparavant. Charles voulut poursuivre son récit mais sentait dans sa gorge comme une boule qui l'empêchait de parler. Par réflexe, il donna un léger coup de pied à une canette de bière qui traînait sur le sol, laquelle roula doucement jusqu'à cogner contre le mur. Charles mit ses mains dans ses poches et se rapprocha d'Éric. Il ne se rassit pas, demeurant debout à côté du canapé. Éric demeura lui aussi mutique un long moment, puis finit par briser le silence :

— Qu'est-ce que vous avez fait après ?

— Après quoi ?

— Après avoir ouvert la porte et découvert votre femme en train de tabasser Émilie.

Charles sentit ses yeux s'embuer mais retint ses larmes. Il avala plusieurs fois sa salive puis raconta à Éric tout ce dont il se souvenait de cette période qu'il espérait à jamais effacée de leur vie. Il lui raconta comment il avait brûlé tous les feux rouges pour conduire Émilie à l'hôpital, il lui raconta le premier mensonge au médecin lorsqu'il prétendit avoir trouvé sa fille dans cet état en bas de son immeuble, puis le deuxième mensonge lorsqu'il répéta la même version aux flics qui s'étaient déplacés aux urgences après un coup de téléphone du médecin. Il lui raconta les trois mois durant lesquels Émilie ne prononça plus un mot, la peur que son cerveau eût été endommagé, l'angoisse que son petit ange ne fût plus jamais un enfant normal.

Il lui raconta les séances chez la psy qui permirent à Émilie de recouvrer l'usage de la parole, de ses progrès graduels pour reprendre contact avec les autres, de son comportement qui redevenait semblable à celui de n'importe quel enfant. Il lui raconta aussi le placement de Mathilde en établissement psychiatrique sous le prétexte fallacieux de « crises de violence contre elle-même », le long travail d'analyse qu'elle réalisa pour comprendre ce qui s'était passé et les deux tentatives de suicide qui s'ensuivirent lorsqu'elle eut compris.

Il lui raconta, enfin, le miracle auquel il avait fini par ne plus croire qui fit que leur existence redevint peu à peu comme avant. Sans qu'il pût en saisir les raisons, Émilie et Mathilde semblèrent avoir tout oublié de ce qui s'était passé. Au fil du temps, elles ne firent jamais preuve d'une grande complicité, et n'eurent pas pour habitude de montrer des gestes d'amour inconditionnel l'une envers l'autre, mais elles se comportèrent comme une mère et une fille dont jamais l'une n'aurait frappé l'autre jusqu'à lui faire perdre connaissance.

Les années passèrent et cela ne changea pas. Charles confia à Éric que, si elles avaient été capables d'occulter cet événement tragique de leur esprit respectif, alors il s'était dit que lui aussi devait être capable de le faire disparaître du sien. Il allait ajouter quelque chose lorsque Éric l'interrompit :

— Tu n'as jamais pensé à quitter ta femme ?

Charles souffla longuement avant d'adresser un sourire triste à Éric.

— Non, pour plusieurs raisons. D'abord parce qu'elle avait agi sous le coup d'une folie qui la dévorait depuis des mois. Elle traversait une grave dépression, mais j'étais convaincu que cela finirait par s'arranger. Elle carburait aux antidépresseurs, qu'elle faisait passer avec de la vodka. Elle pensait que son existence n'était plus qu'un long tourment et avait fini par rendre Émilie responsable de cette situation. Un jour, quelque chose a craqué en elle et a fait surgir toute la violence qu'elle conservait au fond de son être. Elle a frappé Émilie comme si elle cherchait à la tuer, et lorsque je suis parti pour l'hôpital elle a jeté le chien du balcon. Je l'ai retrouvé mort sur le trottoir à mon retour. Je pense que, si elle en avait eu les moyens, elle aurait essayé de me tuer aussi.

Éric fixait Charles avec une intensité qui le surprit presque. Charles eut le sentiment que son gendre l'accusait de quelque chose, comme si sa décision de ne pas quitter Mathilde à l'époque était liée aux événements actuels.

— Je ne l'ai pas quittée parce que je ne pouvais pas le faire, figure-toi. Elle avait beau être devenue folle, je l'aimais. Et aimer quelqu'un, ce n'est pas seulement lui faire de grandes déclarations ou lui offrir des cadeaux. Aimer une femme, c'est lui tendre la main lorsque tout le monde se détourne d'elle. C'est quelque chose que tu peux comprendre, non ?

Éric encaissa le coup. Il admira Charles qui, porté par cet incroyable amour, avait su à la fois protéger sa fille et protéger sa femme contre elle-même. Il jugea inutile de rapporter à Charles la conversation téléphonique qu'il venait d'avoir avec Lucie. Éric pensa fugitivement qu'il n'était pas sûr d'avoir cette même force de caractère.

Charles remplit de nouveau les deux verres de rhum, puis leva le sien pour trinquer. Éric lui rendit son geste.

— Émilie ne t'en avait jamais parlé ?

— Non, jamais, répondit Éric d'une voix blanche.

— Avec moi non plus, elle n'avait jamais évoqué le sujet durant toutes ces années, reprit Charles. Et puis, le lendemain de votre garde à vue, elle m'a téléphoné pour me dire qu'elle devait me parler.

Charles termina son verre cul sec :

— Elle m'a demandé de dire à sa mère qu'elle se souvenait de tout. Elle a ajouté qu'elle ne voulait plus la voir pour l'instant mais que viendra peut-être un jour le temps de se confronter au passé.

16

Mathilde se versa une large rasade de rhum. La bouteille de Trois-Rivières était déjà largement entamée. Ce n'était pas dans ses habitudes de noyer ses interrogations dans l'alcool, mais aujourd'hui elle en ressentait l'irrésistible besoin.

Les images continuaient de défiler dans sa tête. Sa pauvre petite Émilie en larmes et elle, sa mère, s'acharnant, comme guidée par un esprit démoniaque. Volonté absente, incapable de mesurer l'horreur de ce qu'elle faisait. Elle savait aujourd'hui que cette folie passagère était le fruit d'une grande dépression, cette maudite maladie qui avait un moment détruit son instinct maternel, elle qui pourtant aimait sa fille de toutes ses fibres. Personne n'aurait pu imaginer qu'elle, une mère attentionnée, se transforme en monstre froid.

— Mon Dieu, gémit-elle, pourvu qu'Émilie ne reproduise pas sur son bébé ce qu'elle a subi. Ou pire, qu'elle ait hérité de cette folie maternelle.

Non, elle ne voulait pas, ne pouvait pas y croire. Sa douce Émilie, si aimante, si heureuse, n'aurait jamais pu se conduire de la sorte. Mais une petite voix intérieure continuait de semer le doute et de la ronger.

Elle prit une longue gorgée de rhum sec et, en reposant son verre, fondit en larmes.

*

Émilie rencontrait de plus en plus de difficultés à attendre le jour des visites à Alice, au point qu'elle fut reprise par quelques accès de colère. Entre deux visites, sa seule activité régulière était de se rendre une fois par semaine au commissariat pour respecter son contrôle judiciaire. Pour qu'elle cessât de tourner en rond dans l'appartement, Éric lui proposa de venir travailler avec lui à la salle de gym et de gérer la comptabilité. Émilie accepta mais, au bout de trois jours, Éric s'aperçut qu'elle recommençait à bouillir intérieurement, mettant mal à l'aise les clients.

Alerté par son gendre, Charles se souvint alors du fils de sa relation professionnelle qui dirigeait une société organisatrice de mariages et poussa Émilie à le contacter. Ayant repris l'usage de son appareil photo depuis qu'elle mitraillait Alice à chacune de ses visites, Émilie se laissa convaincre. Elle prit rendez-vous avec la personne en question, un trentenaire qui ressemblait à s'y méprendre aux jeunes arrivistes qu'elle avait fréquentés dans son école de commerce. Le garçon lui exposa une foule de détails sans intérêt sur son activité professionnelle avant d'entrer dans le vif du sujet en lui expliquant que sa clientèle était avant tout demandeuse de photos possédant une « dimension artistique ».

— Il ne faut pas se contenter de faire poser les mariés avec tous les membres de la famille, précisa-t-il. Ça, ils peuvent le faire eux-mêmes avec leurs portables. Ce que les clients recherchent avant tout, ce sont des scènes de la soirée qui leur auraient échappé. Des petits moments volés, quoi !

Lorsqu'il demanda à Émilie avec quel type d'appareil elle travaillait, elle lui expliqua qu'elle pouvait utiliser un numérique mais qu'elle préférait l'argentique, dont les clichés offrent plus de charme. L'argument le convainquit. Il évoqua « la mode du vintage » et « l'attrait actuel pour tout ce qui est désuet » avant d'envisager qu'Émilie pût développer les photos sur place afin de les proposer à la vente avant la fin du dîner. Émilie répondit par la positive : elle savait développer elle-même et possédait son propre matériel. Tout ce dont elle avait besoin, c'était un accès à une pièce sans fenêtre.

Le jeune homme la rappela la semaine suivante pour lui proposer de travailler sur un mariage le samedi, le photographe avec qui il travaillait habituellement lui ayant fait faux bond. Il lui notifia au passage le pourcentage à lui reverser sur les ventes des photos et lui donna rendez-vous le jour des festivités, en lui répétant quatre fois de ne pas oublier son matériel de développement.

La soirée du mariage était organisée au château de Dampierre, dans les Yvelines. Émilie arriva à 17 heures, juste avant le cortège des voitures des invités. Le cocktail se déroula dans les jardins, au son d'un orchestre et du cliquetis des coupes de champagne. La mariée était laide mais parfaitement assortie à son nouvel époux. Émilie resta à distance pour la photographier chaque fois qu'elle prenait un air pincé pour embrasser un membre de sa famille qui la félicitait. Elle prit de nombreux clichés du marié, mais s'arrêta lorsque celui-ci se cacha sous le porche pour fumer un joint avec ses deux témoins. Elle prit également en photo la mère de la mariée qui s'empiffrait d'amuse-gueule, la sœur de la mariée qui s'ennuyait à mourir, un cousin germain de la mariée qui draguait lourdement une cousine du marié, un vieil homme à la parenté indéterminée qui reluquait tout ce qui portait une jupe, des gamins qui jetaient des pierres à un chat et même un serveur dont la braguette était restée ouverte.

Assez vite, Émilie se retrouva contrainte d'obéir au père de la mariée qui lui demanda de les immortaliser, son épouse et lui, avec le bassin en arrière-plan. Elle dut ensuite faire la même photo successivement avec les mariés en compagnie de tous les membres de leurs familles, puis de leurs amis.

Lorsque le repas commença enfin, Émilie immortalisa les tablées sous différents angles avant de s'isoler pour développer. À l'arrivée du chariot des fromages, elle déposa sur la table principale un gros album blanc, qu'elle avait acheté pour l'occasion, contenant l'ensemble des clichés qu'elle avait sélectionnés. Elle décida ensuite d'aller prendre l'air, le temps que les convives découvrent les photos. Elle n'eut à attendre qu'une dizaine de minutes avant de voir débarquer le père de la mariée, rouge pivoine, qui la couvrit d'injures sans qu'elle pût saisir ce qu'il lui reprochait. Ce fut seulement lorsqu'il jeta l'album par terre en l'invectivant de plus belle qu'elle comprit qu'il avait peu apprécié son sens du visuel.

Elle ignorait qu'à l'intérieur les convives se tordaient de rire après avoir découvert les images cocasses de l'apéritif ou les gros plans sur des photos censées être de groupe. Le summum de l'hilarité fut sans doute atteint avec celle d'un invité pris en train de se mettre le doigt dans le nez, lequel se trouvait être le patron du père de la mariée. Loin d'être désemparée, Émilie trouva la situation presque amusante en comparaison de la tragédie qu'elle traversait. Alors qu'elle se trouvait à quatre pattes pour ramasser les photos éparpillées au sol, elle entendit une voix derrière elle :

— Ne faites pas attention à ce que dit ce vieux con, vous avez le regard d'une authentique photographe !

Émilie se releva brusquement pour adopter une position présentable. L'homme qui s'adressait à elle était grand, élégant et doté d'une classe naturelle qui détonnait avec le reste des invités. Il se rapprocha d'elle, sa coupe de champagne à la main :

— Je n'ai pas eu le temps de contempler l'ensemble de vos œuvres avant que le mari de ma sœur ne s'empare de l'album, mais celles que j'ai vues m'ont impressionné : vous possédez un vrai talent pour raconter une histoire à travers une image instantanée. Je crois ne pas me tromper si j'avance que vous êtes tout sauf une photographe de mariage, n'est-ce pas ?

— Oui, bredouilla Émilie. Enfin... Non, vous ne vous trompez pas.

L'homme sortit une carte de visite de sa poche intérieure et la tendit à Émilie.

— Je possède une galerie d'art dans le Marais et j'organise régulièrement des expositions de photos. N'hésitez pas à me contacter, j'aimerais beaucoup travailler avec vous.

Alors qu'Émilie restait bouche bée, l'homme s'empressa d'ajouter :

— Ne vous méprenez pas, il ne s'agit pas d'un plan drague : je suis gay.

Tandis qu'Émilie demeurait interdite, il poursuivit avec un petit sourire :

— Oui, je sais, un homo qui tient une galerie dans le Marais... Mais que voulez-vous ? Quand on aime la photo, il ne faut pas craindre les clichés !

*

Émilie oublia assez vite l'épisode du mariage : quelques jours plus tard, Éric et elle reçurent l'ordonnance de renvoi devant le tribunal correctionnel. Leur avocat leur confirma que l'instruction était bouclée et que le procès se tiendrait assez vite. Me Granier tenta d'obtenir un vice de procédure en réclamant la nullité de l'ordonnance de renvoi, arguant que le texte n'était qu'une « reprise exacte des termes du réquisitoire définitif », avec des fautes d'orthographe identiques sur les deux documents. Daignant pour une fois les tenir informés de sa stratégie, l'avocat expliqua à ses clients que, selon les dispositions de l'article 184 du code de procédure pénale, les ordonnances devaient indiquer les éléments à charge et à décharge, ce qui n'était pas le cas du réquisitoire définitif, qui était seulement à charge. Éric et Émilie ne comprirent pas vraiment l'intérêt d'une telle démarche et ne furent donc pas trop déçus lorsque celle-ci échoua.

Après une longue négociation, dans laquelle Charles fut largement partie prenante, il fut décidé que seul Me Granier les représenterait durant l'audience. Laura téléphona plusieurs fois à Émilie pour tenter d'obtenir qu'elle pût au moins plaider elle aussi, mais Émilie s'était rangée du côté de la majorité. Laura finit par jeter l'éponge et accepta d'assister simplement au procès, sans intervenir.

Le jour de l'audience, Émilie se présenta vêtue d'un tailleur strict et les cheveux attachés. Éric portait pour la première fois de sa vie un costume-cravate qui lui donnait cinq ans de plus. Cela faisait des nuits que l'un et l'autre avaient perdu le sommeil à force de répéter la partition que leur avocat leur avait demandé de jouer, apprenant par cœur les réponses succinctes qu'ils devraient réciter à la barre. Dans la salle, Charles était assis au premier rang avec Mathilde. Ils n'avaient pas osé aller saluer Émilie, tant la tension avait atteint son paroxysme avant même l'arrivée des magistrats.

Au cours de la première partie de l'audience, Me Granier tenta de démontrer, en s'appuyant sur les témoignages de proches de la famille, à quel point Émilie avait toujours montré le visage d'une mère protectrice vis-à-vis d'Alice. Il cita toutes les fois où Émilie avait contacté des services médicaux pour d'autres raisons que les lésions, notamment pour des questions liées à l'allaitement ou au bourgeon sur le nombril d'Alice, qui ne pouvait avoir été provoqué par un acte de maltraitance. Lorsque Émilie se présenta à la barre, il insista pour qu'elle énumérât chacune des mesures qu'elle avait prises afin de protéger Alice lorsqu'elle croyait que les lésions étaient dues à son environnement : changement d'habitation, précaution sur sa propre alimentation durant l'allaitement, suppression des sorties d'Alice pour la préserver de la pollution... Il balaya d'un revers de main les propos tirés des PV d'audition que citait le procureur, selon lesquels Émilie était apparue aux yeux des médecins « un peu trop possessive » et « trop centrée sur son bébé ».

L'avocat s'en sortait plutôt bien, jusqu'à ce que le président du tribunal réoriente les débats sur le cœur du dossier : l'origine des lésions d'Alice. Me Granier se lança alors dans une longue démonstration sur les maladies liées à l'amiante. Après avoir présenté au tribunal toutes les pièces qui démontraient que l'immeuble où habitaient Émilie et Éric avait été construit avec des matériaux à base d'amiante, il exposa divers documents démontrant qu'il était « très probable » qu'Alice eût pu être contaminée par des particules microscopiques. Il énuméra les maladies causées par cette matière, qu'il illustrait chaque fois avec des cas ayant donné lieu à des procès, et cita plusieurs études de spécialistes qui affirmaient que la médecine n'était pas encore en mesure de déterminer l'ensemble des pathologies liées à l'amiante, insistant sur des cas récents d'individus ayant été en contact avec de l'amiante dont les symptômes n'apparaissaient sur aucune des listes tirées des rapports de la Haute Autorité de Santé. Dans une grande envolée lyrique, Me Granier se tourna vers la salle, en s'exclamant :

— Mais, bien entendu, plutôt que de s'intéresser à de telles maladies dont nous avons déjà vu à de trop nombreuses reprises à quel point elles sont susceptibles de détruire des vies, l'instruction a préféré se focaliser sur un supposé « syndrome de Münchhausen par procuration », dont la plupart des spécialistes doutent encore de l'authenticité !

Le procureur balaya un à un les arguments de la défense, soulignant :

— Sur les trente mille décès causés par l'amiante, aucune des victimes ne présentait des symptômes semblables à ceux auxquels nous nous intéressons aujourd'hui, puisque la plupart de ces malheureux étaient atteints de fibroses pulmonaires ou de cancers de la plèvre.

Cinglant, il ajouta :

— Ces satanées lésions dont souffre ce bébé innocent, ces satanées lésions qui persistent sans explication médicale ne peuvent pas surgir *ex nihilo*, il existe bien une cause...

Le parquet requit pour chacun des parents cinq ans d'emprisonnement, dont deux avec sursis. La plaidoirie de haute volée de Me Granier n'eut pas l'effet escompté : le président du tribunal prononça une peine de cinq ans de prison, dont deux avec sursis, et une obligation de soins pour Émilie, ainsi qu'une peine de prison avec sursis de deux ans pour Éric.

Le soleil se cache...

De la fenêtre de son bureau, la lieutenante de police observait la cour de l'immeuble. Son collègue tapait sur le clavier de son ordinateur en tournant la tête dans sa direction à intervalles réguliers.

— Bon, Valentine, tu vas te remettre au boulot ou tu vas continuer à ressasser cette affaire encore longtemps ?

La policière se retourna en lui jetant un regard noir.

— Je ne ressasse rien, Hervé !

Le flic soupira ostensiblement et se força à ricaner.

— Bien sûr, que tu ne ressasses rien : tu fais juste la gueule depuis une semaine pour le plaisir !

Valentine secoua la tête et retourna s'asseoir en face de lui.

— En tout cas, toi, ça n'a pas l'air de te perturber plus que ça.

Hervé cessa de taper et s'enfonça dans sa chaise.

— Elle a été condamnée, l'enquête est terminée pour ce qui nous concerne. Qu'est-ce que tu veux qu'on fasse ? Des affaires comme celle-là, on en traite à la pelle...

— Pas comme celle-là, non.

Valentine s'agaça. Elle travaillait en binôme avec Hervé depuis près de deux ans et, pour la première fois, elle ressentit l'envie de lui balancer son café au visage. Conscient de l'irritation de sa partenaire, il tenta de l'amadouer en mimant des yeux de chien battu. Habituellement, il parvenait toujours à la faire rire en clignant des paupières à la manière d'un personnage de dessin animé. Mais cette fois ses mimiques n'eurent pas l'effet attendu. Au contraire, Valentine revint à la charge en haussant le ton :

— Tu étais là quand nous sommes allés récupérer la gamine chez eux ? Tu as vu comment la mère se comportait ?

— Elle hurlait, et alors ?

— Elle n'a pas fait que hurler.

— Qu'est-ce qu'elle faisait d'autre ?

— Avant qu'on ramène sa fille à l'hôpital, elle nous a couru après pour nous donner un manteau. Tu en connais beaucoup des mères qui torturent leur bébé et qui ont peur qu'il prenne froid ?

— Je ne cherche pas à comprendre les tarés. Je suis flic, pas psy.

Valentine leva les yeux au ciel et retourna regarder par la fenêtre. Hervé se leva et s'approcha d'elle.

— Tu veux aller boire un verre ?

— Non merci, répondit-elle en tentant de reprendre une voix amicale.

Elle aurait aimé dire à Hervé qu'il se trompait. Cela ne faisait pas une semaine qu'elle « faisait la gueule », cela faisait des mois que cette affaire l'obsédait. Des mois qu'elle repensait à cette fille des beaux quartiers dont elle venait d'apprendre la condamnation. Depuis qu'elle était entrée dans la police, elle avait perdu la plupart de ses illusions et savait que la vision romantique qu'elle avait eue du métier était aussi factice que la légende du Prince charmant. Elle avait participé à l'arrestation d'un paquet de voyous qui s'en étaient tirés avec du sursis et vu des braves types finir en prison pour une broutille. Elle ne croyait plus beaucoup en la justice, sans que cela l'empêche de trouver le sommeil tous les soirs. Mais, cette fois, elle ne parvenait pas à faire taire cette petite voix intérieure qui lui répétait qu'elle avait fauté par omission.

Bien sûr, elle avait fait son travail du mieux qu'elle pouvait, mais elle ne parvenait pas à effacer de son esprit l'idée que, pour une fois, elle aurait pu dépasser le strict cadre de ses fonctions. Hervé revint à la charge une dernière fois :

— Allez, laisse tomber ! Tu as vu le dossier : tout converge, non ?

— Tu parles ! Nous n'avons vu que ce que nous voulions voir, comme ces andouilles de juges.

17

L'énoncé du jugement se déroula dans un silence écrasant. Dans ses motivations, le magistrat indiqua que la maltraitance n'avait pu être formellement établie mais que le risque d'un syndrome de Münchhausen par procuration étant avéré aux yeux du tribunal, Émilie représentait une « menace potentielle pour son enfant ». Éric, considéré comme « complice actif », n'échappa pas à la condamnation. Malgré la peine de prison ferme d'Émilie, le président ne prononça pas de mandat de dépôt mais confirma le placement d'Alice en famille d'accueil. C'est en entendant cette dernière phrase qu'Émilie s'effondra sur son banc.

Après quelques secondes de stupéfaction, l'agitation gagna la salle. Charles se rua vers les magistrats pour crier sa colère mais fut stoppé dans son élan par un policier. Livide, Éric se précipita sur Granier pour exiger des explications, que celui-ci eut toutes les peines du monde à lui faire entendre. Laura se rapprocha d'Émilie en courant. Posant sa main sur son épaule, elle lui murmura avec toute la douceur dont elle fut capable :

— Ce n'est pas fini. Nous allons faire appel, ce sera un nouveau procès.

Émilie crut qu'elle allait sombrer dans une nouvelle absence, mais ce ne fut pas le cas : elle était bel et bien là, au milieu de ces gens qui parlaient fort et de ces personnages en robe qui quittaient la salle après l'avoir envoyée en prison.

Elle tourna la tête vers la droite et aperçut sa mère. Immobile, celle-ci la fixait, les yeux embués. Lorsqu'elles échangèrent un regard, Mathilde eut un geste pour avancer vers sa fille, mais Émilie l'arrêta dans son élan en détournant les yeux. Charles venait de rejoindre Éric, qui continuait d'assaillir de questions le grand ténor parisien qui n'en menait pas large. Stoïque, celui-ci tentait de calmer le jeu :

— Je vais présenter un dossier d'aménagement de peine. Vu son profil, je suis quasiment certain qu'il sera accepté et qu'elle n'ira pas en prison.

Éric tiqua sur l'incapacité de leur avocat à prononcer le prénom d'Émilie. Charles, lui, saisit tout de suite le non-dit de la phrase :

— Pourquoi un aménagement de peine ? Et le procès en appel ?

Granier prit son temps avant de répondre. Il tourna la tête vers Émilie, toujours assise sur le banc auprès de Laura, pour être certain qu'elle n'entendait pas leur conversation.

— La condamnation est légère au vu des charges qui pèsent sur votre fille. Il est peu probable que nous obtenions mieux en appel. Le plus sage serait d'accepter un aménagement de peine et de ne pas prendre le risque d'un nouveau procès et d'une aggravation de la peine.

— Mais ce n'est pas possible ! explosa Charles. Émilie est innocente ! C'est n'importe quoi, cette histoire de syndrome de Münchhausen !

— Ce n'est apparemment pas ce que pensent les magistrats, soupira l'avocat. N'oubliez pas qu'il est écrit noir sur blanc dans le dossier d'instruction que votre fille a été suivie par une psychiatre pour des troubles du comportement lorsqu'elle était enfant.

Éric resta abasourdi. Outre qu'il venait d'apprendre que la femme qu'il aimait lui avait dissimulé un épisode dramatique de son existence, il n'était pas certain de comprendre ce que signifiait la position de leur avocat :

— Mais... Et ma fille ?

L'avocat n'eut pas besoin de prononcer un mot. Le regard qu'il lança à Éric fut explicite. Il se crut pourtant obligé d'ajouter d'un air dédaigneux :

— Nous pourrons obtenir le maintien d'un droit de visite.

Éric ne put se maîtriser plus longtemps. Charles le ceintura juste avant qu'il ne se jette sur l'avocat. Émilie n'eut pas la force d'intervenir. Elle entendait Éric crier et vit le ténor abasourdi reculer de quelques pas, mais la scène lui semblait anecdotique à l'aune de ce qui venait de se jouer. Bien avant Éric, elle avait compris que sa condamnation était en réalité une peine à perpétuité, puisqu'elle la privait à jamais de voir grandir sa fille. Laura continuait de lui parler, mais Émilie ne l'écoutait pas. Ne lui parvirent que sa dernière phrase et les mots qu'elle voulait entendre depuis longtemps :

— Je reprends le dossier toute seule. C'est moi qui vous défendrai en appel !

*

La semaine suivante, Émilie et Éric demeurèrent dans l'appartement sans s'adresser la parole, comme deux chevaux psychotiques dans une écurie en feu. Leurs journées n'étaient plus qu'une suite d'heures, semblables les unes aux autres, qu'ils ne cherchaient même plus à combler. Émilie passait le plus clair de son temps dans la chambre d'Alice à caresser les barreaux de son berceau. Éric, lui, restait affalé sur le canapé et buvait des bières en fixant le vide.

Les portes de la salle de sport restaient closes sans qu'aucun panneau en indique la raison. Le monde extérieur n'existait presque plus. Le désordre et la puanteur prenaient possession de chaque parcelle de l'appartement sans rencontrer aucune résistance. La plante posée sur le rebord de la fenêtre, qu'Émilie avait longtemps continué d'arroser par réflexe, était en état de décomposition avancé. Dans le réfrigérateur, quelques aliments fermentaient sans que personne songe à les jeter.

Lorsque Émilie déambulait dans une pièce, Éric ne remarquait même plus sa présence. N'étant plus à l'écoute de son propre corps, il était incapable d'accorder la moindre importance à quoi que ce fût d'extérieur à lui-même. Il était parvenu à ne plus penser, ce qui était pour lui l'unique alternative à la souffrance. Émilie, elle, pensait encore. Elle eût sans doute aimé que son esprit décide de s'enfuir une nouvelle fois pour la préserver des tourments de l'existence, mais, telle une punition ultime, il demeurait fixé à la réalité, prisonnier d'une rumination infernale.

Le vendredi, sans savoir ce qui la poussait, elle s'habilla et descendit dans la rue. Éric n'eut pas un mot pour la retenir ni lui demander où elle allait. Le bruit de la porte qui se refermait ne fut qu'un écho parmi d'autres, comme s'il avait entendu la circulation à travers la fenêtre. Émilie sortit de l'immeuble et s'avança vers les quais de la Seine. Le mauvais temps avait fait fuir les touristes et les boîtes de la plupart des bouquinistes restaient fermées. Émilie sentit sur son visage une rafale de vent qui lui fit presque du bien. Elle s'avança encore un peu sur le quai et observa la Seine. Jamais son eau ne lui avait semblé si sombre et son cours si rapide. Le fleuve semblait courir vers quelque chose.

Lorsque Émilie se pencha un peu plus pour l'observer, l'idée s'imposa. Après tout, il ne s'agissait que d'un geste, une petite flexion des genoux, ponctuée d'un saut vers l'avant qui s'achèverait par une libération de ses souffrances. Émilie avait souvent eu peur de tomber lorsqu'elle se tenait près du vide ; depuis qu'elle vivait continuellement au bord du gouffre, cette peur l'avait quittée. Désormais, le vide semblait l'attirer. Elle se vit sauter, elle se vit tomber les cheveux au vent, elle sentit son corps entrer en contact avec l'eau froide puis couler à pic dans les profondeurs du fleuve.

Émilie se pencha un peu plus encore. Ses pieds étaient presque décollés, ne tenant que sur leurs pointes. Pour la première fois depuis longtemps, Émilie sourit. Elle revit les moments heureux qui avaient peuplé ses jours. Elle revoyait son père jouer avec elle lorsqu'elle était petite fille. Elle revoyait Éric lui adresser un cœur en joignant ses mains, en Martinique. Puis elle revit Alice. Alice qui s'endormait contre elle, s'abandonnant dans la chaleur de ses bras. Alice, si petite, si fragile, si belle. Les pieds d'Émilie retrouvèrent le sol et son sourire s'effaça.

Elle s'assit par terre et attendit, longtemps. Si longtemps que, lorsqu'elle se releva, le soleil s'était couché. Lorsqu'elle remonta à l'appartement, en ouvrant la porte, elle fut surprise qu'Éric tourne les yeux vers elle. Il se leva même pour aller à sa rencontre et prit sa main dans la sienne.

— Ton père est venu. Il m'a dit pour ta mère. Ce qu'elle t'avait fait.

Elle le regarda sans rien ressentir. Elle se contenta de répondre :

— Cela n'a plus d'importance, à présent.

*

Le jour de la visite à Alice arriva le surlendemain. Ce fut sans doute le dernier élément temporel qui eût une quelconque signification aux yeux d'Émilie. Éric avait oublié la date, mais elle remarqua comme un éclair dans ses yeux lorsqu'elle lui rappela qu'ils devaient se rendre au service de l'Aide sociale à l'enfance. Il enfila des vêtements propres et suivit Émilie dans l'escalier.

Lorsqu'ils arrivèrent, la travailleuse sociale et une puéricultrice se trouvaient déjà dans la pièce avec Alice dans un couffin. Comme à son habitude, Émilie pressa le pas pour prendre sa fille dans ses bras. Mais, cette fois, Alice tourna la tête, comme pour fuir le regard de sa mère. Lorsque Émilie entreprit de l'installer confortablement contre elle, la petite se mit à gigoter pour chercher à s'échapper. Émilie se leva pour tenter de la bercer, mais Alice se cambra de plus belle. Émilie, qui pensait s'être blindée émotionnellement au fil des épreuves, découvrit là une forme de douleur encore inconnue.

— Elle nous oublie, elle part, dit-elle à Éric.

Il demeurait silencieux. Lui aussi, à sa façon, était en train de partir. La crainte d'Émilie se confirma : Alice semblait chercher le regard de la puéricultrice. Elle détourna une nouvelle fois la tête lorsque Émilie s'adressa à elle. Alice salivait beaucoup, sa mère voulut lui essuyer la bouche avec un mouchoir, mais le bébé eut un nouveau mouvement de recul de la tête. Ce fut la violence de trop : à cet instant, les derniers espoirs d'Émilie s'effacèrent de son esprit. Elle se leva pour tendre son bébé à la puéricultrice.

— Je vous la laisse, elle ne veut pas de moi, dit-elle d'une voix brisée.

*

Laura était assise en tailleur sur le sol de son salon. Autour d'elle, une ribambelle de feuilles imprimées recouvrait la surface du parquet. Elle lisait attentivement, un à un, l'ensemble des procès-verbaux. Elle n'avait pu récupérer les photocopies du dossier que le matin même, après avoir bataillé plusieurs jours avec Granier. Dès le lendemain du procès, elle avait fait le pied de grue à son cabinet, mais l'avocat avait refusé de lui transmettre les éléments de procédure tant qu'il n'avait pas été officiellement informé par ses clients qu'il n'était plus chargé de l'affaire. Laura était revenue le lendemain et le surlendemain pour réitérer sa demande, mais son confrère l'avait jetée dehors *manu militari,* avec une poigne surprenante pour son âge. Laura avait tenté, en vain, de joindre Émilie et Éric, qui n'avaient jamais décroché leur téléphone. Laura avait alors hésité à se rendre chez eux, avant de renoncer en se souvenant de l'état dans lequel elle les avait quittés après l'audience.

Les jours suivants, elle s'était adonnée à sa traditionnelle technique du harcèlement en téléphonant toutes les heures au cabinet de Granier. Son assistante prit l'option de ne plus décrocher dès que son numéro apparaissait sur l'écran. Ne s'avouant pas vaincue, Laura avait persévéré en téléphonant toutes les dix minutes, ce qui eut pour effet de bloquer la ligne fixe du cabinet. Hors de lui, Granier finit par prendre lui-même le combiné pour l'agonir d'insultes, ce qui n'eut d'autre effet que de provoquer un fou rire chez Laura. À bout de nerfs, Granier somma son assistante d'envoyer par coursier à Laura les cinq classeurs de la procédure.

Alors qu'elle lisait attentivement page après page, Laura surlignait nombre de phrases dont elle pensait avoir besoin ultérieurement. En parcourant le rapport d'expertise médicale d'Alice, elle s'étonna de ne voir indiqué que ce qu'Alice *n'avait pas* : « pas de formation tissulaire », « pas d'anomalies visibles », « pas de formation nodulaire suspecte », « pas de remaniement morphologique », « pas de signes en faveur d'une lésion osseuse d'origine traumatique visible », « pas d'atteinte osseuse », « pas d'atteinte cérébrale »... Laura s'arrêta sur une phrase de conclusion, à la fin d'un compte rendu d'hospitalisation : « Devant la négativité des deux biopsies, la description échographique des lésions, l'évolution favorable à partir de l'hospitalisation, ainsi que l'aspect clinique des lésions orientent le diagnostic vers des lésions infligées. » Elle surligna aussi une déclaration de la puéricultrice qui avait suivi Alice après sa sortie de la maternité. Celle-ci affirmait : « J'ai pensé au syndrome de Münchhausen car j'avais déjà été confrontée à de tels cas. Il est toujours très difficile d'être certain, surtout lorsque les parents se montrent très prévenants envers l'enfant. »

— Putain, mais ils savent que dalle ! Ils ne font que déduire des trucs sur du vent ! s'agaça-t-elle à voix haute.

Laura se laissa tomber en arrière sur le sol. « C'est quand même dingue qu'au XXIe siècle la médecine soit toujours incapable de déterminer si quelqu'un s'est fait mordre ou pas », pensa-t-elle. C'est à cet instant que son téléphone sonna. Laura saisit l'appareil : l'écran indiquait un numéro inconnu. Lorsqu'elle décrocha, elle entendit une voix tout aussi inconnue :

— Lieutenante Valentine Bontemps. Je vous appelle au sujet de l'affaire Champfleuri. C'est bien vous qui assurez désormais la défense ?

— Oui.

— J'ai mis du temps à vous joindre car j'ai essayé à plusieurs reprises de contacter Me Granier, mais son assistante a fini par me dire aujourd'hui que c'était vous qui aviez pris la suite sur ce dossier.

Un court silence s'établit avant que la lieutenante ne poursuive :

— Je vous contacte au sujet de votre cliente. Je me suis replongée dans les procès-verbaux des personnes que nous avions auditionnées au cours de l'enquête et je pense que l'un d'eux devrait vous intéresser : celui d'un infirmier de Cochin du nom de Matthieu Collière.

Laura commença à fouiller dans un classeur, tout en maintenant le téléphone sur son oreille.

— Et que dit-il d'intéressant, cet infirmier ?

— Je vous laisse le découvrir, maître.

Avant de raccrocher, Laura fut prise d'un doute :

— Pourquoi m'avez-vous contactée ?

— Parce que je pense que cette audition pourrait vous aider dans votre défense.

— Ce n'est pas habituel qu'un flic donne une info à un avocat...

Valentine souffla dans le combiné.

— Je vous laisse. Bonne chance !

Dès que Laura eut reposé le combiné, elle ouvrit rapidement toutes les chemises non encore ouvertes du second classeur pour retrouver le PV en question.

— Elle m'aurait fait gagner du temps si elle m'avait donné directement la cote du document ! râla-t-elle.

Elle tomba enfin sur le PV, rangé dans l'avant-dernière chemise, et se lança dans la lecture :

QUESTION : *Dans quelles circonstances avez-vous rencontré Mlle Champfleuri ?*

RÉPONSE : *Mlle Champfleuri avait amené sa fille aux urgences pour passer des examens après avoir constaté des lésions sur plusieurs parties de son corps.*

QUESTION : *Vous souvenez-vous précisément des lésions sur le corps de la petite Alice ?*

RÉPONSE : *Elle avait des marques sur le torse, sur le dos et sur le bras qui ressemblaient à des hématomes. Elle avait aussi une marque sur la plante du pied qui ressemblait plus à une plaque rouge. J'ajoute qu'entre le moment où j'ai emmené l'enfant passer des examens et le moment où je l'ai ramenée à sa mère, une nouvelle marque est apparue sur son menton.*

QUESTION : *Comment se présentait cette nouvelle marque ?*

RÉPONSE : *Il s'agissait d'une plaque rouge d'un aspect semblable à celle qu'elle avait sur la plante du pied.*

QUESTION : *L'avez-vous signalé au médecin ?*

RÉPONSE : *Je le lui ai signalé, mais il n'a pas porté une attention particulière à cette information. Il est vrai que cette marque semblait bénigne, surtout comparée aux lésions que la petite présentait sur son torse, son dos et son bras.*

QUESTION : *Pourquoi alors évoquez-vous cette nouvelle marque ?*

RÉPONSE : *Car je me pose une question encore aujourd'hui : cette trace étant apparue alors que la petite n'était pas avec sa mère, celle-ci ne peut être due à un acte de maltraitance. Il se pourrait donc que ce soit valable aussi pour les autres lésions.*

QUESTION : *Quel est votre avis ?*

RÉPONSE : *Je n'ai pas de légitimité pour me prononcer sur cette affaire. Mais la femme que j'ai vue à l'hôpital ce jour-là est apparue folle d'inquiétude pour sa fille. Je ne connais rien au syndrome de Münchhausen, mais j'ai du mal à croire qu'une personne qui fasse du mal à son enfant puisse ensuite se montrer si protectrice.*

Laura dut relire une deuxième fois la phrase, tant elle avait du mal à y croire : « Entre le moment où j'ai emmené l'enfant passer des examens et le moment où je l'ai ramenée à sa mère, une nouvelle marque est apparue sur son menton. » Elle la relut même une troisième fois pour être certaine de bien comprendre.

— Putain, ce con de Granier n'est quand même pas passé à côté de ça ! lança-t-elle à voix haute.

Non, cela ne semblait pas possible. Un grand avocat tel que lui ne pouvait être passé à côté d'un élément aussi fondamental, d'autant que cette déclaration allait parfaitement dans le sens de sa stratégie sur une maladie liée à l'amiante. Et pourtant…

Laura sauta directement sur son téléphone pour appeler son éminent confrère. Fait rare, il décrocha lui-même le combiné. Dès qu'il reconnut la voix de Laura, il entra de nouveau dans une rage folle :

— Cessez de m'importuner, espèce de folle ! Appelez-moi encore une seule fois et je vous envoie les flics et je vous dénonce auprès de mon ami le bâtonnier !

Il raccrocha violemment avant que Laura ait pu commencer à lui expliquer la raison de son appel. Elle leva les yeux au ciel et composa le numéro d'Émilie, qui décrocha sans prononcer un mot.

— Émilie ?

— Oui, répondit-elle d'une voix blanche.

— Émilie, il faut que je te voie tout de suite : j'ai trouvé quelque chose dans le dossier qui change la donne. Je peux te retrouver chez toi ?

L'enthousiasme de la voix de Laura n'eut aucun effet sur Émilie, qui se contenta de répondre du même ton désincarné :

— C'est fini, Laura. Il vaut mieux laisser tomber.

Lorsque Laura protesta en évoquant le procès en appel, Émilie raccrocha. Elle avait décroché le tout.

*

Valentine Bontemps venait de raccrocher son téléphone après son appel à Laura lorsqu'elle entendit une voix derrière elle qui la fit sursauter :

— C'est pas bien, lieutenante, de balancer des infos à une baveuse !

Valentine se retourna et aperçut Hervé sur le pas de la porte du bureau, un café à la main. Amusé par le visage interloqué de sa collègue, il éclata de rire et alla s'asseoir sur son siège. Il but une gorgée et fit la grimace :

— Putain de machine de merde qui fait toujours du café trop chaud !

Valentine se rapprocha de lui :

— Tu m'espionnes, maintenant ?

— Pas besoin de t'espionner, tu ne prends aucune précaution lorsque tu pactises avec l'ennemi.

La policière se força à rire en secouant la tête.

— Parce que les avocats sont nos ennemis, maintenant ?

— Ils l'ont toujours été, répondit Hervé en mettant ses pieds sur son bureau. Le seul but de leur existence est de libérer les voyous que l'on s'emmerde à arrêter.

— La fille Champfleuri n'était pas une délinquante.

— Non, seulement une mère qui faisait du mal à son bébé !

Valentine soupira et retourna s'asseoir en face d'Hervé qui la fixait en souriant, attendant visiblement qu'elle justifie son appel à l'avocate. Mais Valentine n'en avait aucunement l'intention. Elle alluma son ordinateur et commença à taper sur son clavier. Hervé continuait de la fixer d'un air facétieux.

— Tu as l'intention de me dévisager encore longtemps ?

— Pas trop, non, c'est bientôt l'heure de fermer la boutique. J'espère que tu te sens mieux, en tout cas.

Valentine se tourna brusquement vers son collègue :

— Oui, je me sens mieux ! J'ai peut-être brisé ton sacro-saint code de l'honneur de flic ou je ne sais quoi, mais ça m'emmerde qu'une innocente de vingt ans soit condamnée. Tu peux le comprendre ou c'est trop te demander ?

Le sourire d'Hervé s'effaça et ses traits se firent plus sérieux.

— Putain ! Pourquoi es-tu à ce point persuadée qu'elle est innocente ?

— À cause de quelque chose qu'elle m'a dit vers la fin de sa garde à vue, quand elle est sortie du cirage.

— Qu'est-ce qu'elle t'a dit ?

— « Je fais des choses dont le souvenir s'efface. Mais si j'ai fait du mal à ma fille, alors je vous supplie de l'éloigner de moi. »

Hervé retira les pieds de son bureau et se redressa. Il leva les mains en signe d'impuissance.

— C'est bien un aveu de culpabilité, non ?

Valentine fit pivoter son siège et lui adressa un large sourire.

— Écoute, ni toi ni moi ne sommes psy, mais tu es d'accord que depuis que nous bossons ensemble nous avons vu défiler un paquet de psychopathes de toutes obédiences dans ce bureau ?

— Je confirme.

— Et dans le lot, tu en as déjà entendu un seul nous supplier de protéger sa victime ?

Hervé ouvrit la bouche pour répliquer quelque chose mais s'arrêta net en comprenant qu'il n'avait pas de réponse. Valentine le gratifia d'un clin d'œil et se remit à taper sur son clavier.

*

Laura fit ce qu'elle faisait toujours lorsqu'elle perdait espoir dans quelque domaine que ce fût : elle s'habilla le plus sexy possible et partit se soûler dans un bar pour se trouver une aventure pour la nuit. Au pub de la Butte-aux-Cailles où elle avait ses habitudes, elle commanda deux mojitos en même temps pour ne pas avoir à attendre après avoir bu le premier. Il lui fallut peu de temps pour remarquer qu'un garçon assis à une table avec deux autres convives jetait régulièrement des coups d'œil dans sa direction. Laura croisa les jambes pour faire remonter sa jupe : le garçon ne détourna plus le regard. Elle attendit qu'il vînt vers elle avant de commander un troisième verre. Il lui offrit les deux suivants en lui racontant qu'il était interne en médecine, célibataire et fan de musique électronique. Laura écouta d'une oreille distraite la moitié de ses propos en attendant qu'ils soient tous les deux suffisamment alcoolisés pour lui proposer un dernier verre chez lui.

Ils prirent la voiture de Laura, montèrent les escaliers des deux étages en titubant un peu et en parlant très fort. Une fois sur son lit, Laura laissa son amant du soir lui retirer son soutien-gorge. Dans un éclair de lucidité, elle lui saisit la main.

— Tu as un préservatif ?

Le garçon se releva en sursaut et la regarda, les yeux écarquillés.

— Un préservatif ?

Il secoua la tête.

— Tu vis encore dans les années 1990, ma parole ! Plus personne ne met de capote aujourd'hui !

Laura fut piquée dans son orgueil de se voir ainsi jeter au visage leur différence d'âge, mais elle n'en laissa rien paraître.

— Dis donc, pour un toubib, je ne te trouve pas très prudent ! De toute façon, soit tu mets un préservatif, soit je rentre chez moi.

Devant la beauté du corps presque entièrement dénudé de Laura le garçon se leva, fébrile.

— Attends-moi, ma beauté, je dois en avoir quelque part.

Laura entendit des bruits de tiroir dans la pièce voisine. Ressentant l'envie d'une cigarette, elle en sortit une de son paquet mais ne trouva pas son briquet. Elle passa rapidement la chambre en revue pour trouver du feu. Son regard s'arrêta sur le bureau, où s'accumulait une masse de polycopiés. Elle sourit en apercevant, sur une feuille de papier, un corps mal dessiné sur lequel un énorme sexe avait été ajouté au crayon. Laura lut le titre à côté du dessin : « Angio-œdème héréditaire ».

— Dis donc, ton futur boulot s'annonce encore plus chiant que celui d'avocat ! cria-t-elle à travers l'appartement.

— Qu'est-ce que tu dis ? répondit une voix lointaine.

Par réflexe, les yeux de Laura se mirent à lire distraitement le texte écrit sur la feuille : « L'angio-œdème héréditaire (AOH) est une maladie génétique rare liée à la modification d'un gène situé sur le chromosome 11. »

— Putain, c'est du charabia ! s'exclama-t-elle pour elle-même. À côté, le code pénal, c'est *Oui-Oui à la plage* !

Laura continua de parcourir le texte sans vraiment y prêter attention. D'un coup, une phrase retint son attention. Une pensée lui traversa l'esprit. Elle relut la phrase : « Symptômes : gonflements ou œdèmes pouvant atteindre les membres, le visage ainsi que tous les organes. Les œdèmes apparaissent de manière épisodique et disparaissent en général au bout de deux à trois jours. » Malgré son alcoolémie, Laura sentit un frisson lui parcourir la colonne vertébrale.

— Qu'est-ce que c'est que ce bordel ?

Elle se laissa tomber sur le lit et poursuivit sa lecture. À la phrase suivante, elle eut l'impression d'être prise de palpitations : « Les facteurs qui déclenchent une crise sont très variables, parfois sans raison particulière. »

— C'est pas vrai ! Ça ne peut pas être vrai !

Laura se redressa comme une furie et courut vers la salle de bains.

— C'est quoi, ce truc ? demanda-t-elle, interloquée, en brandissant fébrilement le polycopié.

— Ça ? C'est un de mes cours, répondit-il, incrédule. Mon coloc s'est cru obligé de dessiner une bite sur le dessin.

— Je m'en tape, du dessin ! Cette maladie, tu la connais ?

— L'AOH ? Oui, je travaille dessus en ce moment.

— Mais c'est quoi ce truc de malade ? C'est connu ?

— Pas trop, c'est une forme particulière de l'œdème de Quincke. Pourquoi tu t'y intéresses ?

Laura ne prêta aucune attention à sa question. Son cerveau était au bord de l'implosion.

— Est-ce que tous les médecins connaissent cette maladie ?

— Non, je ne pense pas. C'est un peu le principe des maladies rares, c'est qu'elles sont peu répandues !

— Ces œdèmes sur le corps, ça ressemble à des morsures ?

— Quoi ?

— Ces œdèmes sur le corps, est-ce qu'on peut les confondre avec des traces de morsures ?

— Je ne sais pas, peut-être. Ce sont des marques qui apparaissent et disparaissent de manière aléatoire et sans raison objective.

Laura sauta au cou du garçon et l'embrassa fougueusement sur la bouche.

— Je te laisse, mais si je ne me trompe pas je te jure que je t'offrirai la plus belle nuit de ta vie !

L'étudiant resta figé sur place et regarda sans réaction Laura courir dans la chambre pour récupérer son sac à main et ses vêtements, puis repartir dans l'autre sens vers la porte.

— Mais t'es à poil ! cria-t-il en la voyant sortir en trombe de l'appartement.

Laura continua de cavaler dans la rue jusqu'à sa voiture, sans prêter attention aux quelques badauds qui s'arrêtaient sur son passage, la voyant se rhabiller tant bien que mal. Tout en mettant le contact, elle faisait défiler les derniers appels de son portable pour retrouver le numéro d'Émilie. Lorsque celle-ci décrocha, Laura venait de démarrer et passa directement la troisième.

— Émilie, concentre-toi : est-ce que ces connards de médecins ont fait passer un examen à Alice à propos d'un angio-œdème héréditaire ?

Au bout du fil, Émilie resta muette. Laura répéta la question.

— Je ne sais pas, finit par bredouiller Émilie. Le nom ne me dit rien...

— As-tu gardé tous les résultats d'examens chez toi ?

— Oui.

— Sors-les tous. Je suis chez toi dans dix minutes !

Laura jeta son portable sur le siège passager et appuya plus fort sur l'accélérateur. Elle hurla un « putain ! » en prolongeant la dernière syllabe comme une alarme incendie. Elle grilla deux feux rouges d'affilée et manqua heurter un plot en tournant dans la rue Saint-André-des-Arts.

Trois minutes plus tard, Émilie ouvrit la porte à Laura. Un large sourire illuminait son visage. Demain, si Dieu le veut, le soleil ne se cacherait plus, peut-être...

Procès-verbal

OBJET : *audition de Mme Aline Boudeau, puéricultrice*
AFFAIRE : *mise en péril – violences volontaires sur mineur de moins de 15 ans*
NOUS : *sous-brigadier de police*

QUESTION : *Depuis quand connaissez-vous la jeune Émilie Champfleuri ?*

RÉPONSE : *J'ai rencontré pour la première fois Mlle Champfleuri au domicile de ses parents lors d'une visite avec la sage-femme de la PMI. C'était une première visite à la suite de sa sortie de la maternité, concernant uniquement l'allaitement, car celle-ci s'inquiétait de la fréquence des tétées d'Alice.*

QUESTION : *Quand et en quelles circonstances avez-vous été amenée à revoir Alice ?*

RÉPONSE : *J'ai revu Alice à son domicile à la demande de sa mère, Mlle Champfleuri, qui s'inquiétait de l'aspect du cordon ombilical de son bébé. Effectivement, le cordon d'Alice était tombé mais mal cicatrisé. Il présentait un bourgeon assez impressionnant pour des parents, mais non pour les professionnelles que nous sommes. J'ai proposé à Mlle Champfleuri de venir à la PMI afin d'effectuer un soin spécifique permettant d'assécher le bourgeon ombilical. Ce jour-là, Alice a été déshabillée et j'ai attiré l'attention des parents sur une égratignure derrière la cuisse gauche. Ayant remarqué que la mère portait des bijoux aux poignets, je lui ai recommandé de faire attention. Je lui ai aussi conseillé de changer de produit pour la toilette de son bébé, constatant une irritation cutanée au niveau du visage. Ce qu'elle a fait.*

Une semaine plus tard, Mlle Champfleuri s'est présentée à la PMI, rendue inquiète par l'apparition de lésions sur Alice. Je me suis orientée vers un problème dermatologique. La mère évoquait des morsures ou des suçons tout en étant folle d'inquiétude. J'ai alors accompagné Alice et sa mère aux urgences car le père n'était pas là. En arrivant aux urgences, j'ai alors vu qu'Alice présentait une nouvelle trace sur le menton, apparue durant le trajet entre la PMI et l'hôpital. Alice a été prise en mains pour subir des examens.

De retour à la PMI, j'ai ensuite téléphoné à Mlle Champfleuri pour prendre des nouvelles d'Alice et lui demander de passer pour un examen de routine : poids, taille, etc. À peine l'enfant a-t-elle été déshabillée que j'ai immédiatement remarqué qu'Alice présentait une autre lésion semblable au bras gauche. J'ai pris le bras de l'enfant et l'ai montrée au couple avec insistance. La mère a semblé surprise et a interrogé aussitôt son mari pour savoir s'il avait vu cette lésion. Le père a répondu qu'il l'avait vue le matin au cours du bain mais qu'elle n'était pas alors si impressionnante. Je leur ai suggéré de retourner aux urgences. Ils n'ont pas voulu.

Ce que je ne comprenais pas est ce refus que leur fille soit à nouveau hospitalisée : sans doute craignaient-ils de nouvelles accusations de maltraitance.

QUESTION : *À quel moment avez-vous supposé qu'il s'agissait de maltraitance ?*

RÉPONSE : *Je pensais davantage à la négligence de non-présentation à un médecin, au vu des lésions. Il y avait une ambiguïté entre leur demande de soutien et leur refus de recevoir un avis médical plus spécialisé.*

Question : *Les résultats négatifs de Necker vous ont-ils paru conforter le fait que cela puisse être de la maltraitance ?*

Réponse : *Bien sûr, les résultats de Necker ne laissent plus de doute. Pour avoir été confrontée au syndrome de Münchhausen, je peux dire que ce cas m'y a vraiment fait penser. C'est toujours compliqué, surtout lorsque, comme cela a été mon cas, on a affaire à des parents très prévenants avec leur enfant. Il existe un contraste entre ce qui est constaté sur Alice et le comportement des parents qui n'ont jamais donné d'explications plausibles aux lésions de leur fille. Pour finir, je dirais que ses parents sont très différents l'un de l'autre ! L'un est extraverti, l'autre introvertie.*

Question : *Avez-vous autre chose à ajouter ?*

Réponse : *Je n'ai rien à ajouter.*

Après lecture faite personnellement, Mme Aline Boudeau persiste et signe le présent procès-verbal à 14 heures, le...

Épilogue
Le soleil même la nuit

Émilie contemplait avec une certaine émotion les cinquante-trois clichés qu'elle avait sélectionnés. Le responsable de la galerie lui avait indiqué qu'il serait préférable qu'elle ne dépasse pas la quarantaine, mais elle n'avait pas su se restreindre à ce point. Elle avait déjà eu bien du mal à écarter certaines de ses photos parmi celles qu'elle avait stockées depuis qu'elle savait se servir d'un appareil, mais le responsable de la galerie s'était montré de bon conseil. Il l'avait encouragée à classer les images par thématique plutôt que de les exposer selon une logique chronologique, qui n'aurait eu de sens que pour Émilie.

Le vernissage était programmé le soir même et il lui restait encore quelques détails à régler. À trois reprises elle avait demandé à Éric son avis sur la disposition de certains cadres, mais il avait fini par jeter l'éponge pour filer à la salle de sport, lui promettant d'être de retour à 18 heures pour l'aider à installer le buffet. Dans la salle d'exposition, Émilie était désormais seule, à se demander si l'assistance du soir apprécierait ses œuvres. Enfin, presque seule. Elle fut sortie de sa rêverie par un petit bruit à côté d'elle. Elle baissa la tête vers la poussette et sourit en voyant Alice montrer du doigt l'un des murs en exprimant quelques babillages dont elle seule connaissait la signification. Émilie détacha sa fille de la poussette et la prit dans ses bras.

— Tu les trouves jolies, les photos de maman ?

En guise de réponse, Alice se contenta de mettre son poing dans la bouche et de poser sa tête contre l'épaule de sa mère. Il s'était passé beaucoup de choses au cours des trois derniers mois. Un examen sanguin avait confirmé l'intuition de Laura à propos de l'angio-œdème héréditaire. Alice étant bien porteuse de cette maladie génétique rare, elle devrait suivre un traitement toute sa vie pour éviter de nouvelles crises mais pourrait mener une existence normale. La cour d'appel de Paris n'eut pas besoin d'audience pour ordonner l'arrêt des poursuites et la relaxe des deux prévenus. Dès le lendemain, Émilie et Éric purent aller chercher leur fille et la ramener chez eux. Ils passèrent les trois jours suivants dans l'appartement sans aucun contact avec l'extérieur, retrouvant une atmosphère familiale qu'ils pensaient disparue à jamais.

Tout ne fut pas facile. Alice montra des signes de méfiance vis-à-vis de ses parents durant plus d'une semaine et pleurait beaucoup sans qu'Émilie parvînt à la calmer. Elle refusait parfois d'être nourrie au biberon et dormait peu. À l'aune de ce qu'elle avait vécu, l'inquiétude d'Émilie ne fut que modérée, même si elle craignait que quelque chose ne fût brisé entre sa fille et elle. Puis, un matin, Alice sourit à sa mère. Émilie fondit en larmes en la couvrant de baisers. À compter de ce jour, Alice pleura beaucoup moins et recouvra un meilleur appétit. Elle continuait de se réveiller très tôt, mais ses parents ressentaient chaque matin une intense joie intérieure lorsqu'ils l'entendaient crier juste avant le lever du soleil.

Charles faisait le siège de l'appartement pour voir sa petite-fille le plus souvent possible. Il avait décidé de prendre du recul sur son activité professionnelle, confiant davantage de responsabilités à ses collaborateurs. Il avait pris conscience que le temps passe vite et qu'il en avait déjà trop perdu.

Quelques semaines après avoir récupéré Alice, Émilie téléphona à sa mère pour lui donner rendez-vous dans le salon de thé du Ritz qu'elle affectionnait. Elle trouva Mathilde très nerveuse mais aussi émue de reprendre enfin contact. Elles parlèrent longuement et pleurèrent à tour de rôle. Aucune des deux n'ignorait que les choses ne pourraient plus jamais être comme avant, mais elles savaient également qu'elles avaient besoin l'une de l'autre. En se quittant, elles ne se prirent pas dans les bras en signe de réconciliation : Mathilde se contenta d'embrasser Émilie en lui demandant quand elle pourrait passer voir Alice. Émilie l'invita le week-end suivant.

Laura organisa une grande fête lorsqu'elle toucha ses honoraires, généreusement augmentés par Charles. Elle privatisa son pub préféré et invita aussi bien ses amis que ses relations professionnelles, ce qui engendra une cohabitation des plus cocasses. Le jeune interne qui, involontairement, avait aidé l'avocate à résoudre l'affaire fut fêté en héros par toute l'assemblée.

Émilie et Éric firent une apparition mais préférèrent ne pas s'éterniser : ils avaient confié Alice à la mère d'Éric, mais avaient encore peine à se séparer d'elle, même pour quelques heures. Émilie voulut exprimer à Laura toute sa reconnaissance, lui dire qu'elle lui avait sauvé la vie, que sans elle plus rien n'aurait eu de sens. Mais elle ne trouvait pas les mots. Éric, que les récents événements avaient considérablement fait mûrir, vint à sa rescousse, exprimant avec émotion leur bonheur d'être à nouveau réunis. Laura leur adressa un clin d'œil et retourna sur la piste de danse en entraînant le jeune interne qu'elle ne quittait plus depuis plusieurs jours depuis sa brillante plaidoierie devant la cour d'appel.

*

— Beau boulot ! C'est magnifique.

Émilie se retourna. Le responsable de la galerie venait d'entrer et regardait les photos d'un œil admiratif.

— Le vernissage sera un joli succès. Et croyez-moi, je m'y connais. Mes clients vont adorer.

Émilie sourit en guise de réponse. Son interlocuteur se rapprocha d'un des murs pour mieux examiner une photo.

— Ce ne serait pas un cliché du mariage où nous nous sommes rencontrés ? demanda-t-il.

C'était le cas. L'image représentait un petit garçon et une petite fille tirés à quatre épingles qui semblaient échanger un secret. Le garçon murmurait à l'oreille de la fillette et celle-ci s'esclaffait. Émilie adorait cette photo.

— Vous n'aurez sans doute jamais l'occasion de retravailler comme photographe de noces, lança le responsable de la galerie en riant. Mais qui fera les photos de votre mariage ?

Émilie ne répondit pas. Elle caressa délicatement le duvet de cheveux d'Alice.

— Vous ne comptez pas vous marier ?

— Je ne sais pas. Nous avons déjà un lien si fort !

— Vous avez tort. Je suis peut-être un indécrottable romantique, mais je vois le mariage comme un engagement incontestable.

Émilie regarda Alice, qui continuait de mordre son poing. À cet instant, de la tête aux pieds, elle fut saisie d'un tremblement incontrôlable. Elle baissa les yeux et répondit en chuchotant, comme une prière, son poème préféré de Damas :

Toujours tu viendras
comme tu es venu
quand bien même
je serais
à l'autre bout du monde
toujours tu viendras
comme tu es venu
chasser la fièvre
de mon front brûlant
de tes mains
qui fleuraient le jasmin
mais combien moites
d'effroi...

Émilie éprouva soudain le besoin vital de prendre l'air. Une fois dehors, elle sourit à la Ville lumière, à la lumière de la vie, au bonheur retrouvé. Elle ressentit alors sur ses épaules dénudées la délicieuse morsure d'un soleil brûlant.

DU MÊME AUTEUR
AUX ÉDITIONS ARCHIPOCHE

LE CHANT DU PIPIRI

Fort-de-France, 1950. La vie est douce pour Louise Baudin de La Molinière, sur cette île où sa famille s'est établie il y a plus de trois siècles. Chaque matin, au chant du pipiri, la petite fille retrouve au jardin son ami de cœur, Man, le fils du régisseur, dans leur cabane nichée au creux du flamboyant centenaire. Ils se sont promis de se marier, un jour.

Mais ici les Noirs, descendants d'esclaves, ont vocation à servir. Et les filles de békés, comme elle, doivent épouser un fils de leur classe sociale et mener une vie oisive dans le confort d'une maison coloniale.

À dix-huit ans, Louise est contrainte par ses parents, furieux de cette liaison qui dure, d'aller étudier à Paris. À peine arrivée, déchirée par cette séparation, Louise apprend qu'elle attend un enfant. Vingt ans plus tard, son fils Rodolphe, en quête d'identité, regagnera la Martinique à la rencontre des fantômes du passé.

De Fort-de-France à Paris, de Saint-Raphaël à Capri, une saga où se mêlent amours et trahisons, où la face cachée de la société martiniquaise n'a rien à envier à celle de la haute société parisienne.

« Avec un vrai talent de conteuse, Anne de Bourbon-Siciles
brosse une saga où se mêlent passions, trahisons
et secrets de famille. »
Point de vue

ISBN 978-2-35287-769-1 / H 87-7344-8 / 450 pages / 8,65 €

J'AI QUELQUE CHOSE À TE DIRE

New York, 1970. Greta, 20 ans, fille d'un émigré autrichien, professeur à Columbia, et d'une Irlandaise, galeriste bohème, s'apprête à entrer à l'université. Elle rencontre alors Jim, issu d'une famille fortunée et promis à un brillant avenir.

Quoique très différents, ils se fiancent ; mais, quelques jours avant leur mariage, ils sont victimes d'un accident de la route. À son réveil, Greta apprend qu'elle ne pourra jamais avoir d'enfant. Quant à Jim, il s'est volatilisé.

Pour Greta, tout est à recommencer. Elle découvrira l'effervescence de la vie parisienne, la violence de la passion sur les rives du Bosphore et la fausse quiétude des paysages du lac Léman.

Surtout, prisonnière d'un secret, Greta aura-t-elle le courage de s'en libérer ?

« Trente ans de la vie d'une femme :
une saga qui vous emporte ! »
Version Fémina

ISBN 978-2-37735-032-2 / H 64-4238-3-1707 / 320 pages / 7,80 €

Cet ouvrage a été composé
par Atlant'Communication
au Bernard (Vendée)

Impression réalisée par

PRÉSENCE GRAPHIQUE

en mai 2019
pour le compte des Éditions de l'Archipel,
département éditorial
de la S.A.S. Écriture-Communication

Imprimé en France
N° d'impression : 051963270
Dépôt légal : juin 2019